戲非戲153

步步生蓮

卷二十四

衣麝入荷風

月關作品

高寶書版集團

戲非戲 DN153

步步生蓮

卷二十四：衣霽入荷風

作　　者：月　關
責任編輯：李國祥
出 版 者：英屬維京群島商高寶國際有限公司臺灣分公司
　　　　　Global Group Holdings, Ltd.
地　　址：臺北市內湖區洲子街88號3樓
網　　址：gobooks.com.tw
電　　話：（02）27992788
E-mail：readers@gobooks.com.tw（讀者服務部）
　　　　　pr@gobooks.com.tw（公關諮詢部）
電　　傳：出版部（02）27990909　行銷部（02）27993088
郵政劃撥：19394552
戶　　名：英屬維京群島商高寶國際有限公司臺灣分公司
發　　行：希代多媒體書版股份有限公司發行/Printed in Taiwan
初版日期：2011 年 5 月

國家圖書館出版品預行編目資料

步步生蓮. 卷二十四, 衣霽入荷風 / 月關著. --
初版. -- 臺北市 : 高寶國際出版 : 希代多媒體
發行, 2011.05
面 ;　公分. -- (戲非戲 ; DN153)

ISBN 978-986-185-592-9(平裝)

857.7　　　　　　100007635

目次

五百七二　天不佑

五百五十　楊浩的陰謀

宋琪接到趙光義的聖旨，還沒趕去豐臺山，就發覺事態的發展已經完全按照官家的希望在發展了，夏遼兩國打出了火氣，圍繞豐臺山夏軍營寨，雙方展開了拉鋸一般的爭奪戰，今兒一早遼國的大旗插上了山頭，可能到了下午就換成了夏國的龍旗，明天早上睜眼一看，卻又換成了遼國的旗幟。

美中不足的是，雙方的戰火始終圍繞著豐臺山地區在進行，並沒有進一步擴大。不過這也是沒有辦法的事，遼國與夏國接壤的領土當然不止這一塊，但是其餘大部分地區都是沙漠，不止夏國境內北部邊區是大片的沙漠，遼國境內西北地區也是一樣的地形，這樣的沙漠地帶，根本無法支撐軍隊長期作戰，唯一的突破口只有一個濁輪川地區，而豐臺山就是這個地區的唯一入口。

同時，遼國和夏國也是有意控制住衝突態勢，避免進一步擴大戰局，夏國不用說了，除非楊浩瘋掉，否則絕不會想要和宋遼兩大帝國同時開戰，而遼國出於本國利益考慮，也不想進一步擴大戰爭局面。遼國現在正在休養生息階段，正如宋國有遼國這隻猛虎在畔不敢竭盡全力一樣，遼國同樣有所忌憚，不願把實力消耗在河西。

遼國與夏國一樣，同樣存在著地廣人稀的局面，對遼國來說，中原富庶之地才是他們垂涎的目標，河西之地還不及遼國富庶呢，宋人最為看重的馬匹，遼國本身也不缺乏，至於河西做為一條東西通商的重要通道，遼國的貴族階級目前還遠未把東西通商上升到可以派遣大軍進行征服的重要程度。

最為重要的是，宋國雖然樂於見到遼國與夏國交惡，但是絕不會坐視遼國一鼓作氣滅了夏國占領河西，從而對宋國形成自北而西的大包圍。別看宋國現在站在一旁為遼夏之戰搖旗吶喊不亦樂乎，一旦遼國真的突破豐臺山防線向夏國縱深挺進，宋國一定會跑出來拖他們的後腿，甚至在他們深陷河西的時候大舉北伐，向他們的腹心深深捅上一刀。

為他人作嫁衣裳？遼人沒有這麼蠢。何況宋國在遼國眼中，遠比夏國更具威脅，他們不希望夏國壯大，卻更不希望予宋國可趁之機。有鑑於此，耶律休哥還是理智地控制住了戰爭的規模。

不過宋夏兩國在豐臺山地區大打出手的消息傳回上京，還是在遼國上層引起了一場軒然大波，對遼國的出兵，夏國應該感激涕零才對，難道夏人得了失心瘋？怎麼現在碰到誰就咬誰啊，宋國正大軍壓境，他居然還敢跟遼國動手？

遼國上層貴族、官員們大多認為，這個夏國皇帝不像漢國劉繼元一般容易擺布，恐怕他就是看出了遼國不會坐視夏國淪落宋國之手，才敢如此恣意妄為，所以紛紛建議太后應予夏國更大的壓力，迫其屈服。

蕭太后更不相信楊浩如此瘋狂，她甚至懷疑會不會是耶律休哥到了西京後，暗施手腳故意向楊浩這個情敵挑釁，激怒了夏國守軍，才造成目前這樣的局面，因為她完全想像不出楊浩有任何理由幹出這樣瘋狂的事來，居然同時得罪宋遼兩大強國，虱子多了不怕咬嗎？

有鑑於此，蕭后並未急著絕交，她一面下旨著人出使夏國，直接向夏國皇帝楊浩提出詰問，一面暗中下令命耶律休哥嚴格控制事態，勿予宋國可趁之機。

宋國並沒有放過這樣的好機會，趁著遼國向夏國發難，宋軍接連對夏國橫山守軍發起幾次進攻，雖未取得大的進展，卻也一掃頹勢，夏國不但不能再利用橫山在握的優勢持續向麟府兩州發動襲擊，而且被迫轉入全面防守，處境變得堅難起來。

在這樣的情況下，夏國剛剛因黑蛇嶺大捷為之一振的士氣再度陷入低迷，眾多的中高層官員不斷向楊浩進諫，諫書奏表像雪片一般傳到宮中，都認為夏國現在向遼國宣戰是不智之舉，應該迅速平息遼國方面的怒火，雙方罷戰休兵，為此就算做出一些賠償和讓步也是應該的。

楊浩這些日子沒幹別的，一直在全神貫注地觀注著豐臺山戰事，既要打出影響，又得控制火候，這種仗對楊繼業來說是一個嚴峻的考驗，對楊浩來說，同樣如是，他知道自己在玩火，玩不好當然要引火燒身，但是玩好了，卻一定是個滿堂彩。

論實力他不及宋遼，論發展潛力同樣不如宋遼，不劍走偏鋒就一點機會也沒有。如果他不想重複西夏的歷史，夾在宋遼之間委屈求存，直至女真人、蒙古人先後崛起，最後迎來一個亡國滅族，永遠湮滅於歷史長河的命運，這火他就必須玩上一回。

正在這時，种放和丁承宗這兩個最忠心耿耿，也是職位最高的近臣也沉不住氣了，二人私下先會晤了一番，就目前形勢交換了一下意見，探得了對方的心意與自己相同，便馬上聯袂來見楊浩，向他當面進諫。

二人見了楊浩還未說話，楊浩便笑道：「兩位大人，可是覺得朕現在是瘦驢拉硬屎，一味在這兒苦撐嗎？」

种放一呆，說道：「聖上知道我們因何而來？」

楊浩指了指御案前堆積如山的奏疏，笑道：「諫書雪片般飛來，朕還不知道二位聯袂入宮所為何事嗎？」

丁承宗按捺不住地道：「聖上，我國新立，國力薄弱，根基不穩，不能與宋久戰，去帝號，降規制，從而結束與宋國之間的戰爭勢在必行，不過臣實未料到聖上採取的辦法竟是與遼為敵，其實咱們只要故意打上幾場敗仗，再就勢向宋議和，那就足夠了。

「聖上要降帝號而求和，宋廷也未必就肯輕易答應的，到那時候，咱們少不得還要借助遼國向宋國施加壓力，從而迫使宋國接受這種我們得實惠、宋國得體面的結局，如今卻因為小小齟齬而與遼國失和，如此情形下，恐怕會弄巧成拙，假借與遼發生衝突而被迫向宋乞和，恐怕宋國反而不肯答應了。」

楊浩轉向种放，問道：「种大人也是這樣的看法嗎？」

种放道：「是，臣擔心，與宋遼兩國同時交惡，我們想以降制稱王做為讓步的條件，宋國反而不會答應了，那樣的話，我們就是搬起石頭砸了自己的腳，再無倚仗可以借助了。」

楊浩頷首道：「兩位愛卿忠心可嘉，所慮也甚有道理。只不過……」

丁承宗急問道：「不過怎樣？」

楊浩看了他們一眼，問道：「你們還記得朕當初說過，務必要奪取隴右，確保我國有足夠強大的實力，以避免宋國對我們發動持續不斷的戰爭，消耗我們的實力嗎？」

种放和丁承宗對視了一眼，點頭道：「臣自然記得，不過此事與發生在豐臺山的衝突有何干係？」

楊浩道：「怎麼沒有關係？兩者間大有關係。當時你我君臣計議，立國稱帝分三步走，第一步先稱帝，立下名分大義，以實施河西之治；第二步自除帝號，議和罷兵，休養生息，謀取隴右；第三步，待兵精良足，國力充沛，再復而稱帝。其中提到謀取隴右時，你們都提出過宋國必然予以干涉，而朕說過，到時候必有辦法使得宋國無暇他顧，使我從容謀取隴右，是嗎？」

饒是丁承宗智計百出，种放謀略長遠，楊浩說到這個分上，他們還是想不通這和眼下發生在豐臺山的戰事有何關聯，不過二人聽楊浩此時提起這件事，便知道兩者間必有自己尚未看透的一個關鍵點，是以只是點了點頭，屏住呼吸聽楊浩繼續說下去。

楊浩道：「隴右目下是無主之地，党項、吐蕃、回紇與漢人散居其間，對宋國構不成什麼威脅，所以宋國眼下還能容忍它的存在，我們取河西走廊時宋國鞭長莫及，管也管不得，可要是我們想吞併隴右，宋國萬無坐視之理。能讓宋國不插手隴右之爭的，當今天下，除了遼國，誰有這個力量？」

种放和丁承宗越聽越迷糊，种放忍不住苦笑道：「聖上這麼說，臣是越發地不明白了，既然聖上認為當今天下能阻止宋國插手隴右的只有遼國，那我們更應該和遼國建立密切關係才是，怎麼反要與遼國動兵呢？」

楊浩嘆了口氣道：「兩位，如果我們與遼國建立密切關係，聯手扼制宋國，那麼我們出兵奪取隴右的時候，遼國會發兵直取汴梁，與宋國發動全面戰爭，從而為我們爭取機會嗎？」

丁承宗和种放想都沒想，立即搖頭道：「不會。」

楊浩又道：「那麼，如果朕向遼國稱臣，以遼帝為父皇帝，自稱兒皇帝，將為夏國為遼國附庸，遼國肯為我們出兵，傾其國力，正面承受大宋數十萬精銳禁軍的強大壓力，助我們奪取隴右嗎？」

种放和丁承宗又搖了搖頭，丁承宗苦笑道：「怎麼可能呢？如果遼國的實力夠強大，又能像控制漢國一樣控制我夏國，那麼他們唯一的選擇，就是命我們與其一同出兵討伐宋國，驅使我們為其所用，待得宋夏兩國兩敗俱傷之際，傾其精銳謀奪宋國江山，怎麼可能為我們付出這樣的代價？」

楊浩笑道：「這就是了，既然我越巴結它，對我越不利，那我為什麼要巴結它？」

种放蹙眉道：「聖上，恕臣愚鈍，臣還是不明白，就算如此，難道我們與遼交惡，它反而會幫助我們牽制宋軍，使我從容謀取隴右嗎？」

楊浩一臉從容，笑得如天官賜福一般，頷首道：「正是。」

种放和丁承宗聽了，同時進入夢遊狀態，面容呆滯，眼神連焦距都沒有了。

楊浩一看自己的左膀右臂馬上就要抓狂，想想許多大事都要依賴他們去做，一些最機密的策略雖然出於保密目的，不能讓所有的官員都提前了解，但是如果連他們兩個也一直被蒙在鼓裡的話，他們兩個人的消極態度就會逐漸影響他們的一級級下屬。

如果自己的這個帝國是一個已經發展成熟的帝國也罷了，可是現在剛剛成立，還談不上什麼根基，那樣的話難保不會出現預料不到的內部危機，所以仔細地想了想，還是決定把自己的打算，提前向這兩個股肱之臣透露一番，讓他們心中有數。

想到這裡，楊浩便帶著他們離開了朝堂，楊浩匆匆稱帝，其實不過是建了國號，稱了皇帝，因陋就簡，沒有時間也沒有足夠的財物鋪張，所以具體的東西沒有什麼太多改變，所謂金殿也就是原來的節堂，節帥府也只是改稱了皇宮，其實裡面全無變化。

楊浩引著二人離開朝堂，回到自己府中，到了書房中坐下，待人送上茶水，關上房門，這才推心置腹地說道：「遼國雖然強大，卻因為內部連年的叛亂而元氣大傷，目下正處於休養生息的階段，就算許給他們十成的好處，他們也不會南下中原的，更不會因為我們而南下。

「相反，宋國以十年工夫，滅荊、湖、蜀、南漢、唐、北漢，吞併吳越，氣勢如虹，劍鋒所至，勢如破竹，迄今未逢一敗，若說野心，現在宋國遠大於遼國。目下，遼國無南侵之意，而宋卻自立國之日起，就虎視眈眈，覬覦燕雲，如果說現在有哪個國家會主動挑起戰爭，入侵他國，必是宋國無疑。」

楊浩這話說的十分篤定，事實上也是如此。契丹人當時是外族人，於是在中原漢人傳下的小說、傳記中，都把契丹人建立的遼國描述得極具侵略性，野蠻、兇悍，卻有意無意地虛化了一個事實，那就是被視為正朔傳統的宋國，才是當時最富有侵略性的國家。

中原各國並沒有哪個有實力和野心挑釁宋國，而它們都是被宋國發兵消滅的，不管是宋國也罷，遼國也罷，不管是打得如何冠冕堂皇的旗號，其實質都不過是一個帝國侵略、征服，擴大疆域的戰爭，「臥榻之旁，豈容他人酣睡。」趙匡胤早已一針見血地指出了戰爭的本質。

遼國固然民風剽悍，而且宋國立國時，遼國就已是一個疆域龐大、實力雄厚的大帝國，但遼國一直沒有正式對宋國發起過戰爭，兩國間正式開始戰爭，是從趙光義北伐開始的。

楊浩道：「遼國君臣當然也算不得善男信女，但是咱們想要謀取隴右的關鍵是宋遼作戰。而我們指望遼國來打宋國，其希望之微，還不如等著宋國去打遼國可能性更大一些。」

楊浩吁了口氣，指了指自己的鼻子道：「可是河西突然冒出個楊浩來，而且蹬鼻子上臉，居然以宋臣的身分自立稱帝了，試問宋國這時還有閒心北侵嗎？它必然先得剷除我夏國才成，就算咱們乞和投降，除了帝號，仍以宋臣自居，如果咱們和遼國相交甚厚，過從甚密，宋國也絕不會放心北伐。現在，你們懂了嗎？」

种放和丁承宗都是七巧玲瓏的心思，一點就透，聽到這裡不禁驚愕地張大眼睛，期期地道：「莫非……莫非聖上要……」

楊浩道：「不錯，我們只是自除帝號，向宋國稱臣是遠遠不夠的，我們還得做足了姿態，比如製造幾起內亂，教宋國認為我們無力外顧；比如比照李光睿的時候，向宋國進貢戰馬，而且進貢十倍的戰馬，教宋國絕不懷疑我夏國還有更大的野心；再比如……與遼國交惡，甚至大打出手，教他們絕不懷疑我們有與遼國密盟的可能，這樣宋國才能戒心盡消，放心北伐，我們的機會才會到來！」

种放緊追著問道：「遼國實力之雄厚，遠非南方諸國可比，聖上如何料定宋國必會北伐？」

楊浩自然不能說他知道歷史本來的發展方向，知道歷史上是宋國先對遼國開戰，趙光義親率大軍數十萬入侵遼國的史實，他有機會接近趙光義，了解這個人的性格和志願，再加上對歷史上本來事件的記憶，所以才具備了這種其智近於妖的前瞻性，這個金手指是其他再如何高明的政治家也無法像他一樣準確預測的，也是不可複製的，如果他照實而言，說是他的推測，很難讓种放和丁承宗信服，他又不可能告訴他們自己是個穿越者，於是編了個理由道：

「朕在汴梁的時候，曾任鴻臚寺卿，對宋國的大政方略、基本國策頗知底細，宋立國之初，就已立志一統天下，只是先南後北還是先北後南頗費思量，當時趙普等從龍之臣尚在朝中秉政，他們仔細權衡之下，決定沿襲周朝皇帝郭威時的國策，先南後北，從易到難。

「而今，南方諸國已然平定，全部納入了宋國轄下，宋國已著手北伐了，你們以為，宋國建封樁庫是出於什麼目的？真的要用錢贖回燕雲十六州？雄才大略的一代英主，說得出『臥榻之旁，豈容他人酣睡』的趙匡胤，真會那麼天真，會相信用錢能買回國土？那不過是個幌子，從一開始，這筆錢就是攢下的軍費，是為武力收復燕雲十六州做準備的。當今皇帝趙光義消滅漢國的劉繼元政權，就是他要清除宋國北伐的最後障礙。」

還有一句話，楊浩沒有說出來，原來歷史上趙光義北伐的時候，西夏政權雖然也是獨立政權，但是並未稱帝，而今自己卻迫於無奈建國稱帝了，這個變數雖然不能打消趙光義超越皇兄的夢想：北伐燕雲，建不世奇功。但是歷史上趙光義是打下北漢之後立即揮軍北伐的，而今他楊浩的出現已經改變了這段歷史，這個變數影響到底有多大，現在還不好說。

他現在要做的，就是努力減輕自己這隻小蝴蝶對歷史走向造成的影響，透過降格稱王，製造內亂，敬獻貢馬，與遼國交惡等一系列煙霧彈，促使趙光義回到本來的歷史軌道上去。以他對趙光義的了解，此人野心勃勃，好大喜功，他畢生心願就是超越他那個雄才大略的兄長，從兄長的光輝之下走出來，建立他的不世功勳。

而他想要超越趙匡胤，其他的功勞都不足為憑，收復燕雲是唯一的機會，他不是那種腳踏實地，肯隱忍下來，把機會留給條件更成熟的子孫去實現這宏圖大業的人，只要有一線希望，他就會親手去完成。他現在正當壯年，既然有心北伐，就不會等到年邁蒼蒼、半截入土的時候才御駕親征，因此，只要自己能成功地消解他的戒心，他就一定會按照原來歷史的軌跡去走，北伐契丹！

种放和丁承宗都不曾在宋國朝廷裡擔任過一官半職，楊浩說北伐契丹是宋國的既定國策，而且朝廷建封樁庫、消滅北漢國，是從財務和地利兩方面為北伐鋪陳條件，自無不信之理。丁承宗凝神想了想，欣然道：「原來如此，鷙鳥將擊，卑飛斂翼；猛虎捕食，必先撲伏；臣明白了。」

种放卻猶疑地道：「若按聖上所言，宋廷已著手北伐準備，如此行險，倒也有一搏的必要。只是……如今既與遼國交惡，再向宋廷乞和的話，他們還會答應嗎？難得如此良機，有機會直接吞併河西，他們何必再要一個自據其地，名義上稱臣的夏國？要想宋國放手，恐怕十分艱難了。」

楊浩微笑道：「要說難嘛，卻也不難。遼人也不是白痴，豈會放任甚至協助宋人取我河西呢？宋廷對此也是心知肚明，如果我們露出投靠遼國的意思，宋國就要有所考慮了。不過朕不想用這個法子，朕有兩件寶物，其中一件，時機未到，現在還不是亮出來的時候，另一件嘛，只要以它獻予宋國，這個難題便迎刃而解了。

「第一：可讓趙官家認定朕滿足於河西一隅之地，再無更大野心；第二：可以讓趙官家的野心無限膨脹，加快他北伐的步驟；第三，也是最重要的一點……」

楊浩看了看這兩位心腹重臣，說道：「朕當初只有蘆嶺州、銀州一線之地，兵力不足四萬，而今一統河西十八州，轄下二百萬子民，自玉門而至橫山，總兵力超過二十萬，這麼龐大的兵力，大部分都是接納收降的各方勢力，他們如今只是歸附，還談不上歸心。

「尤其是折家軍，折帥是我的義兄，朕於微末時，得他多方照應，朕於危難時，得他並肩作戰，而今他身陷汴染，如同囚徒，朕取不回府州，又救不得他自由，卻為一己安危向宋乞和投降，稱臣納貢，如何向折家數萬將士交代？麾下二十萬得自各方的軍隊將士又會如何看待朕？朕又如何心安理得，坐享太平？朕要用這件東西，換回他全家的自由！」

种放和丁承宗聽了齊齊動容：「聖上，那是什麼寶物，有如此妙用？」

楊浩微笑道：「這件寶物，其實你們已經見過了，只不過當時你們還不知其中所盛是何物罷了。這件東西，就是子渝姑娘上次送予朕的那只錦匣，其中所藏麼，就是……『受命於天，既壽永昌』的……傳國玉璽。」

种放和丁承宗本來坐在他的下首，一聽這話，身子齊齊一震，失聲叫道：「傳國玉璽！」

丁承宗又驚又喜地道：「傳國玉璽？如此寶物，怎麼落在聖上手中的？」

种放卻道：「傳國玉璽！如此寶物，怎能拱手予人？」

楊浩坐直了身軀，悠然道：「秦昭王欲以十五城而易和氏璧，种卿以為，可換否？」

五百五一　左膀右臂

走出楊浩書房時，丁承宗猶自有些肉疼地道：「難怪聖上如此篤定，認為宋國一定會答應議和，原來……還有這樣一件東西，可……那是傳國玉璽呀，怎能獻予宋國……」

种放此時卻已想得透徹，說道：「玉璽留在聖上手上其實毫無用處，以我河西的根基實力，這玉璽根本不能亮出來，宋國向來以中原正朔自許。遼國雖是蠻人，然而經過六十多年的發展，尤其是得到燕雲十六州後，其子民中漢人占了近一半，官制政體、宗教文化，越來越是漢化，漸漸地也打起了正統旗號，開始稱宋國為南朝，自稱北朝，以分正朔體統。

「這件東西，他們雖未必如宋帝一般垂涎，卻也不會捨得放棄，如果我們亮出玉璽，做為傳國之物，那就是眾矢之的，這件東西本是錦上添花的東西，並不是一拿出來，天下英雄就會望風影從的，要不然，當年王莽逼宮，太后何至於懷抱玉璽而無力反抗，以致怒擲玉璽缺了一角，還得用黃金來補缺呢？列代帝王，手中都有這件寶物，該丟江山的不還是一樣國破家亡？

「我們沒有擁有它的實力，我主如今疆域最狹，人口最少，實力最弱，根基最淺，與其藏著這件華而不實的東西，不如用它換些實實在在的東西。當年孫策獻玉璽，換兵三千，橫掃江東，奠定了江東霸業。我主獻玉璽，我相信能夠得到的還勝孫策。」

說到這裡，他向丁承宗笑道：「好啦，不要念念不忘這枚傳國玉璽了，如今得聖上交了實底，咱們就可以安心了。現在看來，橫山戰事，楊將軍是一定要吃虧的，不打幾個敗仗，怎能就勢乞和？咱們現在該為主上分憂，好生穩定內部，安撫群臣，同時為聖上好好謀劃一番，看看如何著手開始議和，並盡量爭取最大的好處才行。」

丁承宗幡然道：「种大人所言有理，不知大人對具體措施可已有了什麼見解？」

种放剛要說話，林朋羽腳步匆匆地走來，一見二人便道：「兩位大人，聖上可在書房？」

丁承宗頷首道：「在，林大人這般匆忙，發生了什麼事？」

林朋羽道：「剛剛收到消息，綏州李丕壽，實則就是當初兵敗消失的李繼筠，他到了河西之後，已亮出真正身分，以此身分招納党項羌人為其所用了。」

丁承宗和种放聽了不由大吃一驚，連忙又隨著林朋羽向楊浩書房走去。楊浩聽林朋羽說明經過，雖然聽說李丕壽就是李繼筠的時候，微微有些動容，但是並未露出預料之中的驚訝。他微微蹙起眉頭想了想，抬頭看看三人凝重的神色，不禁莞爾一笑：「李丕壽就是李繼筠嗎？呵呵，是便是唄，想當初他還是定難軍衙內都指揮使的時候，朕都不放在眼裡，如今不過是隴右一犬，有什麼可大驚小怪的？」

三人一聽，也覺得自己有點小題大作，不禁相顧失笑，楊浩擺手道：「好了，你們各自去忙吧，哦，對了，种大人……」

种放欠身道：「臣在。」

楊浩道：「那件東西，來自隴右，本是隴右吐蕃頭人尚波千之物，被我飛羽密諜自其身邊盜來，此物來歷，你要記下，來日遣人與宋廷交涉的時候，這個來歷，務必得說個明白。」

种放先是怔了一怔，隨即恍然大悟，若說這陰謀詭計，丁承宗實比他還要在行，楊浩剛剛說完，他便已將其中道理想個透澈，此時四人之中倒只剩下一個林朋羽，就像剛剛踏入書房時的种放和丁承宗一樣，霧煞煞的一臉茫然了。

＊　　＊　　＊

楊浩的左膀右臂齊心協力為貫徹楊浩的政略方針而殫精竭慮的時候，趙光義的左膀右臂才散了早朝，各自離開皇宮。

千金一笑樓，一間花團錦簇的寬敞明閣，暖閣外，冰天雪地，屋簷飛角下的銅鈴上都懸掛著冰凌晶柱，可是一進室中，卻是熱流湧動，溫暖如春。室中並沒有火盆這類明處的取暖之物，因為全部採用了磚石結構，所以自有暖牆、地龍和火炕，以供房中取暖。只不過房中如此溫暖，光是這燃薪之物，就所費不菲了。不過能到這千金一笑樓來飲酒取樂的人，哪個不是一擲千金的豪客，這種奢侈的消費，他們負擔得起。

暖閣中不管几案櫥櫃、床榻臺架、屏風燈架，用材無不使用極昂貴的紫檀、花梨等名貴木料，造型古樸雅致，富貴之氣逼人。

暖閣地上鋪著奢華精美，價值昂貴的阿拉伯地毯，案上擺著金桔蜜果，各色新鮮，在這寒冬季節，就算是達官貴人府上平素待客擺的也多是乾果，可這裡卻俱都是夏秋時令的鮮果，就憑這一點，便可見銷金窟名不虛傳，一擲千金，換來王侯一般的奢華待遇，而那萬中選一的絕色美人，更是連皇宮大內的妃嬪，也少有如此風情的。

美人兩行，正翩翩起舞，翠衫湘裙，廣袖輕舒，一個個盡都是粉頸嫣頰，脂滑肌凝，更兼絲竹之樂靡靡入耳，恍若人間天上。一時間，裙裾翻飛，脂香撲鼻，這樣的排場，這樣的奢華，得享溫柔滋味的卻只有一個人，一個眉目朗星，眉目清臞的半百老人，寬袍博帶，氣度雍容，頗具儒雅之風。

此人正是文采清麗，少有俊才，博覽經典，尤通釋道古籍。文通詞達，著於當世。然而性情涼薄，頗為世人不齒的前唐舊臣張洎，自降宋以來，張洎漸受趙光義的重用，先任太僕少卿，因為人處事處處迎合上意，頗得趙光義欣賞，此時已成為翰林院學士，參知政事。

當朝參知政事，一主三從，以盧多遜為主，呂餘慶、薛居正、張洎三人為副，因政事悉決於盧多遜，呂、薛、張三人各自負責其他方面的事情，張洎主要負責專修政紀、編纂史籍。不過他在四人中雖是陞遷最晚，卻因受到趙光義的賞識，所以能夠參與機密，恩寵無兩，實際權勢猶在薛、呂二人之上，僅次於宰相盧多遜。

陪伴在他身邊，顰笑嫣然，體態妖嬈的卻是一個絕麗的佳人，佳人穿著一襲如紗的輕衫，嬌嬈體態畢露無遺，一張靈秀而嫵媚的嬌靨，滑如凝脂的雪嫩肌膚，一個眼神、一個動作，便能把一種沁入骨髓，柔媚靈動的魅惑力展露出來，讓人神魂顛倒。

這美人就是汴梁四大行首排行第三的雪若吶雪姑娘，那一襲煙羅紗的水袖輕衫披在身上，實在比剝成了小白羊還要誘人，凸凹有致的身材，堅挺飽滿的酥胸，圓潤纖細的小蠻腰，修長渾圓的大腿，嬌慵無限，綺麗動人。

「呵呵，這些姑娘們都是萬中挑一，無論歌喉舞蹈，莫不如同仙子般迷人，可是一與雪姑娘比較，便是天壤之別了。自從見識過雪姑娘的歌舞絕藝，其他人唱得再好，舞得再妙，老夫也很難入目了呀。」

張洎的一隻大手在几案下撫摸著雪若吶薄紗之下隱現肉色的誘人大腿，此時藉著几案的遮掩，漸漸向那縱深溝壑處滑去，然而看其上身，卻是正襟危坐，道貌岸然，彷彿只是一個欣賞歌文的雅士：「哎呀，雪姑娘這是用的什麼脂粉呀？馨香撲鼻，肌滑如脂，老夫也曾在『女兒國』花費重金為愛妾購買了幾匣上等的胭脂，可是遠不及雪姑娘所用呢。」

「嘻嘻，張相公真會說笑話，若蚋所用的脂粉，哪裡比得了大人所買的上等胭脂呢。」雪若蚋掩袖羞笑，玉臂輕撐，慵懶的嬌軀便坐了起來，一雙併起來時不露一指縫隙的渾圓大腿一合，便將他的大手阻之門外，張洎不好用強，不禁微露悻色，不過他是朝廷權貴，又以江南名士自許，總不能窮形惡相，以勢迫人，當著這麼多樂師舞伎的面，更不好惹人笑話，只得悻悻地縮回了手。

「哼，聲名再高，也不過是個歡場女子罷了，老夫肯來捧妳的場，就是給妳面子，可妳的排場也太大了些，迄今不肯納老夫做入幕之賓，太不識抬舉了！」

張洎悻悻地想著，臉上不豫之色便更濃了，雪若蚋卻好似並未發現他的神色變化，妙目盈盈一轉，又嫣然笑道：「不過，奴家用的這脂粉雖非名貴之物，卻是有些稀罕之處，女兒國所售的胭脂水粉，第一等的佳品來自江南上知堂，奴家用的這脂粉，卻是一位來自極西之地的商人所贈，如果大人喜歡，不妨取些回去，或許府上的女眷也會喜歡呢。」

張洎臉色難看地道：「不必了，西域之物，及得我中土上國所製之物的精細嗎？老夫有些醉意了，想聽雪姑娘撫一曲〈普庵咒〉，小睡片刻，叫她們都退下吧。」

雪若妢一雙明媚的大眼若有深意地瞟著他，柔聲道：「中土之物有中土之物的美妙，西域之物，亦有西域之物的神奇，這位客人歷經千山萬水方至中原，一路所見所聞十分淵博，大人輔佐朝綱，威加中外，不想聽這位西域客人說說他跋涉至中原一路上的見聞嗎？」

雪若妢明眸閃爍，似有深意，張泊何等深沉的人物，一見她目光有異，未能一嘗芳澤的些許不快登時拋到了九霄雲外，馬上變得警醒起來。

青樓名妓最賺錢的生意是什麼？並不是出賣皮肉，以色相娛人賺取纏頭之資的，從古到今都是青樓妓坊中的下等娼妓，真正能名利雙收的名妓，其實都是出色的女公關，為想合作的人穿針引線、為產生矛盾的人居中協調、為各方政治勢力、商界巨擘的結盟與合作創造機會。

她們超然的身分，使得她們成為各方可以信任的引見人，不管是明裡合作還是暗中勾結，做為溝通各方的媒介，這個人只管賺取委託方請她幫助引見對方的酬謝，不會去了解他們的交易內幕，僅僅扮演著一個穿針引線的角色，是最可信任的中間人。

張泊一聽雪若妢語氣有異，便立即醒覺過來，原來這位雪行首是要為自己引見一個人？

想見我的，能是什麼人？能讓雪若婻這樣的汴梁行首為他出面引見，這人得有多大的手筆？這個西域商人想從我這兒得到什麼，又能給我什麼呢？

張洎眼中最後一抹情欲之火都消失了，雙眸變得深邃起來：「呵呵，如果雪姑娘都這般推崇的話，想必這位西域商人一定是個博聞廣識之輩了。常言道：讀萬卷書，不如行萬里路，老夫年紀大了，公務繁忙，又脫不開身，不能親自去行那萬里路，聽人說說，長長見識也好。」

雪若婻羽袖一揮，輕啟櫻唇道：「妳們都退下吧。」

樂聲一停，兩行舞伎齊齊止步，向張洎盈盈一拜，姍姍退下，兩廂樂師也悄然退了出去，溫暖如春的軒廳中頓時一靜。張洎輕輕端起一杯酒來，慢條斯理地抿了一口，撫著鬍鬚道：「那個西域商人，現在何處？」

雪若婻嫵媚地一笑，蛾眉輕揚，兩隻玉掌啪啪擊了三掌，就聽後邊珠簾輕響，一個面如冠玉、三綹長髯的青袍中年人自後面走了出來，到了面前，向張洎含笑一禮。

張洎上下看他幾眼，見此人一表人才，氣度不凡，倨傲之色稍去，正容問道：「先生自何處來，見過哪些西域人物？」

雪若婻果然知趣，此時已折腰而起，輕笑道：「這位先生姓龍，龍莫聞龍先生，這一位呢，就是當朝參知政事張洎張大人了，你們談著，奴家去為張大人燒製幾味小菜以佐酒興，失陪了。」

雪若姌欠了欠身，飄然而去，那龍先生這才向張洎含笑道：「久仰張大人聲名，今日得見，真是三生有幸。在下來自河西，奉我主之命祕往中原一晤相公，有一件大事想與相公商議。」

張洎一聽瞿然變色，原以為是什麼商賈豪紳拐彎抹角地要見自己，想得自己照應，不料竟然是楊浩的人，張洎立即拂袖而起，厲色道：「河西楊浩的人？豈有此理，你們若有什麼大事，可遣使者來向官家面稟，本官身為朝廷重臣，豈能與你私相會晤，速去，速去！」

龍先生微笑道：「張相公此言差矣，放在明面上的東西，那都是用來遮天下悠悠眾口的東西，國家大事，慎之又慎，若不事先有所溝通，豈能輕率示之於眾？大人本是唐國制誥，豈能不知唐宋交涉之內幕？」

張洎繃緊臉皮，沉聲道：「河西楊浩本是我朝臣子，也能與唐國相比？不要與老夫說這些東西，你不走，我走！」

張洎抬腿便走，龍莫聞仍然一臉從容的笑意，揚聲說道：「在下並無要大人與我夏國私相勾結，許之以利的意思，只不過有些極重要的國事，總須先私下與貴國朝廷溝通一番，方始能放到明處。這件大事若辦得妥當，相公在朝廷和官家心目中的位置，必然更上層樓。想那盧多遜沽名釣譽之輩，一身才學遠不及張相公，難道張相公願意久居人下？」

張洎腳下微微一滯，目光向他轉來，沉聲道：「你要說什麼？」

剛剛問罷，他馬上聲明道：「本官對盧相公並無不敬之意，對朝廷、對官家，更是忠心耿耿，如果你所說的，非於朝廷有利，只是想要重金賄賂本官，為你河西謀利，那你就免開尊口吧，本官聽都不想聽。」

龍莫聞笑容可掬，一副和氣生財的模樣：「那是自然，那是自然，就算傾我河西所有，又怎比得了張相公在宋廷上兩人之下，萬人之上的崇高地位呢？呵呵，張相公稍安勿躁，且請坐下，在下與相公徐徐道來，請。」

張洎滿腹狐疑地回到上首坐下，那龍莫聞走到他的對面，大袖一揚，風度翩翩地跪坐下去……

*　　*　　*

中書侍郎、平章事，加兵部尚書盧多遜如今雖是當朝宰相，一人之下，萬人之上，日理萬機，國務繁忙，但是有一個差使，他從未放下，那就是史館修纂這個職務。這個職務以他宰相之尊，本不必兼任，可是盧多遜從未放棄，雖說吏館日常事務早已交予副手，他只掛了個閒名，但不管公務如何繁忙，他每日必往史館一行，借閱幾本史書。

百官都道盧相公博涉經史，聰敏好學，卻不知盧多遜之所以每日流連史館，就只為了一件事，他想知道官家自史館取閱了什麼史籍。趙光義好讀書，每日都自史館取書閱讀，尤其是朝廷大政方略未決之時，他常自史書中研究歷朝類似的事例，從中借鑑。

趙光義每次借閱了什麼書，盧多遜一定要照樣借閱那幾本，熟記於心，仔細揣摩，這樣一來，不管趙光義在朝上提及哪朝哪代的大事小情，旁人答不上來，盧多遜卻一定有問必答，而趙光義想要做出什麼決定的時候，他也總是能提出與官家一致的建議，正是憑著這分機巧，他才得了個博古通今的美名，並且越來越受到官家的重視。

「卑職見過盧相公。」今日當值的史官小吏曹習絲一見權傾當朝的盧多遜到了，趕緊迎了上來，納頭便拜。

「不必多禮，今日官家借閱了哪些史籍呀？」盧多遜矜持地問道。

每日當值的史館小吏都知道盧大人的吩咐，早將官家借閱的書籍列出了名錄，曹習絲立即自袖中取出一張紙條，恭恭敬敬地呈了上去，心中卻自忐忑：「今日這幾樣書，官家並未取閱過，萬一盧大人體會錯了上意，會不會怪罪於我？嗯，不會有什麼事的，盧相公還敢去問官家是否真的看過這幾本書嗎？偶爾體悟錯了上意，與我有什麼相干？再說官家也許只是隨意取閱，並無什麼深意，根本用之不上呢。」

這樣自我安慰著，曹習絲忐忑的心安靜下來，想想所獲的酬勞，心底馬上熱烘烘的：「一萬貫吶，足足一萬貫吶，只不過幫著說上這幾句話，遞上這麼一張書條，就是一萬貫的酬勞，有了這筆錢，我就可以買一幢豪宅，幾百畝肥田，再也不受那黃臉婆的氣，嘿嘿，還能把杏雨樓的當家花魁淳于嫣那妖嬈美人聘回家為妾，由我一人獨享，娘的，值了！」

曹習絲嚥了口唾沫，穩定了一下情緒，諂笑道：「今日官家取閱的是《史記》、《漢書》等幾部史書。」

「唔，是哪些部分的？」

「都是關於漢武帝北擊匈奴的資料，哦，對了，這一卷，官家看得最是仔細，還加了記號。」

盧多遜如獲至寶，連忙取過來一冊仔細翻看，只見那部分講的是匈奴北遷，漢武帝猶以之為生平大敵，然西域不靖，朝廷顧此失彼，最後得朝中謀臣方略，結盟西域大國烏孫國，斬斷匈奴右臂，終至心無旁鶩，揮軍北伐，封狼居胥，成就一世霸業的史事。

「官家取閱這段史籍，意欲何為呢？嗯，我得多了解了解這一段，以備不時之需。」

盧多遜連忙吩咐道：「有關漢武帝西聯烏孫北擊匈奴的這段史實，都有哪些書籍涉獵，盡數取來，本官要馬上查閱。」

「是，相公請入書室寬坐，且飲杯茶，卑職馬上就去。」小吏曹習絲將他引進書室，連忙一溜煙地去了。

不一會兒，曹習絲捧來一堆古書，本來書室之中不得見明火，可是他還取來一個火盆放在盧多遜腳下，為其取暖，盧多遜讚許地一笑，立即如飢似渴地捧書閱讀起來。

「在漢武帝眼中，強敵唯有北方的匈奴，而西域諸國雖也強大，為害卻遠不及匈奴，烏孫國是西域大國，與漢朝亦常起戰事，然其疆域國土有限，故而自保有餘，進攻不足，為害終不及匈奴之烈。漢武放下身段，與烏孫結盟，消除後顧之憂，全力北伐匈奴，創下一世霸業。匈奴既敗，對西域諸國想打就打，自然臣服於大漢旗下，唔……」

盧多遜閉目拈鬚，反覆品味，沉吟半晌，忽地大張雙目：「河西跳梁小醜，國勢較遼國千萬里之差，若說真正威脅我大宋的，只有遼國，官家品鑑這段史實，莫非是想效仿漢武帝……不對，楊浩本是宋臣，自立稱帝，乃大逆不道之舉，怎麼可能結盟？何況雙方正在鏖戰不休，官家不會是這個意思……聯遼擊夏？更不可能，北人猛虎也，一旦與其平分河西，遼人如虎插翼，我宋國所得遠不及遼國所得，官家不會是這個意思……」

盧多遜思忖良久，心道：「此事我且記在心頭，旁敲側擊，察言觀色，待明瞭官家心意，再搶先進奏附議應和便是，嗯，就是這個主意。」盧多遜推書而起，胸有成竹地走了出去。

五百五二　蘇秦張儀

這個年宋夏遼三國許多人過得都不安寧，趙光義尤其如是。西川已經派去了重兵，可是這一次剿匪遠比以前困難，雖然調撥了大批的兵力和物資，但是迄今為止，成效不大。

其中緣由除了亂匪的四處活動已經把西川的官僚體系打亂，使其不能正常運行之外，亂匪不同於以往的做法也產生了極大的作用。在以前，趙得柱是亂匪頭領的時候，完全就是一副流匪作派，他們即便打下一座城池，也並不據守，搶掠一番後不待官軍趕到便即離去。

那時的剿匪通常都是朝廷大軍入山掃蕩的過程。趙得柱中流箭死後，朝廷本以為這是對叛匪的一次重大打擊，想不到童羽繼任後卻比趙得柱更加難纏。童羽自從坐上了義軍頭把交椅之後，改變了以往打完就走、四處流竄的做法，他每打下一座城池，除了搜刮府庫豪紳以充軍備外，還開倉賑糧，廣澤百姓，代行官府職責。

他進攻時所選擇的城市也不再是就近就便、毫無目的，而是優先選擇影響重大的、和他已占據的城市可以互為犄角、互望相助的地方。與此同時，他還在巴山蜀水險涉難及之處開始建立根據地，讓老弱病殘和婦孺都留守在這些建在深山大澤處的山寨裡，手下只留忠勇敢戰之士，同時對這些人馬進行整編，建立了驍雄、驍勇、驍戰、驍勝四支軍隊，每軍只有兩萬人，人數雖然少了，配備的武器裝備卻相對精良了，戰鬥力十倍於從前。

同時，童羽還加強了軍紀方面的貫徹，以往破城得勝後，說是只搶豪紳權貴，其實小康人家，若家底殷實，也難免做了池魚。有那人家女子姿色出眾的，亂軍入城，也難免有人起意禍害。雖說這些造反者原本都是家徒四壁的尋常百姓，可一旦手中握住了刀把子，其兇狠貪婪實不遜於匪盜。

而童羽嚴肅軍紀後，每破一城都要求秋毫無犯，所需補給先進府庫取用，不足時便號召百姓檢舉當地為富不良的奸商豪霸，抄沒他們的家產以補不足，若有剩餘便賑濟百姓，而那些聲望良好的縉紳人家，哪怕家資百萬他也絕不取一文。

這樣一來，童羽的軍隊大獲民心，以往攻打一處城池時，當地的豪紳巨賈都不遺餘力地在人財物各方面支持官府，如今則大大不然，有時攻取一座城池，確實如同成都知府周維庸所說的旌旗所至，望風而降，連一點像樣的抵抗都沒有。

而義軍中坐第三把金交椅的王小波則成為童羽最為倚重的幕僚，為他提出了「吾疾貧富不均，今為汝均之。吾疾苛稅之重，今為汝減之。吾疾耕者無田，今為汝分之」的三吾口號。他們也確實是這麼做的，每到一處賑濟貧窮、免減捐稅、分田分地，由此大獲民心。

童羽的一系列做法，使這群到處流竄的亂匪開始具備了一支正規軍隊的模樣，而王小波的一系列做法卻使這支軍隊又具備了政權的特徵，這使得朝廷對西川那些泥腿子再也不敢等閒視之了。

河西那邊的情形也開始變得複雜起來，趁著遼國和夏國在豐臺山地區發生了衝突，潘美組織了幾次反擊，雖說他現在兵力有限，而且不占地利，還是取得了一定的戰果，夏軍被迫放棄了橫山東線前哨的一些堡寨烽燧，不料宋國這邊剛剛占了上風，遼國那邊馬上停止了進攻。蕭太后的使節這時也趕到了夏國，雙方開始展開了談判。夏國一面與遼國談判，一面集中兵力，對宋國這邊又發動幾次反突擊，奪回了一些堡寨，雙方勝負參半，總的來說，目前仍是一個僵持的局面。

一個西南，一個西北，讓趙光義傷透了腦筋，新春的大假剛剛放完，一大早開完了朝會，他馬上留下了軍政各界的幾位首腦人物，在文德殿議起了這兩件令他頭痛不已的大事。

待幾位大臣施禮已畢，趙光義開門見山地道：「諸位愛卿，如今西川糜爛，河西膠著，朝廷分心兩顧，頗為吃力啊。西川乃朝廷腹心之地，逆匪作亂於西川，則荊湖雲貴乃至關中都不得安寧，此腹心之患不可不除。河西楊浩謀反，無視朝廷，此乃大逆不道之舉，亦不可不誅而儆天下，然當前局勢，西南、西北兩地作戰，誰主誰次，誰輕誰重，諸位愛卿有何見解？」

對於軍事，樞密承旨曹彬做為軍方最高首腦自然應該首先表達自己的意見，當即出班奏道：「聖上，西川百姓聚眾謀反，其遠因是我朝當初併取西川時殺戮過重，王全斌又縱兵為匪，四處劫掠，以致激起民怨，近因則是我朝一統西川後，前蜀之苛捐雜稅未予取消，百姓生活艱難，生計無著，鹽茶政策又出了大問題，如此種種，導致民冤沸騰，此時又天災頻生，方才揭竿而起。

「說起來，西川亂匪，不過是一些走投無路的草民為討口食而縱掠四方罷了，其危害較之河西乃天壤之別。故而臣以為，對西川亂匪，當剿撫並用，一方面對冥頑不靈者以重兵圍剿，一方面取消苛捐雜稅、調整西川鹽茶政策，施糧賑災，切斷亂源之根本，則禍患自然消除。而河西楊浩本為宋臣，卻據地謀反，此獠不誅，何以儆天下？如今楊浩剛剛稱帝建國，根基淺薄，又與遼人交惡，正是天賜良機於我朝，朝廷應當穩住北朝，以重兵討伐河西，畢全功於一役。」

「曹大人此言差矣。」

張洎立即出班反駁：「對西川，恩威並施，剿撫並用，這一點，本官亦表贊同，但是對河西之策，本官覺得，曹大人的想法有些一廂情願了。」

曹彬不以為忤，拱手道：「張大人有何見解，曹某願聞其詳。」

張洎道：「自來內憂重於外患。西川之亂，是我宋國子民在我宋國疆土上生亂，而楊浩所御兵馬、所轄疆土、所治百姓，乃是以河西拓跋氏為根基，西擴玉門所成，兩者誰遠誰近、為害誰輕誰重呢？西川乃朝廷腹心之地，若是久不平息，必傷元氣。

「至於說西川亂匪不過是些走投無路的草民縱掠四方，胸無大志，曹大人對他們為害之烈未免也看得太輕了。強秦一統六國，威加宇內，強盛一時無兩，可是推翻大秦帝國的起因，便是大澤鄉一群泥腿子揭竿造反。自古以來，去舊迎新，政權更迭，有多少次起初都是些草民為匪，縱禍一方？

「那些草民或許真的胸無大志，然而當他們氣候已成的時候，其首領的野心和志向自然不比往日，再說，就算他們始終沒有圖謀社稷的野心，也自有野心勃勃者對他們加以利用。西川匪首趙得柱在的時候，率領匪盜四處劫掠，嘯聚山林，確是一群胸無大志的流匪，而今……他們的所作所為，分明已有建立政權之意。一旦真的讓他們成了氣候，其害不是尤烈於河西嗎？」

這番話倒是公允之言，呂餘慶、薛居正等人聽了頻頻點頭，張洎又道：「反觀河西，想要畢全功於一役談何容易？我宋國這邊剛剛占了上風，一向兇悍驕橫的遼人便立即與夏人休兵罷戰，何解？不想予我宋國可趁之機罷了。就算沒有遼國從中作梗，如今朝廷內有西川之亂，想要征討河西亦非旦夕之功啊。」

盧多遜拈鬚問道：「那麼依張大人所言，朝廷當以西川為重，先取西川，再征河西了？」

張洎微微一笑，不答反問道：「盧大人以為，我朝之根本大敵，在河西還是在塞北呢？」

盧多遜一怔，見眾人都向他望來，只得答道：「自然是塞北了，楊浩縱然稱帝，也不過是河西小藩罷了，河西地瘠人貧，難成大器，自古以來，我中原的心腹大患從來都是出自塞北，匈奴、突厥，乃至如今的契丹，莫不如是。」

張洎笑道：「這就是了，塞北，歷來是我中原大敵，自從燕雲十六州落入北國之手後，北人對我中原的威脅就更大了。正因如此，前朝世宗皇帝才親征北國，奪回瀛、莫、易三州之地。我朝太祖皇帝，開國之初，便定下先南後北、先易後難的國策，想的也是要收復燕雲。

「先帝一統中原後不肯接受群臣請加『一統太平』的尊號，是因為先帝念念不忘幽燕未復。今上御駕親征，踏平漢國，就是為收復幽燕消除阻力，在臣看來，先帝之遺志，必成全於聖上之手，這『一統太平』的尊號，必由我等請加於聖上。」

趙光義聽了，臉上紅光頓時一閃，「御駕親征，踏平漢國」正是他生平至今最為光彩的壯舉，聽張洎提起，自然大為興奮。而那「一統太平」的尊號，前朝世宗柴榮沒有得到，太祖皇兄沒有得到，如果能夠加到他的帝號上，他就可以凌駕於柴榮和趙匡胤之上了。他現在是皇帝，富有四海，地位更是無人比肩，還能有什麼追求？唯一的追求就只有史書之中的地位了，超越柴榮和趙匡胤，做秦皇漢武唐太宗之後文治武功最輝煌的天子，這個想法讓他的熱血沸騰了起來。

張洎見已成功地挑起了官家的雄心，心中更加篤定，侃侃而談道：「而今，河西自成一方勢力，若其與北國聯手，西、北聯手箝制我大宋，我朝兩面受敵，圖謀幽燕之舉必成泡影，眼下遼夏交惡，這是天賜良機，正該善加利用才是，如果一味地繼續打壓楊浩，只恐他走投無路，澈底投向遼國，那豈不是弄巧成拙？」

趙光義聽他提起自己御駕親征消滅漢國的壯舉，神色間本來頗有自得之色，但是聽到這裡，卻不禁面色一沉，不悅地說道：「楊浩以臣子身分自立稱君，面南背北，此乃大逆不道，若不討伐，何以警示天下，難道因為忌憚其與北朝聯手，便承認他的帝位不成？」

張洎連忙躬身道：「臣不敢，臣的意思是，楊浩所轄之民，所御之土，皆是定難五州及河西諸州。所率之軍，一則來之於定難軍舊部，一則來之於河西甘涼肅沙諸州，一則乃招納的西域雜胡，我大宋初立，尚無暇西顧，以上其民其土，皆非我宋國原本的治下，今能操於楊浩之手，總好過掌握在党項、吐蕃、回紇諸蕃頭人手中，當然，前提是楊浩仍得以宋臣自居。

「楊浩稱帝，本無此野心，實是朝廷大軍西進，其身分尷尬，進退不得，不得已而為之。故而，若朝廷能趁夏國與遼交惡之機，息兵戈而遣使臣，說服他自去帝號，降一等規制，仍然以宋臣自居，便可以名分大義對其施以羈縻。如此，我朝便可以騰出手來，先行平定西川，解除後顧之憂。同時，還能澈底斬斷夏遼之間的聯繫，明確我朝對河西之主權，可謂一舉兩得。

「之後嘛，待西川平定，時機成熟，聖上北伐也可，西征亦可。若要北伐，河西勢弱力孤，又已受到朝廷羈縻，但存一分僥倖，必不會招惹是非，甘為遼國先驅。朝廷只要示之以恩，便可安撫，使西北作壁上觀，不拖朝廷的後腿。如果想要西征嘛，那時後方已靖，較之現在也要容易得多。」

羅克敵聽到這裡微微搖頭道：「昔日唐國李煜亦曾自降帝號，卻未能阻止我大軍南下，前車之鑑，楊浩既已稱帝，安肯相信朝廷的招撫，自降規格，去除帝號？若他附從遼國，至少可保得帝位不失，在宋遼之間，他不會選擇宋國的。」

一向信奉多做事、少說話的羅老爺子站在一邊雙眼半睜半闔，就好像睡著了一般，直到兒子說話，他一雙老眼才微微張開了一些，待聽兒子說完，沒有什麼有失分寸的地方，上眼皮和下眼皮又闔上了，那模樣比旁邊的龍廷石柱不過是多了一口氣而已。

張洎早已受了楊浩的請託，自是胸有成竹，聞言慨然說道：「漢國甘為遼國馬前卒，下場如何，同樣是前車之鑑，何去何從，固然在於楊浩的選擇，不過我們若能主動招攬，說服於他，安知他不會選擇我朝呢？何況，如今遼夏起了紛爭，這便是個好機會，抓住機會，就能事半而功倍，若能言之得法，何愁不能說服楊浩？」

張洎說到這裡，向趙光義拱了拱手，說道：「如果聖上同意，張洎願為朝廷主持其事，說服楊浩向官家俯首稱臣！」

趙光義想想西川越來越是糜爛的形勢，再想想一向驕悍狂傲的遼國，在宋軍出戰前後的表現，不覺有些意動。麟府兩藩、定難五州，再往西去的吐蕃、回紇，以前一直都不在朝廷的掌控之下，如今朝廷已得了麟府兩州，然而黑蛇嶺的慘敗卻使得攻勢止於橫山，如果能迫使楊浩再度稱臣的話，麟府已然到手，朝廷暫且從河西體面地退兵，來日再徐徐圖之又有何不可呢？南唐、北漢可都不是一次打下來的呀，如今的夏國，較之唐漢似也並不遜色，朝廷不可能將全部實力耗費在河西。張洎說的對，對大宋最具威脅的是遼國，而且遼國不會坐視宋國占領河西，見好就收嘛……

趙光義越想越覺得這個緩兵之計使得，盧多遜一直在旁邊察言觀色，眼見趙光義的神色，不由暗道不妙，他想起前些日子趙光義讀過的那些史書，不由得恍然大悟：「這根本就是聖上的心意啊，聖上想效仿漢武，羈縻河西而制漠北，漠北若定，河西自然臣服，只是楊浩終是逆臣，聖上有礙臉面不好主動妥協，張洎……怕是受了聖上指點，方才提出這個主意。」

一念及此，盧多遜頓生危機之感，他自覺號準了趙光義的脈搏，生怕趙光義馬上點頭答應，總得賣弄一番，以表現自己和聖上一貫的心有靈犀才好，於是急急出班奏道：「聖上，臣以為張洎大人所見甚是。昔年漢武帝以漠北匈奴為大敵，為恐西域拖了後腿，便主動與烏孫王締結聯盟，匈奴一敗，西域不戰而降，若非如此，漢武想長驅直入，大敗匈奴，恐怕也不是那麼容易的。

「河西楊浩，因勢應運而起，然其地貧瘠，其民剽悍，今朝廷大軍壓境，其轄下所屬雜胡諸部尚能同心協力，外力一去，楊浩想整合吐蕃、回紇諸部為己所用則難如登天，屆時內亂自生，外顧不暇。朝廷如今若羈縻楊浩，便可解決兩面用兵之困擾，可以集中全力平息西川之亂，將來若要北伐契丹，亦可令楊浩作壁上觀。幽燕一旦到手，楊浩不過就是第二個陳洪進罷了，除了獻地納土，還有第二個選擇嗎？」

趙光義心中最重要的地方也是幽燕，之所以必打河西，是因為楊浩稱帝，昔日的臣子與他平起平坐，這是他無論如何無法接受的，他不認為河西獨力能對中原構成什麼威脅，但是河西一旦與遼國聯手那就不同了。而眼下分明是對夏國打得越狠，遼夏合盟的可能越大，既然奇襲速戰的計畫已經至麟府而止，無法再獲取更多的好處，那麼能夠體面地結束河西戰事，先集中全力解決西川之亂，確是一個很好的選擇。

至於夏國，等將來西川平定，如欲取河西，便可效仿皇兄，召楊浩這個臣子來見，他若來了，便可將他軟禁京城，他若不來，還怕沒有藉口再征河西？趙光義越想越覺得這樣處理最是妥當，如今自己最為倚重的兩位宰相意見一致，趙光義的決心便定了，他點點頭剛要開口說話，盧多遜又搶前一步道：「楊浩任鴻臚寺卿時，與臣還算熟識，臣願為陛下分憂，與楊浩交涉，說他來降。」

趙光義大悅，欣然道：「好，既如此，此事就交予兩位愛卿了，兩位愛卿有蘇秦張儀之才，朕有兩位愛卿輔佐，霸業可期呀！哈哈哈……」

五百五三　智鬥

遼夏之間因為邊哨士卒的衝突引起的戰爭進入了外交溝通階段，雙方動刀動槍的局面暫時停止了，而宋夏之間的戰爭卻活躍起來，雙方不斷進行試探性進攻。在雙方前線，有一個小哨所，雙方各自駐紮有一個小隊約百人左右，因為地形險峻，這裡不適合大部隊出入，軍事位置也不是很重要，所以雙方除了互射，從未發生過直接接觸。

在換防的時候，這個戰爭傷亡率為零的小哨所先是悄然更換了守衛的隊長，緊接著這裡的士兵也一批批地進行了更換，本來就只有百十人的哨所，在十多天的時間裡來了一次澈底的大換血，所有的人都被換過了。緊接著，兩個哨所之間那道白雪覆蓋的山梁上出現了一行自宋營走向夏營的腳印，腳印很快就被飄零的雪花，和山風捲來的雪屑覆蓋了，但是很快，那裡又出現了兩行返行的腳印。

腳印越來越多，越來越密集，山梁積雪上，漸漸踏出了一條堅實的小道，風雪再也不能掩蓋。宋遼之間的祕密接觸，在雙方發起的大大小小戰事掩護下，就從這裡開始了。

經由這個哨所，送到夏州楊浩手上的第一封信，是由張洎執筆，盧多遜潤色的親筆書信。

「……府州折氏，心向朝廷，我朝甫立，即入朝覲見，太祖欣然，倚為心腹，故委以重任，詔令折氏世鎮雲中，自御部曲，以為國家藩籬。太平興國七年，足下勾結雲中叛將赤忠，興兵奪取府州，折節度舉家逃亡，乞援於京師。天子興兵討伐河西，實為庇佑折氏，懲戒不恭，豈有誅戮之意。

「然足下冥頑不靈，不知今上有天地之造，悍然自立，以臣伐君，此大逆不道之舉。河西反叛，震動中外，聞者莫不憤慨，紛紛上言請旨發兵，請誅足下以懲反逆。然天子以文武之德柔遠，常懷慈悲之心，故對左右言道：朝廷非不能以四海之力支其一方，唯念先帝垂愛足下之本意，又及足下開拓河西、招撫諸胡之功勞，不肯以一朝之失而驟絕，更不肯為足下一人故，使河西萬千生靈塗炭，故雖命潘美興兵，仍切切諭之曰：『有征無戰，不殺無辜，王者之兵也。』

「聖上仁以治世，厚德載物，有古聖先賢之風，假有諸夷首腦抗禮於足下時，足下豈有聖上如此含容之量乎？省初念終，天子何有一處曾負於足下，足下有何以報陛下？而今河西對峙，遼人趁機作亂，興兵豐臺，心懷叵測，所謀者，火中取粟矣。

「盧多遜、張洎，與足下同事朝廷，於天子則父母也，於足下則兄弟也。豈有孝於父母而不愛於兄弟哉？故為足下一一陳之。自古道，名不正則言不順，言不順則事不成。足下奉旨駐牧西土，縱然轄地萬里，統御百萬，亦當執守臣子之禮，安得與天子同？名豈正而言豈順哉？若執迷不悟，不知悔改，徒使瘡痍百姓，傷天地之仁，又為胡虜所趁，親者痛而仇者快也。

「足下但有愛民之意，忠君之心，便當除帝冠、去帝號，俯首帖耳，上表請罪，足下當初自立乃因為眾請所，一時糊塗而誤入岐途。天子仁德，必不加罪，足下仍可復定難節度、河西隴右元帥之職，如此，失一尊號而保一方安靖，去一帝冠而保項上首級，何樂而不為之，天下孰不稱讚足下賢哉！屆時貢奉上國，不召天下之怨，不困天下之民，邊蕃之人復見大康矣。

「足下幸聽之，則上下同蒙其利，邊民之患息矣。其若不聽，他日雖有請於朝廷，必有噬臍之悔。盧張今日之言，不獨利於大王，蓋以奉君親之訓，救生民之患，合天地之仁而已，唯足下擇焉。」

楊浩看了盧多遜、張洎這封文謅謅的書信，不禁開懷大笑，傳示於左右，說道：「曙光已現，朝廷不想深陷河西泥沼，已然有心議和了。你們看看，這是宋國宰相盧多遜和張洎的來信，信上說，只要我自去帝號，俯首稱臣，朝廷仍然承認我的定難節度使身分，著我領河西之地，御河西之民，率河西之兵呢，哈哈，河西本來就在我手中，趙官家這還真是慷他人之慨呢。」

丁承宗笑道：「咱們一番心思，總算沒有白費，既然宋國已經做出姿態，接下來就好辦了。不過這帝號可以削去，卻不可以接受復稱定難節度使的職務，聖上務必要保留一個王號，如此方可保持河西政體的完全獨立，關於這一點，宋廷怕是不會輕易答應的，看來要討價還價一番了。」

种放道：「宋廷已吞併了麟府兩州，如要議和，麟府兩州的歸屬，也該和他們好好談上一談，麟州早已歸聖上所有，如今咱們要向宋稱臣，仍奉宋國旗號，那麼這麟州，是不是該還給咱們了呢？還有府州那筆糊塗帳，赤忠已經死了，朝廷只管把屎盆子往他頭上扣，反正也是解說不清，可這罪名咱們是不能承認的。這個嘴仗，一定也得打個明白才成。」

楊浩笑了笑，若有所思地道：「去帝號而稱王、交還麟州，解決府州爭端，這些，恐怕每一件都不是那麼容易讓他做出讓步的，尤其是麟府二州的歸屬，宋國在黑蛇嶺損兵折將，丟了臉面，聊可自慰的，就是占據了麟府兩州，現在讓他們交出來？難！難啊，到了趙光義口中的肥肉，你想讓他吐出來，那可是難如登天。不過……這個條件不妨提出來，漫天要價，就地還錢嘛。」

他瞧了眼种放和丁承宗，吩咐道：「趙光義讓盧多遜、張洎主持議和之事，咱們這邊，就由你們兩人牽頭吧，在事情未曾明朗之前，務須絕對保密，不得讓遼人掌握一點消息。」

种放和丁承宗齊齊應道：「臣遵旨。」

此後，楊浩便將議和之事全權交付予种放和丁承宗，二人與盧多遜、張洎鴻雁傳書，開始了祕密的談判，為了掩人耳目，楊浩仍然時常出面宴請款待遼國使節，就宋遼之間的軍事衝突進行和平解決的嘗試，夏遼兩國在橫山一線也仍保持著對峙狀態。

而宋遼兩國的前鋒主將潘美和楊繼業，雖然知道雙方朝廷正在議和，但是為了施放煙幕，進行掩護，雙方的衝突仍是從不間斷，當那條祕密的山間小道信使穿梭往來的時候，其他地方仍然是城頭變幻大王旗，你方唱罷我登場，打得歡實。

夏國的回信很快就送回了汴梁，現在不是和宋廷撕破臉皮的時候，為了這一天，當初楊浩自立的時候，就沒有把攻擊麟府兩州的罪名直接算到宋國頭上，而是假託王繼恩與赤忠勾結，為了挑起戰爭，謀立戰功，造成了麟府之亂。

雖然宋廷作賊的喊捉賊，一直堅持說是楊浩勾結了赤忠，圖謀府州，眼下雙方有了合談的意思，楊浩反駁，自然不能把這罪名算回到宋國頭上，因此一股腦兒地推給那死鬼赤忠，仍然堅持說他是受權閹王繼恩蠱惑，蓄意製造事端蒙蔽了朝廷，楊浩本人當時正率大軍西征玉門，對此全不知情，也是一個受害者云云。

當然，雙方孰對孰錯，這個已經不是重點了，雙方只是需要一個臺階下，不出所料的話，只要雙方能達成和解，挑起麟府之亂的罪責，勢必會在雙方的謀臣智士共同策劃下全部扣在那個無頭騎士赤忠將軍的身上，雙方目前和談的核心問題乃是議和的條件。

趙光義聽說楊浩要求朝廷交還麟府兩州，並且去除帝號後要稱王，果然一口回絕。雖然他現在已經確定了先平西川後謀西北的政策，但是即便不能議和，對河西暫時停止進攻，維持現狀還是可以辦到的，朝廷耗得起，小小夏國未必耗得起，趙光義底氣十足，自然不肯輕易做出讓步。

然而朝廷議和的主要目的不僅僅是為了可以騰出手來先平西川，更重要的原因是為了防止夏國走投無路投靠遼國，分化夏宋的關係，為將來北伐創造條件，朝廷奇襲麟府，以閃電戰奪取河西的軍事計畫已經澈底破產，在遼國虎視之下圖謀河西已成泡影，為了羈縻河西，在未來北伐之戰中讓河西至少保持中立的戰略目的，又不能不做絲毫讓步，不能一下子就談崩了。

有鑑於此，盧多遜和張洎絞盡腦汁，想要找出一個雙方都能接受的平衡點，最後由盧多遜執筆，回覆說楊浩圖謀麟府之舉，事後看來，確實疑點重重，朝廷對此會進行核查。至於麟府兩州的歸屬問題，情形就十分複雜了。首先要說到府州，府州是雲中折氏的轄地，而折氏已舉家遷離府州，現在做了牛千衛上將軍，在京為官，這樣的情形下，府州自然要由朝廷派駐流官，萬無交付給楊浩的道理。

至於麟州，其情形更加複雜。麟州本是府州折氏的轄地，火山王楊衮自立刺史的時候，因與折氏結親，故而受折氏委託，守禦麟州，折氏從未就此承認麟州為楊氏所有，故而折氏入朝為官，將府州交予朝廷治理，則麟州的歸屬不言自明，自然也要由朝廷直接管轄。

同時，對楊浩除帝號而稱王的要求，盧張二人也委婉地進行了拒絕，說如今朝廷只有一個異姓王，那就是吳越王錢俶，而錢俶得封郡王，是因為他將吳越國獻與朝廷，功高蓋世。如果楊浩請封王爵，那麼就得效仿錢俶，首先將河西十八州之地全部交給朝廷，赴汴梁定居，便可封他為王。

楊浩當然不肯去，趙光義的名聲太臭了，他可不想像那些生日前後離奇暴斃的亡國之君一樣，每年過生日時，捧著趙光義賜的御酒，戰戰兢兢賭它一把。再說，自己幾個娘子都是千嬌百媚，人間絕色，誰知道趙老二那個人妻控會不會起了邪心，將來傳出幾幅〈熙陵幸冬兒圖〉、〈熙陵幸焰焰圖〉，那自己的綠帽子不是要戴個千秋萬代，永垂不朽？所以也是毫不猶豫地一口回絕了。

因為兩地路途遙遠，一來一回太耗工夫，楊浩回信之時建議雙方派駐全權特使，在橫山前線直接進行談判，重大事宜再請示東京。於是張洎稱病告假，悄然趕赴橫山，和丁承宗直接住進了那道山梁兩側的邊防哨所，開始了更加密集的談判過程。

想讓朝廷交還麟府的可能性幾乎為零，這塊硬骨頭丁承宗決定放到最後再啃，雙方議和的第一個議題，重點放在了楊浩去除帝號後的定位上，夏國這邊堅持稱王，並且旁徵博引，從楊浩占據的領土，統治的子民，駕御的軍隊性質上，進行了辯駁。

面對夏國態度強硬，絕不肯再做讓步的這一條，張洎引經據典，居然找出了一個讓趙光義可以接受的辦法，告訴丁承宗說，河西乃諸胡雜居之地，丁承宗所言屬實，該地、該民、該軍與朝廷的關聯確實不大，因此朝廷可效漢唐故事，封楊浩為河西單于或河西可汗，以此為稽，今後以外臣身分貢奉上國，存中外體制。

去帝號而就單于、可汗，倒的確是保持了政權的獨立性，丁承宗覺得這個辦法已經得到了實際利益，於虛名上不需要計較太多，於是馬上把這個進展向楊浩做了彙報，誰料种放卻是一眼就看出了其中的陷阱，向楊浩指出，如此一來，楊浩就把自己也劃入了夷狄之族，再也不能像以前那樣，對河西數百萬漢民產生那麼大的號召力，而且從此將和中原涇渭分明，來日宋廷如果撕破臉皮再伐河西，簡直連藉口都不用找了，其內部阻力將微乎其微。

楊浩聽到丁承宗回信的時候，也未想到朝廷竟有如此險惡用心，不由驚出一身冷汗，連忙密令丁承宗予以拒絕，同時再度拋出一個強大的誘惑：貢奉戰馬。李光睿任定難節度使的時候，貢奉的戰馬極其有限，當年他的父親赴汴京朝覲時，所攜的貢馬也不過才五百匹，這還讓朝廷大喜過望，加官晉爵，欽賜玉帶。如果朝廷能與夏國達成合議，夏國願意進貢一千匹馬，而且是每年一千匹馬。

這個條件傳到東京時，果然讓趙光義眼熱不已，不過趙光義麾下文武也不簡單，曹彬和薛居正馬上向皇帝指出，由於朝廷缺馬，故而宋軍的建制一直以步卒為主，軍中必要的馬匹，通常透過民間買賣就可以辦到。朝廷與遼國交惡時，就從河西購買，與河西交惡時，就從遼國購買，遼國和河西皆與朝廷處於敵對狀態時，還可以從大理以及川西隴右的吐蕃人那裡得到補充，這樣一來，一則保持了戰馬的必要供給，而且其來源不會受到旁人的挾制。

現在，除非宋軍想組建大規模的騎兵隊伍，否則並不需要大量購買馬匹。然而大量組建騎兵，所需的不僅僅是戰馬，還有配套的諸多裝備和訓練問題，養一個騎兵至少可以養三個步兵，這樣巨大的投入之後，一旦真的建成了騎兵軍團，其戰馬的損失、老病，其補充之大，就不是以前所用的傳統手段可以解決的了，勢必完全依賴於夏國，這樣一來，宋國的軍隊就等於扼在了夏國的手中，一旦夏國停止輸入，耗資巨大建成的騎兵軍團就成了廢物，這不是把自己的軍隊操之在他人之手嗎？

任何一個國家，都不會進行這樣的戰略冒險，與其如此，還不如因地制宜，重點發展步兵。況且，宋國沒有養馬之地，真的大量進口戰馬，組建了騎兵軍團，飼養也大成問題。沒有養馬之地而培養騎兵軍團，和一個完全是內陸的國家花大力氣培養海軍有什麼區別？

趙光義恍然大悟，立即回旨張洎，曉以利害，張洎這才驚覺險些中了楊浩的圈套，於是客客氣氣地回書一封予以拒絕，信中說：「中原錦繡，富有四海。對四夷諸藩，朝廷每歲必有物帛之厚賜。河西貧瘠，於戰馬之外別無所出，足下若臣服於朝廷，每歲進貢馬匹，財用或缺時，天子慷慨，豈有不予惠賜之禮？此禮尚往來之舉，豈可以之要挾朝廷？」

楊浩本以為戰馬供給這個條件一提出來，趙光義必然上鉤，沒想到戰馬這麼有誘惑力的東西，也為朝廷所拒，不禁大為意外，待聽張崇巍諸將言明其中緣故，楊浩這才明白過來，敢情自己以前想的太簡單了，一直以來只以為宋國缺少戰馬，卻忘記了宋國為什麼缺少戰馬，除非宋國自己擁有養馬之地，否則你真的無限制地供應戰馬，他也養不起。

如此一來，就只能動用傳國玉璽這件祕密武器了。趙光義可以拒絕戰馬的誘惑，但是楊浩不信他能拒絕得了傳國玉璽的強大魅力。趙光義貴為天子，高高在上，常人一生求之不得的一切，他都唾手可得。做為一個帝王，他唯一的追求就只有功名，而傳國玉璽的擁有者，這就是一個無比輝煌的功名。

於是，楊浩召回丁承宗，在一番詳盡的謀劃之後，丁承宗帶著傳國玉璽這件大殺器，親自趕赴東京汴梁去了……

五百五四　謀國

丁承宗到了東京汴梁，先被安置在禮賓院，張洎立即入宮去見趙光義，趙光義已先行接到張洎的報告，知道夏國派了人來京城，有要事當面奏予天子，卻還不甚明瞭這個使節的具體情形，待問明丁承宗雙腿俱殘，不禁失笑：「所謂夏國，果然是地荒人稀，居然連一個殘廢也能委以重任，夏國當真無人了嗎？」

宋國選士，不要說是殘廢，就算五官長得不夠周正的都不能做官，這官威體統總要講的，而夏國居然讓一個殘廢身居要職，這不是人才匱缺嗎？

張洎忙解釋道：「官家，聽說這人雖是殘廢，卻極具智謀，而且此人乃是楊浩的異母兄長，是他最為信賴倚重之人，當初楊浩任定難節度使時，此人就是節度留後，官職地位僅次於楊浩。此番和談，這丁承宗就是夏國全權負責之人，倒不可因為貌相而小看了他。」

「異母兄長，丁承宗……唔，我想起來了，好像……以前是霸州一個販糧的商賈？」

「是。」

「呵呵，一個商賈出身的人，能有多麼了得？」趙光義淡淡笑道：「讓他在禮賓院待著吧，晾他些時日再說，要沉住了氣……」

「官家，那丁承宗此來……」張洎話說到一半，便上前一步，對趙光義低低耳語幾句，盧多遜站在下首，豎起了耳朵仔細聽著，還是沒有聽到，不由得心中暗恨。這一次張洎帶著夏國使節回京，是繞過了他直接稟予官家的，他們兩個是受皇帝委任的和談正副欽使，除非事情已經有了重大進展，出於邀功請賞的目的這才繞過他，否則的話，以張洎善於恭維上官、拍馬奉迎的性格，沒理由把他蒙在鼓裡。盧多遜不由暗想：「難道夏國已經答應了朝廷的全部條件？」

趙光義剛剛慢條斯理地叫張洎沉住氣，不料一聽他的話，全身便猛地一震，霍地一下站了起來，一張黑胖的臉龐漲得通紅，炯炯雙目緊緊盯著張洎，呼吸粗重地道：「你說什麼？此話當真？」

張洎一見趙光義動容的情形，不由得心中歡喜，連忙俯首道：「臣之所言，一字不假。」

趙光義大喜若狂，連忙道：「宣，馬上宣他覲見！」

「臣遵旨。」

張洎歡歡喜喜地答應一聲，轉身就走，把一旁的盧多遜恨得牙根暗咬，偏偏仍是不知就裡。

「且慢，回來。」

張泊興沖沖地剛走到殿門口，趙光義忽又喚住了他，他真的沒有想到，楊浩手中居然有傳國玉璽，這件寶物對別人沒有什麼用處，對他的用處卻是不言而喻，尤其是他一直以來的志向就是超越皇兄，一直以來的忌憚就是帝位不穩，這件寶物前朝一代英主柴榮沒有得到過，他那雄才大略的大哥也沒有得到過，如今卻有機會落入他的手中，怎麼不心花怒放？

可是他馬上就想到了其中要害所在，楊浩為什麼甘心交出這件寶物？自然是為了以此換取朝廷的退讓，可是楊浩的條件能答應嗎？玉璽，吾所欲也，麟府二州，亦我所欲也。二者不可得兼，捨誰而取誰呢？

趙光義心中委決不下，日中漸漸露出兇光，冷聲道：「楊浩身懷此寶而不知敬獻，還口口聲聲自陳冤枉，誰能信他？不若朕御駕親征，率重兵直搗夏州……」

張泊大吃一驚，連忙拜倒在地，高聲道：「官家，使不得。」

趙光義咬著牙根問道：「使不得嗎？」

張泊情急之下把手連搖，一迭聲地道：「使不得，使不得呀。」

趙光義重重一哼，問道：「如何使不得？你說。」

張泊噝了口唾沫，急忙說道：「官家，楊浩已將朝中權貴、自己家小，盡皆移往興州，在那裡築城建府，另立新都，官家你想，楊浩乞和、遷都、獻璽，所為何來？」

張泊情急之下，說出個「璽」字來，盧多遜在一旁聽得便是心中一動：「璽？什麼璽？楊浩稱帝後所用的璽印？那有什麼貴重之處了？」

傳國玉璽久已不現人間，自後晉之後，不管哪一個皇帝登基，都煞費苦心暗中尋訪，卻都不見下落，盧多遜想像力再豐富，也無法根據一個璽字，就想到那件傳奇之物上去。

趙光義神色一動，問道：「所為何來？」

張泊道：「由此種種，可以看出，楊浩之野心，僅止於河西一隅。他放棄夏州，西遷都城，越八百里瀚海而駐興州，說明他對中原全無覬覦的野心。當然，我中原人口稠密，兵精國富，根本不是他能挑戰的，楊浩這樣做，也算是有自知之明。

「不過由此也可看出，楊浩只要擁有河西就心滿意足了，河西諸胡雜居之地，不服教化，又有遼國野蠻一旁牽制，八百里瀚海較之江南長江天塹更加凶險，以上種種，都是我們不能一戰而勝的因由。如今夏國雖有意稱臣投降，但是遼國使節如今仍在夏州，雙方接觸頻繁，如果朝廷迫之太甚，一旦夏國以玉璽為媒，投效遼國，那咱們不是弄巧成拙嗎？

「再說，官家的志向在燕雲十六州，如果夏遼結盟，必使我大宋兩面受敵，一身二疾，勢難支矣。如果把他拉過來，則我大宋增一臂助，而遼國少一手足，彼消此長，澤及長遠。官家富有四海，何必計較麟府彈丸之地呢？」

張洎對朝廷一舉平定河西根本不抱希望，所以他一心促成和談，如果能成功說服楊浩稱降，他這首功是誰也搶不走的。將來平定西川之亂，追溯因由，這功勞還是少不了他的。將來北伐幽燕，只要成功了，這功勞仍舊是跑不了他的，他對和談自然比誰都熱切。

何況他所說的確實是事實，夏國不管是從兵力上，還是從疆域上，都不是那個北漢可以比擬的，朝廷未必就能把它拿下來，夏國的實力，值得遼國出手相助，在西域培植一個能牽制中原的強大勢力，如果遼國再橫下心來進行干預，那更是絕不可能完成的任務。

趙光義知道他說的是事實，剛剛因貪欲而生起的殺機便慢慢消去，臉上微微露出頹色，若是能得到這傳國玉璽，那麼封他一個王爵也沒什麼，不過……已經到手的麟府二州再還給他？那可不行，絕對不行！他可不像唐朝皇帝那麼大方，和親一個公主，就陪嫁數州之地，把漢人的文化、科技、領土一股腦兒地都送了出去，結果養出一堆白眼狼。他趙二叔是屬耗子的，只管往窩裡扒，讓他往外送，那不是割他的肉嗎？

趙光義輕敲御案，臉上陰晴不定地沉吟良久，這才緩緩說道：「罷了，愛卿一路舟車勞頓，實也乏了，先回府歇息吧。明日……不，還是得晾一晾他，不可露出急迫之色，就定在三日之後吧，三日之後，朕再見他。」

張洎見趙光義的臉色完全冷靜下來，一時也猜度不出他的心意了，這位帝王喜怒無常，著實不好侍候，哪像唐皇李煜一般，喜怒皆形於色，完全沒有城府。張洎暗暗發著牢騷，卻也不敢多說，只得應聲退下。

＊　＊　＊

「二姐，我回來啦。」

狗兒蹦蹦跳跳地跑到帳房裡邊，扭頭看看店中沒人，立即湊到折子渝身邊，低聲道：「五公子，那邊來人啦。」

「嗯，做好自己的事，旁的不要過問。」折子渝八風不動，手中一張算盤打得滴滴答答，清脆悅耳。

狗兒小聲道：「來的是丁大人，丁大人親自赴京和談，怕是馬上就要向朝廷提出釋放五公子家人的條件了。」

折子渝纖指一顫，算盤上的珠子登時亂了。抬起頭來，就見狗兒臉上帶著促狹的笑容，向她扮個鬼臉：「丁大人住在禮賓院，那裡戒備森嚴，不過嘛，以我的本領，要想夜入禮賓院而人不知鬼不覺，卻也未必就辦不到，要是有人肯求我呢，今晚我就幫她去打聽一下情況。」

折子渝難抑激動的心情，丁承宗親自赴京，和談必是到了最緊要關頭，自己一家人是被圈養京城，等著幾十年後皇子繼位，抑或是皇孫繼位後再開恩赦免，放出一群因為與世隔絕，已完全失去了生存能力的折家子孫，從此淪落為奴為乞，還是得以重獲自由，就在今日了。

丁承宗入京和談，他的倚仗必定是……折子渝的心弦忽地一顫：「楊……浩哥哥，竟然真的交出了玉璽？他……也是一個皇帝呀……在他心裡，我……我終究是重過了帝王的輝煌與尊貴……」

折子渝心懷激盪，嫵媚的眸波裡綻起了兩點璀璨的星光。

狗兒向她扮個鬼臉，笑道：「五公子是個大美人，要是哭花了臉可就不好看啦。妳別著急，今晚我潛入禮賓院，幫妳去問問情形如何。」

「不要！」折子渝一口回絕，她吸了吸鼻子，眨去眼中的淚光，抬眼看向狗兒，說道：「強中自有強中手，莫要以為宋國朝廷無人，一個大意曝露了身分，可就滿盤皆輸了。談判，是丁大人的事，不管結果如何，我們都插不上手，只管靜待結局便是。」

狗兒攀住她的胳膊，柔聲道：「五公子，我知道妳心裡急，經常一副魂不守舍的樣子，妳放心啦，我會小心的。」

「不行。」折子渝正色道：「小燚，妳大叔為什麼那麼早就把妳和竹韻這兩大高手派到汴梁來？為的就是讓妳們能夠潛伏下來，不露一絲形跡，等到東京大亂，禁軍大索九城的時候，第一時間內不會有人懷疑咱們這些早就定居於汴梁的百姓。咱們所謀的這件事太過重大，說它是偷天亦不為過，到時候，哪怕多爭取出一個時辰的時間，對於事情的成敗也會有莫大的關係，所以，咱們現在務必得做好潛伏的本分，不可以壞了妳大叔的大事，知道嗎？」

狗兒吐吐粉紅的小舌尖，應道：「知道啦，人家不去拖大叔的後腿就是。」

折子渝展顏道：「這才乖。」

她捏了把狗兒粉嫩嫩的小臉蛋，微笑道：「竹韻已去著手安排今天的離京演習了，這一次，是夜間試演，妳跟著一起行動，熟悉一下撤退路線、沿途環境、離開城池後的接應，還有意外事件的應對。現在咱們可以失手，等到正式行動的時候，可萬萬失不得手，否則可就身陷萬劫不復之地了，所以……妳一定要打起精神，把它當成一次真正的逃跑，做到胸有成竹。」

「嗯！」狗兒重重地點頭：「五公子放心，小燚就算粉身碎骨，也不會辜負大叔的期望。」

折子渝的眼神柔和起來，輕輕撫摸著她的頭頂，柔和地道：「以後，叫我子渝姐姐。」

「喔……」狗兒站起身，一邊往後屋走，一邊摸著自己的頭髮，困惑地想：「五公子讓我叫她姐姐，不對呀，我叫楊浩大叔大叔的，要是叫她一聲姐姐，那她不是也要管我大叔叫大叔了？大叔喜歡五公子，是要娶她的呀。要是管我大叔叫大叔，也……可以嫁他的嗎？」

好像一口氣從華山腳下跑到了山頂，狗兒的呼吸馬上急促起來，胸前一對初綻的蓓蕾起伏之下，那裡面有一架小鼓咚咚咚地敲了起來……

＊　　＊　　＊

「這枚傳國玉璽自何處得來？」

丁承宗道：「我主楊浩欲伐河西諸州，因肅州吐蕃人與隴右吐蕃一向關係密切，擔心隴右吐蕃人會在大軍西征時出蕭關斷我退路，故而遣密探入隴右，監視隴右吐蕃頭人尚波千的舉動，尚波千一次酒醉之後取出玉璽向兒子炫耀……」

竹韻赴隴右的真正原因，其實是楊浩注意到隴右吐蕃的迅速崛起是由於宋國的扶持，這件事引起了他的警覺，懷疑宋廷扶持隴右吐蕃，是欲行驅虎吞狼之計，因此未雨綢繆，派人前去打探真相，這個理由當然不方便說給趙光義聽，因此被他自動換成了一個同樣可信的理由。

趙光義冷冷地逼視著丁承宗，從他的神情舉止間並沒有看出什麼破綻。丁承宗被帶進宮來，初入文德殿的時候，就已是一副色厲內荏的模樣，一個鄉下種地的土財主，見過什麼世面？到了這天子腳下，皇宮大內，法度森嚴之地，怎不由他惶恐於心？

等到趙光義對傳國玉璽擺出一副不屑一顧的姿態時，這個販糧商賈出身的土財主最後一絲倚仗也消失了，偽裝的鎮靜全然不見了，在他的逼視和質詢之下開始局促起來，趙光義注意到，他在回答自己的垂詢時，幾次出現口誤，據張洎說，此人能言善道，口才頗為了得，此時口吃，顯然是心慌所致了。

丁承宗說完，悄悄抬眼瞟了瞟趙光義，眼神與他一對上，不由激靈靈一下，好像被螫了一般，趕緊又低下頭去。趙光義輕敲御案，陷入了深深的思索當中。

以楊浩原本的出身，這玉璽也不可能是他本來就有的寶物，必有一個出處，丁承宗所交代的這個出處，不像是假話，而且，如果是假話，也極易拆穿。據他所言，當時從尚波千手中偷得這枚傳國玉璽後，尚波千曾派出千軍萬馬，前堵後追，聲勢頗大，這麼大的陣仗，當地百姓必然記憶猶新，只要派人一查便知真假。如果此事屬實，那麼尚波千……

趙光義的心沉了下來，尚波千身懷傳國玉璽，祕而不宣，意欲何為？河西隴右，何其相似？今日的尚波千，與當日的楊浩，又是何其相似？朝廷想在河西扶持楊浩，削弱三藩的力量，結果楊浩扶持起來了，卻因此脫離了朝廷，成為比三藩更強大的一股地方勢力，如今掉過頭來成了朝廷的心腹大患，隴右尚波千……莫非要故事重演嗎？不！同樣的錯誤，犯一次就夠了。隴右，絕不能再出現第二個楊浩。

趙光義忽然想起了李繼筠和夜落紇，李繼筠沒有聽從他的擺布，拒絕出兵牽制銀州一線，反而想渾水摸魚直撲夏州，結果功敗垂成，帶著殘兵敗將退到了隴右，趙光義對此頗為不滿，李繼筠到達隴右後數次上書朝廷，向他乞援，都被他置之一旁，未予理會。如今李繼筠兵微將寡，雖然亮明自己身分後召納了許多党項羌人，但是既缺衣甲，又缺糧草，只能受轄於尚波千，為他搖旗吶喊，做一個馬前卒。

還有甘州夜落紇，以前和朝廷並沒有什麼接觸，自從朝廷扶持尚波千之後，原也無意再扶植一個地方酋領，而尚波千對夜落紇也頗具戒心，一直阻止他往青海湖方向遷徙，隴右回紇人都在青海湖附近，夜回紇被阻於吐蕃人地境，就像離了水的魚，如今同樣難以發展起來。

嗯……如今看來，尚波千是不大靠得住的，可隴右吐蕃人的這股力量又不能不用，既要用它，還得能控制住它，免得它變成一匹脫韁的野馬，似乎……李繼筠和夜落紇還是有點用處的，如果朝廷減少對尚波千的援助，扶持李繼筠，再對尚波千施加壓力，將夜落紇趕到青海湖去逐漸壯大，那麼尚波千、夜落紇、李繼筠三個人都得依賴於朝廷，都無法一家獨大，隴右就可以牢牢地控制在朝廷手中。

天子沒有千手千眼，不可能親自掌控整個天下，必須借助臣的力量，而臣的力量太過於龐大，就有可能反噬其君，因此，帝王心術，其精髓就是制衡，扶持幾股勢力，避免一家獨大。當年，皇兄如果不是扳倒了趙普，我又豈敢輕易動手呢？想到這裡，趙光義眼中不禁閃過一抹冷厲而得意的光芒。

這抹光芒，似乎被丁承宗看到了，他悄然舉袖，輕輕拭去鬢邊一滴汗水，艱澀地嚥了口唾沫，趙光義看在眼裡，嘴角微微綻起一絲輕蔑的冷笑：「商賈而已，不過如此……」

他忽然一拍御案，厲聲喝道：「大膽丁承宗，楊浩到底包藏什麼禍心，從實招來！」

丁承宗嚇得一個激靈，看那樣子，若非沒有雙腿，簡直就要嚇得一下子跳起來：「外臣……外臣惶恐，我……我主包藏了什麼禍心？」丁承宗一臉茫然失措的表情。

趙光義冷笑一聲道：「沒有包藏禍心？那朕來問你，你既說楊浩仍心向朝廷，並無反意，為何不肯接受定難節度使之職？他揮軍造反，乃滅九族的大罪，朕不予追究，反讓他官復原職，這已是莫大的天恩，他為何不肯接受？」

丁承宗吞吞吐吐地道：「回稟陛下，其實……其實稱王也罷，仍做定難節度大將軍也罷，只是……只是名號大小不同，權力地位，原也……原也沒有什麼不同。只是……只是我主麾下的軍隊派系眾多，來路複雜，有橫山羌人、有定難軍、有涼州吐蕃人、有甘州回紇人、有肅州焉耆人，還有瓜沙二州的漢人，不易管教。

「他們的舊主，有的曾經是可汗，有的曾經是國王，如今我主將他們一一納於麾下，若我主仍復節度使之職，未免……未免便被他們看輕了，再說，那些投靠我主的許多將領，原來的官階便是節度使一類已至武將巔峰的官職，如果我主復定難節度使之職，這些將軍投靠我主，不但不能陞遷，反而還要官降數級了，這個……這個……這些人，大多好勇鬥狠，唯利是圖，到那時必然釀成大禍，故而……故而……」

趙光義想起當初楊浩率兵參加討伐北漢之戰時，手下那些雜七雜八的軍隊，楊浩每下一道將令，得靠十多個通事官進行翻譯的模樣，情知丁承宗所言屬實，心中不禁好笑。他不無惡意地想：「如果朕堅決不肯讓步，一定逼他就定難節度使之職，河西豈不是不打自亂了？」旋即想起楊浩還有遼國這個第二選擇，這個想法只得作罷。

他吁了口氣，故示大方地道：「這也罷了，昔年李氏世襲定難軍節度使之軍職時，本就有一個西川王的爵位，如果楊浩誠心歸附朝廷，朕何吝於賜他一個王爵呢。不過……」

趙光義微微俯身，森然道：「楊浩既肯歸降，重奉宋幟，做朕的臣子，那麼……他坐擁河西十八州猶不知足，執意向朕索取麟府二州，意欲何為，嗯？」

五百五五　轉機

趙光義對傳國玉璽志在必得，但是他絕不肯露出一絲垂涎之色，宋夏之間的談判在艱難地進行，丁承宗把楊浩的苦衷一股腦兒地告訴了趙光義，吐蕃、回紇的驕兵悍將不易馴服，而且那些兵戰時是兵，平時是牧民，不能隨時聽從調遣，楊浩身邊必須得留一支常備軍，由於楊浩一口氣吞了河西諸州，原定難軍舊部分駐各方，都城防守力量不足，需要倚重折家軍，而麟州本是折家根基，那些士兵故土難離，不取回麟府，很難保證這批折家軍舊部俯首帖耳，忠心臣服。

但是麟府二州是河西東進中原的門戶，從軍事意義上來說十分重要，而且一個帝王最大的功勞就是開疆拓土，麟府已經在手，叫他趙光義吐出來，他是絕對不肯的。談判就此進入僵局，幾天之後，丁承宗拿出了第二方案，要求朝廷釋放軟禁中的折家滿門。

折家如今困在汴梁，就算有通天的本事，也沒人能把他們救回去，折家舊部對此本來是能夠理解的，可是楊浩和折御勳是盟兄弟，折御勳對楊浩恩重如山，如今既救不了折家滿門，又無法救回折家的人，無論如何是說不過去的，希望朝廷能釋放折家，這樣楊浩對各方面也算有個交代。

雖說府州到手，折家已經失去了利用價值，而且就算釋放了他們，除非楊浩想要主動與宋國再挑起一次戰爭，否則折家只能吃了這個啞巴虧，絕不會再指摘朝廷什麼，可是朝廷以什麼名義把折家交予楊浩？這仍是一個難以解決的問題，趙光義對這個條件仍然不肯答應，在他想來，肯賜予楊浩王爵，已是莫大的恩賜，最終楊浩還是要做出讓步的。

不料這時又傳來一個消息，改變了趙光義的心意，那就是于闐國對喀拉汗王國之戰勝利了！艾義海率軍趕赴于闐國時，于闐國與喀拉汗國的軍隊正在葉爾羌河附近展開激戰，雙方損失慘重。當時于闐國王正在前線，王都宰相張金山親自接見了艾義海，艾義海聽說了情況，馬上讓張金山派了一個陪同的大臣，和一個嚮導，帶領著他的大軍衝向葉爾羌河。

等他趕到的時候，雙方剛剛結束一場大戰，正在休整階段，于闐國人見到一支裝備齊整的漢人騎兵像草原上慣見的馬匪一般大呼小叫地猛撲過來，直把精疲力盡的于闐軍隊驚得目瞪口呆，他們匆匆抓起兵刃，防禦的陣形還沒擺好，就看見那支瘋子般的隊伍呼嘯著衝過葉爾羌河，一刻不停地撲向喀拉汗人的營地。

兇悍的喀拉汗人正在做禮拜，他們知道于闐國的兵力有限，已經不可能再抽調出一支大軍協同作戰，而河對岸的于闐軍比他們更加疲乏，根本不可能於此時發起進攻，於是全體信仰虔誠的將士們，都在清晨薄薄的晨霧中面向天房，心裡舉意。

隨軍的阿訇率領大家正在虔誠地念著讚美詞：「蘇卜哈奈坎拉洪麥，臥比罕目迪開，臥臺巴來開斯目開，臥臺而兩占杜開，臥兩一兩亥艾一魯開……」

艾義海就像騎在戰馬上的怪獸一般，率領著旋風一般的隊伍，逕直撲進了他們的大營，驍勇善戰的喀拉汗戰士，在猝不及防之下，前營大軍全軍覆沒。于闐國王尉遲達摩聽到陪同艾義海前來的大臣稟報，馬上歡天喜地地換了一身新衣裳，等著艾義海前來朝覲。

可是他左等也不來，右等也不來，無奈之下，只得在軍隊保護下小心翼翼地趕向河對岸，到了那裡才發現遍地血腥，那些魔鬼般的騎士已經把喀拉汗人的大營搜刮一空，揣著滿懷的金銀珠寶，一個個坐在橫七豎八的屍體堆裡，正在吃著喀拉汗人還沒來得及享用的食物，艾義海吃得滿口流油，當那隨他前來的于闐大臣向他介紹了達摩的身分之後，他馬上扔下羊羔腿肉，用那一雙油漬漬的大手親切地握住了尉遲達摩的雙手。

如果在平時，這樣的一位外國將領就算不會受到失禮的指責，至少也會被斥以粗魯，而這個時候，尉遲達摩卻覺得這樣作風粗魯強悍的將領，才能成為于闐國的倚仗，有了主心骨的尉遲達摩和艾義海就在喀拉汗人的前哨營地裡擬定了反攻計畫，當天下午，兩軍合兵一路，就正式展開了反攻。

雙方先是在葉城南郊擺開戰場，激戰了七天七夜之後，喀拉汗人仍然摸不清狀況，既不知道艾義海這支比他們作戰還要瘋狂的軍隊從何而來，也不知道他們到底有多少人，此時雙方本來打得不勝不負，但是喀拉汗人是勞師遠征，在異國作戰，為慎重起見，喀拉汗統帥決定撤軍。

喀拉汗國此時的軍力比于闐國還要強大，按照尉遲達摩的想法，此時應該見好就收。可艾義海卻不作此想，喀拉汗人東侵時，燒燬寺廟，劫掠民居，擄奪了大批的財物，每個士兵的私囊都豐富無比，這幾仗打下來，艾義海賺得缽滿盆滿，當初做馬匪時的貪婪習氣又上來了，而且尉遲達摩認為窮寇莫追，他從楊浩那兒學來的卻是宜追窮寇，絕不予敵喘息之機，於是緊追不捨，堅持不放棄。

尉遲達摩無可奈何，總不能讓援軍獨自作戰吶，只好硬著頭皮與他一同前進。其實以喀拉汗人的軍力，又已進入他們的地盤，占據著天時地利人和，艾義海未必就能占得了多大的便宜，不過由於追兵的毫不遲疑，使他們誤判了追兵的實力，撤退一旦變成敗退，便不是任何人都進行約束的了。

喀拉汗逃兵一直逃向他們的都城疏勒，追兵便緊追不捨地撲向疏勒，當地百姓們在充當消息散播的傳話筒過程中，本著八卦本性，把追兵的英勇誇大了十倍，結果無形中為追兵發揮了宣傳戰、心理戰的重大作用，喀拉汗王國歷史上本來是個佛教國家，改變信奉才三十多年時間，在其國家內部，仍有大量的佛教徒，因為是本國人，他們儘管受到了排擠，但是並沒有被武力清洗，這時聽說于闐國的軍隊強大無比，不禁大受鼓舞，居然在喀什噶爾造反了。

這個誰也沒有預料到的變化幫了艾義海和尉遲達摩的大忙，在喀什噶爾城中的佛教徒幫助下，于闐軍隊居然輕而易舉地攻進了喀拉汗人的都城疏勒。這一戰果，直到尉遲達摩踏進喀拉汗的王宮，他都以為是在做夢。儘管因為喀拉汗人迅速組織反撲，從其他城市抽調了大量軍隊，他們無法守住喀什噶爾，因此劫掠一番後主動退兵了，不過這一重大勝利仍然使于闐國上下歡欣鼓舞。

此戰，于闐國不但擄獲了大量的財物，還抓到了不少的貴族，將來可以換取大筆的贖金。經此一戰，于闐士氣大戰，喀拉汗人元氣大傷，至少五、七年內，再也不可能進行有力的外侵了。艾義海所率軍隊的英勇，瘋魔一般的作戰方式，給一直看在眼裡的尉遲達摩留下了不可磨滅的印象。

所以在向楊浩報捷的時候，于闐國繼承認楊浩的夏國之後，又更進一步，尊奉楊浩的夏國為宗主國了，在他寫給楊浩的報喜信中畢恭畢敬地說：「大夏朝皇帝陛下，做為護教法王，您派來的軍隊就像金剛獅子一般英勇，在可以信賴的、令敵人聞風喪膽的艾義海大將軍幫助下，我們長驅直入，直接打到了疏勒城，俘獲了敵人的妻子家眷，還得到了大象、良馬、黃金、寶石等財物，唯一美中不足的是……這個地方人口密集，所以糧食有限，我們回來的時候都餓著肚子，就算是臣和艾將軍也不例外……」

這個消息透過夏國和談使者之口，巧妙地透露給了宋國官員，而宋國自己搜集的情報也證實了這一點，這一來夏國使者的態度明顯強硬起來，趙光義也不得不開始從新審視對待夏國應有的態度了。

夏國打了這場大勝仗意味著什麼？意味著他們在西域迅速擴大了影響，西域諸國都是信奉強權和實力的，不管是出於敬畏也好，想要攀附強權也好，很快將有眾多的西域國家向夏國示好、往來，而這些國家對宋國來說，是鞭長莫及，無從影響的。

這一場勝仗還意味著夏國的軍心士氣會暴漲，意味著夏國至少暫時會有一個穩定的後方，意味著楊浩至多再有一個月的時間，手中就會增加一支剛剛打了勝仗歸來的生力軍，補充到橫山前線來，宋國想要壓制夏國的困難將進一步增加。而于闐國做為西域諸國中的一個大國，已經率先承認了夏國的宗主國地位，如果和談能夠成功，朝廷成為夏國的宗主國，那麼意味著什麼？意味著朝廷不費一兵一卒，就可以把宋國的影響和皇帝的榮耀擴大到遙遠的西域去。

趙光義的心熱了，他喚來盧多遜和張洎，只向他們交代了一句話：「朕想答應楊浩的條件，放折家滿門歸去，你們為朕想個穩妥的法子。」

五百五六　三山

五臺山，冰雪晶瑩。

王繼恩臉色陰霾地走出寺院，緩緩行於山路石階上。

他是個太監，但他是一個有理想、有志向的太監，他是太監這個事實是誰也抹煞不了的，但是太監未必不能做一個真男人，是不是男人，不是靠床上運動來判斷的。他一直夢想著走出皇宮大內，或從文、或從武，幹出一番轟轟烈烈的事業來，做一個頂天立地的奇男子。

從某種意義上來說，他做到了，一個偉大的帝王倒在了他的陰謀之下，如果沒有他的幫助，無法將禁軍掌握手中的趙光義絕對沒有辦法殺掉趙匡胤，登上九五至尊的寶座。可這功勞，卻是永遠見不得陽光的，他沒有辦法向任何一個人炫耀。而且，太監殺死皇帝，他不是第一個，這事雖然驚天動地，卻實在談不上光彩。

不過因為這功勞，他總算如願以償地離開了皇宮大內，成了一方大員，可是地方官員從古至今太多太多了，別的官員可以安安穩穩地做官，封妻蔭子，享一世富貴榮華，然後就像泯滅於湍流之中的一朵浪花，在歷史上不再留下一絲痕跡，但那不是他想要的，他無法封妻蔭子，他只想青史留名，他，是一個有想法、有志向的太監。

如果，夏州城被成功地打下來，如果楊浩這個皇帝成功地被擒獲，那麼他王繼恩的名字，一定可以永載史冊，雖然他少了那話兒，但他卻能永載史冊，為千秋萬代所銘記。可是，潘美退兵了，不但退兵了，還鬧了個損兵折將，最後還要他代人受過，打回了原形。

雖說官家沒有更嚴厲的責罰，訓斥一番之後只是免去了他的監軍之職，回到河北道做了觀察使，可是他的心中仍是不免深深地失落。因為身體的殘缺，他比平常人更加渴望功名，可以載之史冊、光耀千秋的功名，他的追求，是一個太平官無法給予他的。可是經歷這次失敗，他還有下次機會嗎？

王繼恩在一塊崖刻前站住了腳下，在他身後，是一塊巨大的崖刻，崖石上刻著龍飛鳳舞的三行大字：「天之三寶日月星，地之三寶水火風，人之三寶精氣神。」

「一定能的！」

王繼恩想起他與官家共謀的那樁大事，不由得精氣神一振，憑著這點香火之情，官家一定會對他恩寵有加，這一次失敗了，以後還有的是機會，方才進香時，不是也討了個上上大吉的籤嗎？耐心，做大事，一定要有耐心。

王繼恩臉上露出了輕鬆的笑容，重新振作起來：「來啊，打道回府。」

話音剛落，崖刻上下兩方，忽然冒出幾個人來，看打扮個個都是進香的尋常香客，有老有少，有貧有富，但是個個一臉殺氣，迅速向他逼近過來，一看就是不懷好意。

他的幾名侍衛已半拔鋼刀迎了上去，口中沉喝道：「你們是什麼人？」

只見那幾個滿臉殺氣的人揚了揚手，也不知亮出了什麼物事，他的幾個侍衛也不知看見了什麼東西，竟然身形一滯，手中的鋼刀也沒有拔出來。他們沒有拔刀，那幾個人卻動手了，他們繞過呆立在那兒的幾個侍衛，向王繼恩進逼兩步，突然動手了，有的自懷中摸出利刃，有老者自竹杖中拔出了短劍，有的靴底彈出了鋼刀。

那幾個侍衛滿面驚愕地剛隨著轉過身來，不提防這幾人突然出手，猝不及防之下，連刀都來不及拔，便紛紛血濺當場，慘叫聲剛剛響起，他們就血染石階，躺倒一地，有些鮮血濺到路旁皚皚白雪之上，豔若梅花。

王繼恩沒想到光天化日之下，佛門廟宇之前，居然有人對他這個朝廷官員不利，不由大驚失色道：「你們是什麼人，朗朗乾坤，光天化日，竟敢行兇殺人，本官是……」

王繼恩懂些武藝，但是眼見這些人俐落的身手，殺人不眨眼的殺氣，駭得氣力全無，根本不敢反抗，因為他穿著一身仕紳日常穿著的公服，他只道這些人是剪徑的強梁，自己方才施捨寺廟香油錢的大方舉動落入他們眼中，使得他們動了歹意，所以急著向他們表白身分。就算是強盜，除非有深仇大恨，輕易也不敢殺傷朝廷官員的。

不料這些人不由分說，一個箭步躍到他的身前，兩隻手腕便被人叼在鐵鉗般的虎口之中，俐落地向後一擰，一扼，「喀嚓」兩聲響，痛得王繼恩仰天一聲慘叫，震得樹上積雪簌簌落下。這些人一言不發，竟然就將他的手腕扼斷了。

王繼恩只發出一聲慘叫，嘴裡就探進了一根冰涼的鐵鉤，那鉤子藏在一個人袖中，鋼鉤入口，鋒利的尖端立即鉤住了他的舌頭，鋼鉤向外一拉，王繼恩連慘叫都發不出來了，血淋淋的舌頭被拉出口中，然後眼前寒光一閃，他的身上除了下邊，又殘缺了一處地方。

「他們是什麼人？到底要幹什麼？怎麼會用些這麼古怪的兵器？」

這不像是綁票的強盜，也不像是什麼仇家，王繼恩忽然想起世上似乎確實有一些專門使用稀奇古怪的東西做兵刃的人，只是劇痛和眼前詭異的氣氛，讓他一時想不起這些人的來歷身分。

那些人扼斷了他的雙手，割去了他的舌頭，立即拖起他便走，頭前一個年過半百、但是身形矯捷得不像話的漢子用一種生硬的語氣說道：「小林，馬上帶他回京。良夫，你帶人去，把他的府邸澈底查抄一遍。」

王繼恩終於知道這些人是什麼人了，日本直！他們是官家身邊的人，殿前司日本直的侍衛，官家身邊殿前司馬軍的契丹直、吐谷渾直侍衛都是以一當十的馬上勇士，專門負責皇帝外巡時的安全，而日本直唯一的使命，就是為官家執行一些刺探、刺殺任務，官家……為什麼派他們來對付我？

＊　＊　＊

岷山腳下，箭竹叢生。

一隻貓熊慢吞吞地嚼著竹葉，忽然，牠似乎聽到了什麼動靜，連忙伏下身子，用牠那肥胖的身子所能使出的最快速度向林區深處逃去，一路撞動竹林，一隻金絲猴牢牢抓著樹枝，從枝葉下探出了身子，鬼頭鬼腦地瞅了瞅，然後也飛快地逃走了。

草叢中，兩個人緩緩走來，在竹林邊站住了。其中一人看起來年紀還很輕，但是傷痕累累的甲冑，堅毅冷靜的眼神，卻使他看起來像一個身經百戰的將軍。另外一人三十出頭，貌不驚人，只有一雙眼睛非常有神，透出幾分狡黠和精明，肩上搭著一只褡褳，看起來就像一個油滑的行商。

二人對面而立，那位年輕的將軍道：「長安留守，當今齊王，請我揮師北上，前往關中？呵呵，這不是朝廷設的一個圈套吧，請甕入君嗎？」

那行商模樣的人微微笑道：「是請君入甕，童將軍。」

年輕將領揉了揉鼻子道：「我書讀得少，就那麼個意思吧，你明白就好。」

行商呵呵一笑：「童將軍真是個爽快人，胡喜就喜歡和將軍這樣的爽快人打交道。明人面前不說暗話，我方才所說的理由，童將軍只要稍稍留意京中情形，就該知道，我說的是真的。」

「哦？」童羽沉吟了一下，笑笑道：「就算我相信你的話，可我的兵都是蜀地百姓，讓他們背井離鄉的話，恐怕未必肯走呢。」

胡喜詭譎地一笑，說道：「如果是趙得柱做這順天大將軍的時候，的確未必能叫這些人心甘情願地離開，但是……據我所知，將軍坐了這義軍頭把交椅之後，軍民分野，嚴肅軍紀，如今的義軍已是一支真正的軍隊，若說令出如山，也未必就做不到。」

他神色一正，又道：「將軍，實不相瞞，據我們收到的消息，朝廷已經與夏國開始議和了，議和一旦有了眉目，剿撫巴蜀的兵力必然大增，到那時候，將軍必然舉步維艱，如果現在就搶先一步，搶在朝廷重兵圍剿之前，跳出巴蜀，縱橫關中，以將軍大軍目前的實力，再有我們暗中提供財帛、情報，做到處處料敵機先，將軍豈非如魚如水、百戰百勝嗎？

「再說，將軍揭竿而起，所為何來？大丈夫所謀，不過是功名前程、出人頭地罷了，如果將軍扶保了齊王，有朝一日齊王坐了天下，你就有從龍之功，開國功臣，位高爵顯，福蔭子孫，這樣的機會，你願意放過嗎？」

童羽雙眼微微一瞇，問道：「如果真的官兵圍剿，別無出路，你就不怕我將你們的祕密告訴朝廷，以此謀個一官半職嗎？」

胡喜狡黠地笑道：「你不會的，摻和到宮闈之祕、皇室醜聞之中，不會有好下場的。再說，就算你說了，我們也不會承認，你有任何證據嗎？至於官家的猜忌，那就更無所謂了，齊王目前的處境已經夠凶險的了，再壞還能壞到哪兒去？若非形勢險惡，我們也不會找上童將軍你。將軍說，對嗎？」

「那麼，我又如何相信你的誠意呢？」

胡喜道：「很簡單，我現在就可以向將軍提供必要的糧食、軍械、冬衣、藥材，將軍北上之時，沿途城池的軍力部署、戍守將領、武備軍械，兵馬調動，各個方面的情報，我也會及時提供給你，將軍總不會異想天開，認為朝廷會用這種資敵之法來剿匪吧？」

童羽低下頭，在草叢中慢慢地踱起了步子，整編軍隊，建基於深山，這都是楊浩祕密囑咐他做的，楊浩的計畫是河西和談，在這個過程中巴蜀會產生重要作用，一旦和談成功，巴蜀將要承受的壓力將要成倍增加，有鑑於此，楊浩才提前囑咐他做好必要的準備，並且已經警告他，到時候可能迎來十分沉重的打擊，處境將非常艱難，或許義軍將全部撤入深山進行游擊戰。

如果……有一條更好的出路，是不是還應該堅持原來的計畫呢？

胡喜並不著急，好整以暇地站在那兒看著，童羽想了許久許久，緩緩抬頭來：「胡先生，這件事我還需要和幾個心腹好好商量一下才能決定，是否……」

胡喜很痛快地道：「成，不過……縱然是將軍的心腹，在下以為，有些事情也是不需要向他們交代的。」

童羽會意地一笑：「你放心吧，齊王的安危對你來說十分緊要，對我來說同樣十分緊要，我不會把齊王的身分透露給他們知道的。」

胡喜笑道：「如此甚好，那我就靜候將軍佳音了。」

他頓了一頓，又道：「朝廷與夏國議和即將成功，隨即，派入西川的兵馬將大量增加，到時候你們的處境將更加困難，屆時，你的大軍想安然抵達關中，而且還要攜帶些老幼婦孺的話，勢難成功。現在朝廷圍剿你們兵力還有限，分散各處，難以形成合圍，因此在我們的接應之下，你們要安全抵達關中，並且在莽莽秦嶺中建立一些易守難攻的險要山寨，還是很容易辦到的。將軍千萬抓緊，切勿失了時機。」

童羽輕輕頷首道：「胡先生儘管放心，我會以最快的時間……下決定，然後把結果告訴閣下！」

豐臺山，劍拔弩張。

＊　＊　＊

豐臺山大營目前已再度回到了夏國手中，山坡上有積雪的地方在雙方士兵反覆衝殺踩踏之下已經變成了結結實實的冰層，楊延訓受此啟發，乾脆煮了雪水往山坡上潑，搞得整個北面山坡亮晶晶的就像一座水晶宮，誰也無法立足。

不過山下的遼軍大營還算安分，這些天除了叫罵挑釁一番，沒有再向他們發起過進攻，這倒不是遼兵畏戰怕了他楊三郎，主要原因還是因為遼國使節到了夏州，正與夏國皇帝進行交涉的緣故。

今天一大早，山頂望樓中的戰士忽然發現至少有兩千騎戰士趕到了對面的遼軍大營，他馬上把這個消息稟報了楊延訓，楊延訓聞訊有些緊張，這個時候遼國突然增兵，總會有些緣故的，他馬上命令全軍嚴陣以待，做好戰鬥準備，可是對面一直沒有什麼動靜，除了那兩千騎士兵趕到後，遼軍營中引起的片刻騷亂，現在一切寂靜如常。

楊延訓不敢大意，親臨前哨，正在仔細觀察對面動靜，有人跑來對他耳語幾句，楊延訓趕緊往回趕去，待到了自己的帥帳，就見聖上楊浩坐在上首，自己的父親坐在左首，右首一人，正是當初透過他這個前哨被送往夏州的遼國使節墨水痕。

楊延訓急忙趨身上前拜見，暗暗詫異：「聖上怎麼來了？沒理由送一個外國使節會送出這麼遠吧……」

五百五七　請君賜教

在楊浩的吩咐下，楊延訓派人護送著那位遼國鴻臚寺丞墨水痕回了遼營，等到下午的時候，墨大人又回來了，這一次楊浩居然也要跟著他一起過去，楊延訓緊張起來，楊繼業雖未說話，卻是因為早已經勸過，只是不曾見效，但是兒子出面勸阻，他並未制止，顯見對此也是頗不贊同的。

楊浩笑道：「無妨，如果對遼國有利，就算朕還是宋國的一個使臣，也會被他們留下。如果沒遼國沒有好處，就算貴為天子，朕也一樣來去自如。你們不必擔心，此去遼營，我是去會一會遼國北院大王耶律休哥的。」

楊延訓訝然道：「原來是他來了？難怪……不過就算是他來了，聖上是天子，耶律休哥只是遼國北院大王，也該他來會見聖上才是。」

楊浩微笑道：「有時候，占便宜就是吃虧，吃虧就是占便宜。」

楊浩換了一身尋常將領的衣服，只有幾個暗影衛士相隨，在墨水痕的陪同下進了遼國大營，宋國營寨那邊一直注意著這邊的動靜，但是楊浩的大名他們雖然都聽過，認識他的卻不多，再加上相距過遠，楊浩又未著明顯的服飾，雖然發現一向用刀槍說話的夏遼雙方今天來來去去的有些詭異，卻無法判斷當事人的身分。

遼軍營中，最大的那座氈包，墨水痕搶前一步掀開厚厚的簾幕，迎面就是一條猩紅的地毯，直鋪到盡頭。盡頭几案上，擺放著炒米、牛油、奶酒、奶豆腐，還有一大盆熱氣騰騰的手扒羊肉，一條大漢正據案大嚼，此人一臉的剽悍英武之氣，雖然坐在那兒，他卻像一頭蓄滿了力量的豹子。

楊浩進來，他只抬頭睨了一眼，便垂下眼去，把注意力放在了手中一根羊排骨上。只這一眼，楊浩的形貌其實已完全被他看在眼中，比起當初離開上京的時候，楊浩成熟了許多，神情氣質也更加凝練穩重，而且上位者的氣質已經漸漸呈現出來，如果說當初在上京的時候，他的自信和從容是來自於他背後那個強大的帝國，那個強勢的皇帝，那麼現在舉手投足間的從容和自信，則完全是因為他自己所擁有的力量。

耶律休哥只看了他一眼就低下了頭去，並不是想故意做出一副對他的輕視，而是不想被他看到自己眼神中的情感波動。雖說已經過去幾年的時光，雖說此番西來，他負有十分重要的使命，可他從來沒有忘記過他曾經深深喜愛過的那個女人。

這些年，做為北院大王，他功成名就，身邊的女人也越來越多，其中許多都出自豪門，容色俊麗，可是在他心中，沒有一個比得上那位宮廷女官羅冬兒。有人說，得不到的總是最好的，或許就是這個原因吧，他每得到一個美人，都會情不自禁地拿她去和冬兒比較，而冬兒從來都把他當成大哥，從未以他的女人的身分服侍過他，於是他只能用自己的幻想來比較，這樣的比較，就算是一位天仙，也要在他腦海中已臻完美的冬兒面前敗下陣來，於是他的悔意便也越漸加深。

如果時光能夠倒流，他絕不會再故示大方，再屈從於太后的旨意，把自己喜歡的女人拱手讓予眼前這個男人。他聽說冬兒已經為楊浩生下了幾個孩子，心頭更如針扎一般，那個一身雪白，就像草原上冬天最美麗的雪狐般清麗精靈的女孩，本該成為他的王妃，本該為他生兒育女的呀。

眼見大王倨傲就坐，旁若無人，墨水痕十分不安，剛欲加重語氣，唱報夏國皇帝的到來，卻被楊浩伸手制止了。楊浩從容向前，逕直走到耶律休哥的面前，盤膝坐下，自他面前的盤中拿起一根汁水淋漓、滋味鮮美的手扒羊肉，大口啃了起來。

「吧嗒」一聲，耶律休哥將手中啃淨的一根骨頭扔在桌上，順手拿起一方手帕，輕輕擦了擦嘴角，然後慢慢地拭著手指，冷冷地道：「陛下，你該知道，我迭刺六院部的勇士們在這寒冬季節千里奔波，到豐臺山來，為的是什麼。可是，你的兵，似乎不大友好啊，今天陛下既然來了，不知對這件事，你打算向我如何交代？」

「這事其實……也沒什麼大不了的吧？貴國的士兵追逐獵物，闖進了我的國土，我的士兵把他們遞解出境，似乎沒有什麼不妥，當初兩國建交的時候，互不侵犯，可是列在第一條。」

耶律休哥怒目圓睜，喝道：「你……」

楊浩話鋒一轉，又道：「當然，宋國大軍壓境，大王率軍趕到，幫了我很大的忙，我的人這麼對待友軍，有些不太禮貌，其實他們完全可以做得更委婉些的，不過緊接著貴部就還以顏色，痛打我取水的哨兵，又將他們剝個精光，捆在營寨前示眾，我的人將他們搶回來，難道也不對嗎？若換了休哥大王是這帶兵之人，你會怎麼做？

「當然啦，不管怎麼說，大王遠來是客，此番出兵對我夏國又不無庇護之意，我的人這麼做，是有些不近情理的，雖說士兵粗魯野蠻，偶起衝突在所難免，但是至少我該第一時間出面處置，避免事態更進一步擴大才對，要是那麼做，也不至於夏遼兩方軍隊把我夏國這豐臺山大營做了戰場，殺過來，殺過去的。可是，我實在是忙啊，想來耶律大王也是因為同樣的原因，所以遲至今日，才從大同姍姍而來吧？」

耶律休哥冷笑道：「陛下這番話綿裡藏針，是不打算善了了？」

楊浩正色道：「你說錯了，我只是在陳述一個事實。我這次來，其實是很有誠意和解的，不管這次豐臺山衝突起因如何，誰對誰錯，這麼一件小事，與遼夏兩國的長遠友誼比起來，是微不足道的。所以，為了夏遼兩國的偉大友誼，為了休哥大王千里馳援的義舉……」

楊浩一手揮舞著羊骨頭，說得慷慨激昂，說到這裡時，順手把羊骨頭往地毯上一拋，以拳撫胸，鄭重說道：「我以夏國皇帝的身分，向休哥大王致歉，向在此衝突中致死的遼國將士，謹致深切的緬懷，向在此衝突中致殘的遼國將士，謹致深切的慰問。」

耶律休哥呆住了，楊浩的反應完全出乎他的預料之外，以至於他事先想好的許多擠兌打壓楊浩的說詞全都沒了用處。人家致歉了，好歹人家是一國皇帝，就這麼向他道歉了，他還有什麼好說的？難不成教人家把殺人兇手交出來？這是打仗，不是鬥毆，再昏瞶無能的皇帝也不會幹出那種大失人心、自毀長城的事來，那樣做就是逼他決裂，而這是遼國也不願意觸及的底線。

耶律休哥驚愕莫名的時候，楊浩忽地顏色一緩，欠身說道：「休哥大王的胸襟像草原一樣遼闊，像天空一樣浩瀚，我相信貴我兩國的友誼，在休哥大王心中的分量，也會重過這小小的不愉快。這件小事不提也罷，我這次來會見休哥大王，其實是有一件更重要的大事，要通報於大王。這件事，我麾下許多文武還不知道，但是我覺得，有必要先告訴休哥大王，我說過，我是十分珍視貴我兩國的友誼的。」

「什麼事？」耶律休哥文武雙全，乃是宋初遼國一員名將，可若論到這種狡黠心思，卻是遠不及楊浩了，他現在不止是思維，就算是喜怒，也完全被楊浩牽著走了。

楊浩一字一頓地道：「休哥大王，我夏國，已決定削去帝號，向宋國稱臣乞降了。」

耶律休哥雙目一張，眸中頓時暴出一片精芒，雙手箕張，如虎撲食，厲聲道：「你說什麼？」

楊浩一手杯，一手壺，酒壺高舉，酒水如注，微笑道：「一拳力盡，想再打一拳，該怎麼辦呢？自然得先把拳頭收回來才行。有時候後退，是為了更好的前進，休哥大王以為然否？」

耶律休哥威猛暴怒的神氣頓時一斂，緩緩在几案後又坐了下去。

楊浩一杯酒注滿，放下酒壺，雙手捧杯，溫文爾雅地道：「時光荏苒，一別經年。自上京分手，今日方始再見，休哥大王，且讓我們滿飲此杯……」

*　　*　　*

「我是一隻修行千年的狐，千年修行千年孤獨，夜深人靜時可有人聽見我在哭，燈火闌珊處可有人看見我跳舞。我是一隻等待千年的狐，千年等待千年孤獨，滾滾紅塵裡誰又種下了愛的蠱，茫茫人海中誰又喝下了愛的毒，我愛你時你正一貧如洗寒窗苦讀，離開你時你正金榜題名洞房花燭……」

羅公明穿著一件狐絨毛邊的坎肩，捧著一杯茶，坐在交椅中，閉著雙目十分陶醉地哼著從「千金一笑樓」學來的歌曲，頜下一副山羊鬍子翹來翹去，悠然四得。羅老可是千金一笑樓雪若艸雪行首的粉絲，雪姑娘演唱的曲目，他倒背如流，因為常去千金一笑樓捧場，可沒少讓羅夫人呷醋。

「能不能為你再跳一支舞，我是你千百年前放生的白……嗳嗳嗳，放……放……放手……」

羅老頭唱一句吸口氣，竟然還有那麼一點氣聲唱法的味道，正唱得眉飛色舞的當頭，耳朵忽然被一隻珠圓玉潤的小手給扭住了，他的屁股馬上隨著那隻手離開了椅子，眼睛還沒張開，臉就被揪成了包子褶：「哎喲喲，夫人吶，這又是為的什麼呀？」

羅夫人恨恨地放下手，雙手扠腰，擺了個茶壺造型，杏眼圓睜，喝道：「你這個老東西，有什麼事從來不和我商量，別的事都依你，可這麼大的事，你也把我蒙在鼓裡，你當我是什麼人？」

「唉，到底是什麼事啊？妳瞧瞧妳，話都說不明白，還讓老夫和妳商量，商量什麼事情呀？」

羅夫人怒氣沖沖地道：「我問你，你是不是上表請求告老還鄉了？」

羅公明捋著鬍鬚道：「是啊，怎麼啦？」

「為什麼要告老還鄉？」

羅公明慢條斯理地道：「告老還鄉，當然是因為老啦。現在年紀大了，腿腳不靈便，腦子不夠用，走一步就喘口氣，有陣風就吹得倒，不能為朝廷效力啦，還不退下來，難道等著人家趕嗎？」

羅夫人冷笑：「聽你這一說，都快入土了是吧？敢情就剩一口氣苟延殘喘了？昨兒晚上也不知道是哪個老東西那麼能折騰，行，你老得走不動道啦是吧？碧蟾，綵鳳，吩咐下去，把老爺那幾房愛妾全趕到西跨院去，沒有我的吩咐，誰也不能侍候老爺。還有，吩咐管家，老爺以後出門，先得本夫人點頭才行，老爺這麼弱不禁風的，一笑樓是肯定去不成了，把雪姑娘那兒給咱家老爺特地留的座位也給撤了……」

門口兩個小丫鬟忍著笑答應了，轉身就要往外跑，羅公明一聽就像被蠍子螫了似的，趕緊跳起來道：「噯噯噯，別去。妳們都出去，看什麼笑話呢？小心老爺打斷妳們的腿。」

「我身邊的人，要教訓也得我來，你敢教訓她們？」

「去去去，兩個沒規矩的小丫頭，老夫跟夫人敘話，還不退下去。」轟走了碧蟾和綵鳳，羅公明忙一拉夫人，涎起臉道：「好啦好啦，夫人莫要生氣，為夫這裡跟妳賠個不是。妳想知道，為夫告訴妳就是了。」

羅夫人用屁股一拱，把他拱開，氣哼哼地在他椅上坐了，板著臉道：「現在說吧，要有一句不實，哼！」

羅公明賠著笑臉湊到夫人背後，一邊給她捶著肩膀，一邊說道：「夫人吶，我這還不是為了克敵嘛。」

「為了我兒子？這三司使做著，每個月一大筆俸祿呢，你好好的財神爺不當，告什麼老還什麼鄉，還說是為了我兒子？這關我兒子什麼事？」

羅公明抬頭看看，門口已沒了人，這才壓低聲音道：「夫人，朝中的事，妳哪知道那麼多呀？官家登基兩年多啦，常言說一朝天子一朝臣，可是官家登基以來，遵循先帝遺制，幾乎沒有做過什麼更迭，我看吶，現在他是有了動一動的心思啦。」

羅夫人撇撇嘴道：「他動他的，管你什麼事？你羅公明號稱官場不倒翁，政壇不老松，再說平時有什麼事你從來不跟著摻和，官家要動人，也不會動你呀。」

「夫人這是只知其一，不知其二呀。」

羅公明改捶為捏，很嫻熟地給夫人拿捏著肩膀，低聲說道：「河北道觀察使王繼恩被逮捕回京，說麟府之亂，是他為了謀立戰功，勾結赤忠搞出來的把戲，剛一回京，就在午門處斬啦。緊接著朝廷便與夏國議和啦，夏國去帝號，接受了朝廷封賜的西夏國王之職。牛千衛上將軍折御勳上表辭謝了官家重新起用他為府州知府、保德軍節度使的官職，因為他熟悉河西情形，所以被朝廷任命為河西宣撫使，馬上就要走馬上任，去夏州擔任西夏宣撫了。」

羅夫人不解地道：「這關你告老還鄉什麼事？」

羅公明眼中精明的神色微微一閃，說道：「朝廷裡的格局，馬上就要大變樣啦。克敵現在是殿前司都指揮使，很快就要免去該職，擔任簽書樞密院事。同時，殿前都指揮使提拔了韋伯，侍衛親軍馬軍都指揮使提拔了薛晟，侍衛親軍步軍都指揮副使提拔了黃道樂，這三人都是官家登基後著手培養的將領。

「中書、樞密，文武二院，那可是對持文武二柄的要害所在，我兒年紀輕輕，就成了樞密院事，官職僅次於樞密使曹彬、樞密副使潘美，妳說這意味著什麼？老夫再繼續留任朝中，掌控三司使之職，那就是擋了咱兒子的前程，何況，就算我戀棧不走，那也是不成的，我自己不識趣，官家就該趕人了。」

羅夫人有些明白過來：「你是說……官家想要重用我兒，控制樞密院，所以你必須得退下來，不能父子二人一個掌兵，一個掌財？」

羅公明不答，又道：「如果光是這樣那也罷了，殿前司、侍衛馬軍司、侍衛步軍司為什麼也同時提拔了副手呢？宋夏議和，橫山戰事一停，潘美就得回京，官家在這時候，對軍隊要職俱都做了調整，官家的用心……莫測高深吶。

「武將那邊暗流洶湧，文臣這邊也是古怪異常。自從先皇長子德昭遇刺身亡之後，太傅宗介洲以學士身分榮養在家，幾乎不問國事，可是日前突然聯絡了御史臺、翰林院的幾位名士清流，向官家提出皇子德芳仁孝無雙，德才兼備，今已成年，請封王爵。

「而內廷都總管顧若離，則在宮中全面清算王繼恩的舊屬心腹，官家則私下向我等品秩較高的官員暗中詢問罷黜太子、另立儲君的態度，如此種種，恐怕很快朝中就會動盪不安了，稍一不慎，難免就要遭受無妄之災。老夫立於朝廷，都是為了我羅氏一門，如今克敵已經成了大器，不管從哪一個方面考慮，老夫都該急流勇退了。夫人吶，未來的天下，已經不屬於我這老東西啦……」

「那你以後……做些什麼？」

羅公明微微一笑：「含飴弄孫，攜夫人踏青遊樂，去一笑樓會會聊得來的三五知己，安享晚年罷了。」

羅夫人怔了一會兒道：「這麼一說，你雖然退了，咱們兒子卻是前程似錦了？」她雙掌一拍，如夢初醒地道：「我兒馬上就要到樞密院就職了？由一方統兵將領而至樞密院，跨過這道檻，可真是前程遠大了，哎呀，這可怎生是好？我兒已做了這麼重要的朝臣，卻還沒有娶妻成家呢，傳出去成何體統？好在那賣酒的婦人已與我兒斷了往來，我得趕緊給克敵張羅一門親事。盧多遜、張洎、呂餘慶這幾位相爺家中都有正當妙齡、待字閨中的姑娘，我去探探他們夫人的意思……」

羅夫人風風火火就要往外走，羅公明一把攔住，說道：「胡鬧，我剛剛說的話，妳難道沒有聽進心裡去嗎？這個時候，且勿有所動作。」

他若有所思地笑了笑，深沉地道：「等到朝廷平靜下來之後，誰還能在上面風光，現在可說不定呢……」

＊　＊　＊

「國與國之間，不存在什麼真正的友誼，永遠只是現實的利益。利益相近，自然就是朋友，利益相左，自然就是敵人。什麼一衣帶水，世代友好，那種屁話你信嗎？說這種話的，只有讀書讀傻了的老夫子，信這種話的，只有那些天真到無知的愚夫蠢婦。我楊浩是不信的，大王難道就信了？」

耶律休哥冷哼一聲，沒有說話。

楊浩笑吟吟地道：「這就是了，所以，貴國根本不必擔心我夏國的立場。我現在能夠明確的是，如果宋國不惜一切攻打我夏國，遼國能給予我的實際幫助其實非常有限，你們現在不是無力與宋一戰，而是這場仗一旦打下來，宋國固然占不到什麼便宜，你們同樣不會獲得什麼利益，所以遼國絕不會真的打這一仗，你說是嗎？」

耶律休哥冷然道：「不錯，我們為你出兵，做足了姿態，牽制了宋國的兵力，這就足夠了。你付不出足夠的代價，讓我遼國真的為你為宋國一戰。不過……我們雖然不會真的參戰，但是宋國也不會真的孤注一擲，把他的兵馬、糧草、輜重、多年的積蓄，全都扔在河西這塊無底洞裡，宋國既然沒能一舉攻破你們的國都，他們就沒有第二次機會了，只要我們遼國站在這兒，屯兵大同，宋國想做什麼就得三思而後行，他們絕不會曝露側翼，繼續對你夏國狂攻猛打，夏國目前的處境，根本沒有你說的那麼凶險，難道不是嗎？」

楊浩悠然道：「誠然，但是我以宋國臣子的身分而自立稱帝，這是宋國難以承受的。正如當初貴國的慶王殿下謀反，太后娘娘不惜一切代價，令大軍一直追到銀州城下，非要斬了他的首級一樣，宋國如今也是騎虎難下，不管他們想不想打，我只要一日不稱臣納降，彼此間的戰陣就一日不會停止。

「有貴國虎視於側，宋國不會發動大的戰役，可敲敲打打總是難免的，我夏國剛剛建立，兵馬雖眾而各有從屬，尚未來得及予以整合；疆域雖廣而人口稀少，就算是敲敲打打也經不起折騰；河西連年大戰，折騰得農林牧工商諸業都欠興旺。

「在這種情形下，如果宋國對我夏國持續施加壓力，宋國耗得起，我夏國耗不起。這種對峙符合遼國的利益，但是絕對不符合我夏國的利益。我夏國如今被迫求和，正是出於這個考慮。求和是為了求存，夏國還是夏國，夏國之於宋國，不同於當初的漢國之於遼國，故而，遼國完全不必有什麼擔心，希望大王能把我的心意如實地表述給太后知道。」

耶律休哥是契丹北院大王，是草原上的英雄漢子，不是一個仗勢欺人的無賴，楊浩撕去了國家間交往時那些總是蒙著假惺惺的仁義道德表層的外交詞令，直接陳述利益事實，倒正符合草原上各方勢力求生求存時的務實作風，很合他的胃口。

楊浩說的很明白了：我要稱帝，宋國就會打我，而你遼國在軍事上不可能直接參戰；物質上又無法給予我無償的援助，不能滿足我整個國家百姓的需要，所以，我要向宋國求和。向宋求和是為了生存，不是戲弄遼國的感情，更無心與遼國作對，你總不能不讓我活吧？

潛臺詞則是：如果你們能理解我的苦衷，咱們明著不好來往，暗中仍然可以保持關係，至於將來宋遼對峙，我們可能站在你這一邊，也可能袖手旁觀，你們的所作所為，始終是從遼國利益出發，我夏國也如是，我不欠你的情，沒有誰對不起誰的說法。你再繼續逼我，那就是逼我真的投向宋國，何去何從，你看著辦。

楊浩不遮不掩，把遼夏其實只是互相利用的關係赤裸裸地表達出來，耶律休哥反而無法從道義上大義凜然地進行指責了。他閉目瞑思片刻，緩緩吐出一口濁氣：「這件事，我遼國該如何反應，休哥作不了主，你的意思，我會稟奏太后，由太后定奪。」

「如此甚好，楊浩靜候佳音。」楊浩拱了拱手，起身欲走，耶律休哥目光一閃，突道：「且慢。」

楊浩佇足回首，耶律休哥目中閃爍著奇怪的光芒，忽爾一笑，緩緩說道：「昔在上京時，某曾與陛下切磋拳腳，至今記憶猶新。一別經年，閣下已成了陛下，襲夏州，征玉門，武功赫赫，天下皆聞。今日某與陛下重逢，頗為技癢，不知陛下可有興致與某再較量一番？」

五百五八　新的開始

墨水痕站在大帳外，一臉苦色。

他被趕出來了，帳中只剩下楊浩和耶律休哥，這兩個人一個是夏國的開國皇帝，一個是遼國的北院大王，都是跺跺腳山河震顫的大人物，他們要墨寺丞出來，墨水痕又怎能不遵？

可是，他真的很擔心。他是太后派來解決兩國糾紛的，他的官職不高，之所以派他來，只是因為太后覺得有必要給楊浩一點顏色看看，不想派一員位高權重的大臣助長他的氣焰，但這並不代表他出使時沒有面見太后，聽取太后的意見。

太后不想和夏國真的鬧翻，絕對不想。兩個國家和兩個鄰居不同，兩個鄰居如果罵翻了天，那一定就結了仇家，可是兩個國家罵得不可開交，私底下卻未必不能親如兄弟。兩個國家的邊哨士兵之間打打殺殺，起些衝突，也不是什麼了不起的大事，只要兩國的權貴人物達成了和解，什麼樣的衝突都會煙消雲散。

然而，這並不包括楊浩和耶律休哥這個級別的人物直接大打出手。如果，耶律大王敗在楊浩手裡該怎麼辦？耶律大王手握兵權，又是遼國的大惕隱，不管是在軍界還是皇室裡都有極高的威望，如果他吃了大虧，一怒發兵，太后也是鞭長莫及。

如果楊浩被耶律大王給揍了那又會怎麼樣？那可是夏國的皇帝，打了夏國的皇帝，整個夏國都要為之蒙羞。夏國初立，國力不及宋遼，這不假，但是國貧民窮和有沒有骨氣是兩回事，宋國如今國力昌盛，連遼國也不敢輕掠其鋒，但是他楊浩就敢悍然自立，而且在黑蛇嶺吃掉了宋軍八萬精兵，把宋軍趕回了橫山以東。

遼國的強大不在宋國之下，此番出兵對夏國的好處更是不言自喻的，可是楊浩的人就敢在宋軍未退的情況下與遼軍再起衝突，這麼一個強勢皇帝，一旦吃了大虧，他會善了嗎？到那時候，自己這個使臣毫無作為，太后豈能輕饒了他？如果那時想要平息事態，抓隻替罪羊出來那是再正常不過的事了……

墨水痕的目光轉向大帳一旁的灶坑，坑下火勢正旺，灶上一口大鍋，大塊的羊肉在沸湯中翻滾著，香氣撲鼻。一個時辰之前，鍋裡的肉還是一隻可愛的小羊羔呢，看著那隻已經解體的羊羔，墨大人的眼睛慢慢溼潤了……

遼國幾員將領都站在帳外，帳中發生的事他們完全不了解，就連墨大人從夏軍營中帶來的那個夏國將領是誰他們都不知道，他們很奇怪耶律大王對這個人竟然如此重視，而且如此放心，居然單獨和他留在帳中，雖說他們對耶律大王的武功絕對信任，但是刺客並不一定會和人正面交手的。

楊浩帶來的人只是筆直地站在那兒，他們是暗影侍衛，他們是楊浩身邊最親近的人，他們像影子一樣，影子是不會說話的，影子也不需要有思想，他們只管聽命行事。楊浩叫他們等在這裡，他們就等在這裡，在下一條命令吩咐下來之前，他們只管全力以赴地做好眼前的事。而眼前，似乎並沒有什麼事是需要他們全力以赴的。於是，看在墨水痕和眾多遼將眼中，這些夏國侍衛就有些莫測高深了。

「嘿！」

「哈！」

「嘩啦！」

「砰！」

帳中傳出一陣呼喝聲、擊碎聲、沉重的物體落地聲，幾個遼國將領馬上向墨水痕看去，墨寺丞眼角直跳，卻強作鎮定地道：「大王與夏國使節相見甚歡，正在猜拳飲酒，行令作樂，未得吩咐，切勿闖入。」

「哦……」眾遼將茫然點頭，就聽帳中呼喝震動的聲音越來越大，一滴汗水順著墨寺丞的眼角悄然滴落，他眨了眨眼睛，緊張得甚至沒有去擦上一擦。

「轟」的一聲，整個大帳晃動了一下，緊接著「嗤啦」一聲，右側的帳幕竟然被撞開一條縫隙，耶律休哥倒飛出來，一連退了三步才站穩腳跟。

「大王！」幾個遼國將領連忙迎上去。

「無妨無妨，都退開，未得吩咐，不許進來。」耶律休哥說罷雙手一分帳幕，一頭又鑽了進去，隨即，帳中又是「嘿哈砰轟」的聲音，墨水痕聽著臉都青了，也不知道是不是凍的。

「呼」的一聲，方才撞裂的地方又彈出一個人來，那人仰面飛出，半空中靈巧地一折腰，猱身成團，落地後向前一滾，如球般滾了三匝，攸然長身而起，緊接著一個魚躍又扎回了帳裡，自出而返，整個動作一氣呵成，不過仍然被人看清了乃是那個「宋國將領」。

「墨大人，大王似乎……不是在猜拳行令吧？」幾個遼將狐疑地看向墨水痕，墨水痕嚥了口唾沫，乾笑道：「這個……武人飲酒行令，當然與文人不同，大王現在行的，大概是夏國的酒令……」

帳中呼喝之聲越來越急，又過了許久，只聽砰砰兩聲沉重物體落地的聲音，隨即便再也沒有半點聲音了。墨寺丞緊張起來，連忙喚道：「大王？」

帳中無人應聲，墨水痕更加緊張，又喚幾聲，仍然不見回答，墨寺丞不由情急起來，他搶前兩步，正要闖進帳去，帳簾忽地掀開了，楊浩施施然從裡邊走了出來，挺英俊的一張臉蛋，紅撲撲的，只是左眼烏青一片，從側面看去有點像貓熊。

墨水痕吃驚地道：「陛……大人，你們……我家大王他……」

楊浩微笑道：「啊，墨大人，我和休哥大王談得非常好，非常開心，承蒙款待，不勝感激。奈何公務繁忙，我……這就回去了。」

墨水痕哪肯就讓他這麼走，急忙搶前一步，繞過了他唰的一聲掀開帳簾，就見耶律休哥坐在猩紅的地毯上，面前的小几四腳朝天，酒肉灑了一地，耶律休哥一手扠腰，正拿著一條似乎染著梅花的手帕輕輕擦著嘴角，見他掀開帳幕，耶律休哥有氣無力地揚了揚手，墨水痕會意，連忙向後打個手勢，正按刀堵住楊浩去路的將領們立即左右一分，任由楊浩領著幾個侍衛揚長而去。

「大王，您……您……」

「咳，本王沒事，本王馬上要回大同，墨大人與本王同行吧。」

「啊？哦，是是是……」

耶律休哥瞟了他一眼，忽地想起了什麼似的，用一種很低沉、很磁性、很矜持的奇怪語氣道：「墨大人是個文官，策馬雪原，怕是不太方便，準備兩輛轆轤車吧，本王陪墨大人乘車回去。」

*　　　*　　　*

宋夏議和，夏國向宋稱臣，楊浩受封西夏王的消息一傳開，耶律休哥就從大同撤兵了，這一番宋夏之爭，遼國自始至終沒有參與過深，而事態的演變當然也未讓遼國得到一點好處。不過自耶律休哥以下，遼國的將領們都沒有太多的反應，這得歸功於楊浩自立國之初就沒有與遼國走得太近，也未向遼國謀求太多支持有莫大關係。

如果當初楊浩向遼國許以足以誘惑他們出兵的條件，請求遼國直接出兵干涉，那麼他現在就絕對不能理直氣壯地拋開遼國向宋國稱臣議和，事成之後，也必然要承受遼國無盡的怒火。當然，楊浩不肯與遼國走得更近，其理由絕不僅僅是為了方便他在適當的時候與宋議和，只不過那些更長遠的計畫，現在除了他自己，還沒有一個人能看得明白。

耶律休哥和墨寺丞返回上京後，馬上受到了蕭太后的接見，聽說楊浩自削帝號，與宋議和之後，蕭太后沒有做出任何表示。做為一個聰明睿智、日漸成熟的統治者，在聽到楊浩透過耶律休哥之口向她轉述的詳細理由之後，她完全能夠明白楊浩這麼做的苦衷。

她並不認為楊浩這麼做今後就會與遼國為敵，遼國需要夏國，夏國更需要遼國，這是宋遼夏這個三角維持平衡的必然。不過，她開始隱隱覺得，楊浩和她已經越走越遠，這一次事先沒有互通聲息就是一個開始。儘管楊浩從來也沒有和她走到一起過，但是不管楊浩做定難節度使的時候，還是自立稱帝的時候，她從來沒有過這種陌生的感覺，現在卻不同了。

她有她必須堅持和維護的東西，在她心目中，她的兒子，和她兒子的帝國要重於一切，楊浩亦如是，這種感覺令她失落，可是這種時候，她更不能做什麼。她只能看著楊浩潛下去，深深潛下去，等著他重新崛起的那一天。

楊浩起起伏伏，每一個起落，都會被命運的巨浪推到一個更高的位置，現在她仍然能俯視著他，她不知道當他重新破浪而出的時候，自己與他是平視還是仰望，會不會有一天走上對立的道路。

現在，她只能沉默。

相對於遼國的沉默，宋國的舉動就比較多了，朝廷舉行了盛大的儀式，接受夏國的朝覲和貢獻，接受了夏國敬獻的傳國玉璽，祭天告祖，大肆慶祝宋國的勝利和得到傳國玉璽的喜悅，隨即趙光義便手握傳國璽，信心十足地頻頻發布一條條政令。

在西北，由定國節度使宋偓移軍麟府兩州，接管橫山東線防務，潘美率所部返回汴梁；在朝廷方面，三司官員也大舉調動，有平調、有明陞暗降、有提擢新人，官員的任免範圍前所未有，這一切都是打著清算王繼恩餘黨的幌子進行的，而且隨著鼓勵揭發，有越來越形擴大的趨勢，還不知要牽連多少人，牽連多少事。

與此同時，朝廷又有旨意下來，原保德軍節度使、府州知府折御勳將擔任宋國駐西夏宣撫使，剋日到任，其弟折御卿封上輕車都尉，留京任職。朝廷留下了一個人質，把其餘的人放回西北了，這是朝廷最終做出的讓步。

議和既定，宋廷的軍事重心，暫時放到了西川，羅克敵以簽書樞密院事的身分，被任命為西川安撫使兼兵馬都總管之職，赴巴蜀平叛去了。上一遭派出去的大將郝崇信、王政忠俱受轄制，已被免去職務，原地待參的西川安撫使萬松嶺、成都知州周維庸也到他帳前聽用，戴罪立功。

趙光義先封賞了潘美，以此安撫老臣，又藉清洗王繼恩餘黨之名提拔任用了幾員年輕將領，安插到殿前司和侍衛馬軍司、侍衛步軍司等要害部門，這才調羅克敵赴巴蜀剿匪。河西戰事既平，朝廷又接二連三地調撥軍隊入蜀，蜀地之亂想不平也難，此番遣他西行，分明是讓他建立軍功，積攢資歷去了。

而動作最大的，卻是夏國。楊浩受封西夏王之後，第一件事就是正式遷都，自夏州越八百里瀚海，遷都至興州。在宋國看來，這是楊浩被宋國給打怕了，他拋棄党項八氏的中興之地，越過瀚海沙漠，跑到興州去再起國都，是為了避免再有一次宋軍旦夕即至，兵困都城的尷尬局面，對宋國來說，自然是揚眉吐氣。

對夏國臣民們，楊浩的說法卻是一國都城，當為天下中樞，當交通便利，當可攻可守。如今夏國不僅僅擁有定難五州，更有河西諸州，興州正在諸州中央，且易守難攻，農牧發達，可為國都云云。而真正的原因，國防固然是一方面，最主要的原因卻是要藉此削除他對党項羌人過重的依賴。

當初趙匡胤想遷都洛陽，固然是認為汴梁無險可守，不適合做國都，另一個原因就是想藉此把趙光義經營開封府十年建立的龐大根基一舉剷除，可惜他失敗了。楊浩比他幸運，當初潘美率軍兵臨城下的時候，他已經半強迫、半恐嚇地把願意的、不願意的所有權貴酋領都舉族搬遷到了興州，造成了遷都的事實。

最大的阻力已經消失，遷都最困難的一步已經完成，剩下來的只是建設而已。

趙匡胤立國之初時一次「杯酒釋兵權」，被很多對歷史不甚了了的人錯誤理解為重文輕武而加以詬病，其實趙匡胤當時所做的無關文武的輕重，他只是把那些資歷、威望不在他之下，在他立國之前就擁有自己的一套班底、擁有自己的將帥體系的那些大軍閥、大諸侯剝奪了軍權而已，宋國能結束五代以來中原走馬燈似地換皇帝的局面，這件事居功甚偉，王莽謙恭未篡時，要不然的話，宋國莫說一統天下，現在還姓不姓趙都說不準了。

而楊浩在宋國的「幫助」下遷都釋兵權，拜趙光義所賜，憑此一舉，他便很輕易地完成了內部權力架構的調整，原定難五州的党項勢力被拔離了根基，党項八氏不可能棄開部族牧地，所以一旦合力就會連他的權力和統治也會撼動的党項八氏頭領們逐步退出了最核心的決策圈，夏州做為党項人發跡之地的符號作用隨之消失，本來反彈會最強烈的去「羌」化初步完成。

一個良好的開始，為一個全新的夏國，全新的權力架構，高度集中的皇權，奠定了堅實的基礎。党項權貴們對遷都自然不爽，不過木已成舟，他們也毫無辦法，很快，隨著新國都的建立，他們反對的聲音也不會具備什麼影響力了。

最不爽的其實是隴右吐蕃大頭人尚波千，隴右本來是他一家獨大，尤其是得到宋國的暗中扶持後，他的勢力更是迅速擴張，不料這時六藩部大頭人羅丹卻從河西跑來與他爭地盤了，兩下裡打得不可開交，又冒出個赤邦松來，藉著贊普之後、王室後裔的身分兩下裡和稀泥，摻沙子，也不知道他打的什麼心思。

緊接著回紇可汗夜落紇和党項羌的李繼筠也到了隴右，一開始他還挺高興，以為有此兩人投奔，聲勢更壯，誰料這兩人都是個不甘人下的白眼狼，他尚波千客客氣氣地把兩人迎了來，這兩人一個一門心思地想去青海湖，想招攬隴右星羅棋布的回紇部落為其所用，另一個則亮出党項少主的身分招兵買馬，隴右這灘水就更渾了。

偏偏不知道他們許了宋朝皇帝什麼好處，近來宋國使者以斷絕援助向他施加壓力，非要迫他允許夜落紇西去青海湖，尚波千原來對宋國的依賴還不甚重，如今勢力越來越大，反而缺不了宋廷的援助，迫於無奈，他只好忍氣吞聲放夜落紇去了青海湖，同時派了幾個心腹率軍跟過去使絆子拖後腿，與他爭奪隴右回紇人的支持。

至於那個在他眼皮子底下，把許多本來為他效力納賦的党項人招納去的李繼筠，他還沒想好如何處置，就傳出了宋夏議和，楊浩向朝廷敬獻傳國玉璽的消息，尚波千嚇得不輕，過了些時日，見朝廷援助如故，也未予以什麼詰難，估計楊浩也有顧慮，未敢向朝廷說明這玉璽的真正來路，一顆心這才放了下去。

不料這顆心剛剛放下，楊浩突然宣布正式遷都興州，尚波千的一顆心倏地一下又提溜起來了。興州在什麼地方？背靠烏拉特沙漠，左依毛烏素沙漠，右依騰格里沙漠，三面天險，後枕無憂，中間自北而南是一座賀蘭山以及一條黃河，這一山一河猶如兩條長龍，二龍戲珠之處就是蕭關。

蕭關，是河西隴右橫亙的祁連山脈中的唯一通道，尚波千可以據蕭關而北望，楊浩如果有心，自然也可以據蕭關而南巡。尚波千憂心忡忡，思慮半晌，忽地瞧見那個不省心的李繼筠，靈機一動，便打發他去守蕭關了。雖說這李繼筠心懷叵測，不過他與楊浩不共戴天，讓他守蕭關，絕對比最忠心的手下還要可靠。何況，李繼筠此去為副，蕭關主將還是自己的心腹呼延傲博呢。

楊浩對橫山守軍重新進行部署之後，便欲返回興州，今後一段時間，就是韜光隱晦、休養生息的建國第二階段了。甘州刺史阿古麗王妃也於此時帶著楊浩的紫電劍趕往都城，這個冬天，儘管楊浩自己處境艱辛，但是他仍然依照承諾，履行了對回紇人的援助，阿古麗王妃已傾心臣服，她要親赴都城朝覲大王，宣示自己的忠誠。

楊浩自東，阿古麗自西，李繼筠自南，三路人馬向一個中心點行去。此時，夜落紇則興沖沖地奔向了青海高原。

五百五九　偉大夢想

楊浩趕到興州後，馬上趁熱打鐵，開始組建新的朝廷，這一點是重中之重，趁著大戰剛剛結束，所有物資、人員、財帛都集中在手中，其調動分配暫未恢復平常時候的運作方式，可以事半而功倍。

首先是重立國號，這國號宋廷已經封了，就叫西夏國。宋國趙光義得了傳國玉璽，欣喜若狂，詔告天下，改年號為天授，楊浩便把西夏國年號定為天佐，這天佐到底是天佐還是佐天，全看你如何理解，卻也討了個巧。

緊接著便要按著王國的品階制度設置政府，當初唐國李煜向宋稱臣的時候，自稱江南國主，朝中各有司衙門，比如樞密院、三司使等都改了名字，雖說換湯不換藥，功能職權還是那些，但是改個稱呼，似乎就比宋國低了一級，蕭儼和徐鉉在興州對這些方面早已做了準備，本也打算照方抓藥，對西夏國的官制進行改動，不料卻被楊浩直接否決了。

楊浩沒有與任何人商量，逕直拿出了一套方案，直接便照此安排起文武官員來。其實他對宋朝的官制一直有點不以為然，趙匡胤南征北戰統一中原之後，許多投降的割據政權遺留的官職一時沒法肅清，造成宋朝的官職最多最繁瑣，冗員之多前所未有。

此外，為了限制權力，趙匡胤又別出心裁，搞了一齣官、職分離的把戲，什麼尚書、侍郎、左右僕射，都成了寄祿官，只是用來核定其俸祿標準的官階，具體從事什麼職務，又搞出一堆職事官，什麼判、知、權、直、試、管勾、提舉、提點、簽書、監等等，一個外行人想要搞明白這些官都是幹什麼的，都要耗費好大的力氣，這種官制的統治效率可想而知。

如今藉著削帝號，建王國，各有司衙門都得與宋朝有所區別的機會，楊浩直接照搬了明朝的官制。明朝的官制在加強了皇權的基礎上，最大程度地發揮了各級官吏的能力，明朝歷史上，皇帝大多不親理朝政，可是對比一下自秦至清各個王朝，就會發現國祚延續時間超過二百年，且沒發生過分代的僅明、清兩朝。再比較文化、經濟、軍事等領域，明朝也都名列前茅。

史學家趙翼就曾慨嘆：「不知主德如此，何以尚能延此百六七十年之天下而不遽失，誠不可解也。」這個令他不解的原因，就是明朝的官制，清承明制，可以說明朝官制在中國延續了近五百年，支撐、維護了中國壽命最長的兩個封建王朝，而且頗具效率。

楊浩沒有那個能力在帝制基礎上，憑空編出一套全新的官僚體系來，官制是政權機構的一個重要組織制度，它關係到這個政權的盛衰，關係到當時社會的安定或動盪，關係到當時人民的生活，不是小孩子扮家家酒，可以隨意設置，所以為慎重起見，他充分權衡古今各個朝代的政體官制之後，便拿出了這套官制政體。

不過他的政體與明朝的政體又有一定的不同之處，因為河西的條件與明朝立國時不同，無法完全照搬明朝的體制，不過主體思路還是一樣，在朝廷、地方、軍隊三個體系中分別進行設置。

朝廷方面，設內閣和吏、戶、禮、兵、工、刑六部，地方官也對原來承襲舊制設置的那些節度使、刺史、知府等混亂不堪的官階進行了統一，設布政使司、按察使司，再往下是知州、知府、知縣等等，由於他了解的不是那麼詳盡，同時這個王國無論是地域、經濟成分、政體的成熟程度還遠不及中原，也不需要一下子羅列太多的官職，所以基本就至此為止。

情報部門進行了整合，飛羽和隨風澈底融合，開府建衙，正常辦公，很多情報工作都是明面上的，例如地圖測繪、烽燧驛站的設立、軍事檔案的建立與管理等等，暗的一面是任何情報組織都必然具備的一面，但是如何防止它變成宋朝的錦衣衛、東廠西廠，卻令人煞費腦筋。

楊浩是開國之主，再加上狗兒、竹韻、焰焰對他的絕對忠誠，他不必擔心這個組織會失控，但是將來如何誰會知道？所謂制度強於人治，就展現在這個地方了，如何能充分發揮情報組織的作用，又不至於讓它失控，眼下沒有好辦法，也不是當務之急，只能慢慢進行調整和完善了。

變化最大的是軍隊，仿照宋朝的樞密院和兵部職能，楊浩也對調兵權和治兵權進行了分離，於兵部之外再設都督府，都督府總攬一切重大軍事指揮和戰役制定，兵部負責戰爭動員和軍隊行政管理、撫恤等事務，而出兵權決定於國王，透過內閣發布。

軍隊建設上，由於河西經濟的特殊性，不能照搬宋國的那一套，所以採取了徵兵制和募兵制相結合，常備兵和部族軍兩種形式並存，兵農合一的軍事體制。直屬於朝廷的軍隊按職能分為宮衛軍、禁軍衛、衛戍軍等等，按作戰兵種又分為騎兵、步兵、重甲兵等等，這是王權和王國的保證，也是國家軍隊的主體。

此外則以部族軍為輔，党項八氏、涼州吐蕃、甘州回紇，游徙放牧不好進行固定管理，其族人具有戰時為兵、平時為民的傳統特點，而且國家養不起那麼多常備兵，戰時又需要那麼多兵，所以便以其部族為基礎，建立了部族軍，如此，官制政體初具雛形。

如此龐大而複雜的官僚體系設置，由於楊浩是照搬了一個成熟的政體，同時現在能掣肘他的勢力幾乎不存在，所以在一個很短的時間內便完成了。楊浩到了興州後便工作狂一般馬上著手進行政體的改制，充分發揮了大禹治水三過家門而不入的忘我精神，直到忙完這一切，他才正經八百地回了後宮，認真看看自己的住處。

由於王宮還在興建之中，如今楊浩的住處只是興州的一幢大宅院，其奢華程度不及夏州節度使府，與銀州防禦使府的規模大體相仿，府中設置也不是那麼界限分明。一切都安排完了，行於後宅之中，楊浩只覺一身輕鬆。

到了後宅內眷日常活動的花廳，馬上就聽到廳中一陣笑聲，好久沒和家人在一起了，就算到了興州，日日身處同一所宅院都不行，多少個夜晚，他是和种放、丁承宗、蕭儼、徐鉉等人促膝長談，直至半夜才在書房中匆匆歇息一刻的，此時聽到家人的笑聲，楊浩不由一陣激動。

小源笑盈盈地從廳中出來，由於廳中暖和，她沒有穿太厚重的冬衣，只著一件兔絨坎肩，兩頰還是紅撲撲的，一眼看見楊浩，小源又驚又喜，馬上就想福禮參見，又想回頭向廳中招呼，楊浩急忙豎指於脣，做了個噤聲的動作，然後輕輕搖了搖。

小源會意，向他施了個禮，便閃身離去，楊浩躡手躡腳地走過去，先輕輕掀開簾子，往裡邊看了一眼。

一家人都在廳中，冬兒穿著一身素雅的衣衫，光可鑑人的青絲綰了一個墮馬髻，如今她已是個成熟的少婦，珠圓玉潤，卻又不乏清麗絕俗，那一雙清明如水的眸子顧盼生姿，別具姝麗。與她對坐笑談的娃兒卻又不同，娃兒身材嬌小，容色卻是柔媚非常，她本來就擅保養，修練了雙修功夫之後，肌膚已是幾近透明的嫩白水靈，玉一般的人兒，在暖閣花廳中只穿夾棉的一件小襖，那高聳的乳峰，不堪一握的小蠻腰曲線難掩，妖嬈入骨，若是她此時再去汴梁爭一爭第一行首，恐怕較之當年還勝一籌。

而妙妙則在剝著桔子，然後將桔肉一瓣瓣地遞到二女兒楊姍的小嘴裡，楊姍乖乖地站在她的面前，眼巴巴地盯著她剝桔的玉指，手裡卻緊緊攥著一條繩子，繩子上繫著一隻猴子，探頭探腦地站在她的旁邊，腦袋與她的肩膀一般高。

妙妙也成熟了些，不再是那個天真爛漫的小丫頭，此時的她眉若遠山，眸如星辰，清麗嫵媚，已經有了些和焰焰相仿的氣質，雍容嬌美。焰焰……對了，焰焰到哪兒去了？

轉眼旁顧，楊浩不禁啞然失笑。地上鋪著厚厚的駝絨毯，調皮的大丫頭雪兒騎在小白狼的身上，正作躍馬揚鞭狀，可憐的小白狼被她訓練得真像一匹戰馬一般，就差配上轡頭，再仰天長嘶一聲，以證明牠是一匹真馬了。而焰焰……楊浩又看到了她的第二張臉。

雖說穿著緋羅裙子，可是因為羅裙質料細軟貼身，所以那用圓規去畫才有這麼圓的一輪滿月，又怎麼能遮掩得住呢，她正背對著楊浩，趴在地毯上，每有動作間，裙襬盪漾，峰丘隱現，這誘人的春光，烘得楊浩心裡也熱了起來。

他往裡挪了一步，側身站開，這才看清焰焰在幹什麼。焰焰手裡拿著一隻小木偶，正在逗弄著楊佳。小傢伙已經會爬了，他瞪著一雙烏溜溜的大眼睛，緊盯著姨娘手中不斷晃動的木偶，抿著嘴唇，使勁全身力氣爬呀爬呀，費了好半天的勁，好不容易爬到她的身邊，焰焰向後一挪身子，又離開了一尺多遠，而這一尺多遠，對這剛學會爬的小傢伙來說不啻千山萬水，於是他瞪起眼睛，奮起餘勇，繼續向著自己的目標前進。

楊浩一進花廳，看到的就是這樣溫馨的一幕，可愛的女兒、童稚的兒子，還有或清麗、或妖嬈、或嫵媚、或嬌豔的嬌妻美妾。看到了他們，楊浩所有的疲乏勞累都一掃而空了，所有的付出，不都是為了他們嗎？他的妻子、他的孩子，只要他們永遠過得幸福，永遠像現在這樣快樂，一家人歡樂圓滿……

「不，不算圓滿。還有女英，女英無怨無悔地跟著我，自己的親生女兒都要交給別人來遮人耳目。現在她的第二個孩子算算日子也快出生了，還要找個名義交給別人撫養嗎？不，是該給她一個名分的時候了……」

楊浩這一閃身，冬兒和娃兒率先看到了他，二人驚喜地站了起來，冬兒喜不自禁地道：「官人，忙完公事了？」

「爹爹……」楊雪和楊姍歡天喜地跑過來，一左一右抱住了他的大腿。

焰焰扭頭瞧見楊浩，便坐起來，哼道：「有什麼好高興的？他呀，永遠有忙不完的事情……」

「呵呵，創業時期總是要忙的嘛，我現在不忙，以後也就永遠不用忙了，難道像折大哥那樣，一家人被圈禁京城，整日就是吃了睡，睡了吃，全家人困在一起，那樣的日子妳才愜意？」說著瞪她一眼道：「盡說風涼話，看我今晚怎麼收拾妳。」

當著幾位姐妹，焰焰的俏臉不由一紅，不甘示弱地道：「怕你不成？」一雙眸子卻悄然漾起了水樣的柔媚。說話的當頭，楊佳爬到了她的身邊，一把抓住了她手中的小木偶，偷襲成功的楊佳咧開嘴得意地笑起來，笑完了就很嚴肅地把木偶往嘴裡塞。

「哎喲我的小祖宗，你怎麼逮到啥啃啥呀。」焰焰連忙把楊佳抱了起來，楊佳啃了幾口感覺味道不好，便往焰焰胸口蹭去，焰焰癢得直笑，連聲道：「姐姐，快把妳這吃啥沒夠的寶貝兒子弄回去。」

冬兒笑著走過來接過楊佳，解開一側衣襟，露出半個孤度姣好、脂滿盈盈的乳丘，楊佳如獲至寶，撲過去一口叼住那紅瑪瑙，大剌剌地，自始至終也沒鳥他那做西夏大王的老爹。

楊浩很眼紅地看看這個搶他地盤的臭小子，攬過冬兒的香肩，挽住焰焰的纖腰，對娃兒和妙妙道：「放心吧，該忙的都忙的差不多了，以後呀，我就專心留在這兒，陪著你們。」

「真的假的？你能閒得下來才怪。」焰焰不相信地睨著他，一邊很自然地打落他很不老實地滑向自己翹臀的大手。

「當然是真的。」楊浩半真半假，笑吟吟地道：「知道妳家官人當年的偉大夢想是什麼嗎？就是想做一個闊少爺，帶著幾個狗奴才，在陽光明媚的日子裡調戲調戲良家婦女……現在我總算是有空去實現啦，哈哈哈哈……」

焰焰拐了他一下，恨恨地道：「你好不容易回來一趟，說點正經的成不成？」

楊浩若有深意地道：「我現在說的就很正經，妳家官人真的要做一個昏君了，從現在開始，直到……某個人昏了頭之前……」

四人之中，只有娃娃一下子明白過來，她剛要再探問，小源便匆匆跑了進來，稟報：「大王，阿古麗王妃到了。」

楊浩訝然道：「依照路程，她不是該明天才到嗎？」

小源道：「阿古麗王妃撇下大隊，先行趕來興州了。」

「原來如此……」楊浩略一沉吟，向幾個女人抱歉地笑笑，說道：「我去見見她，安頓了她就回來。」

看著楊浩匆匆離去的背影，唐焰焰嘆了口氣道：「官人的偉大夢想，怕是無法實現了。」

冬兒回眸道：「怎麼說？」

焰焰道：「還沒調戲呢，人家就自己送上門來了，這就是紈褲子弟和紈褲皇帝的區別呀……」

五百六十　難得不早朝

清晨，天剛濛濛亮，楊浩就醒了。

這些年，不管多麼忙碌、多麼疲乏，每天的早課他是必做的，因為他知道，只要有一次給自己找個理由鬆懈下來，那麼就會有第二次、第三次，隨之而來的就不僅僅是晨練武功的耽擱，他會放下越來越多的東西，沉溺於優渥舒適的生活。

每個人都想享受優渥舒適的生活，但是他不是揮霍無度的二世祖，大多數人想得到這一切都得付出無盡的努力，他也不例外。轉首回顧，冬兒正躺在他的身畔，夢中甜睡，嘴角帶著慵懶的微笑。昨夜，他沒有使用雙修功夫，只是放開了自己，用心與冬兒纏綿恩愛，多少思念，盡付於一夜的溫存之中。

此刻，冬兒仍在甜睡之中，一頭秀髮披散，五官更顯柔媚，楊浩起身時，帶起錦衾，側臥的冬兒香肩半露，胸前雪膩豐腴的雙峰半掩在烏黑的秀髮之下，銷魂無比。

楊浩為她掩好被子，躡手躡腳地下地，著衣起床，輕手輕腳地走到了院中。呼吸吐納，拳劍武功，一趟練完，額頭已微沁汗水。冬兒覺輕，這時若再回屋，她必會醒了，楊浩體貼地留在外屋，杏兒和小源打了水來，侍候他洗漱更衣，楊浩便向前院走去。

他本來想過上幾天君王從此不早朝的腐敗生活的，不過昨日阿古麗王妃到了，楊浩已約好今日與她共進早餐，有事商量，所以不會留在府上吃飯，這事昨晚已經告訴冬兒，倒不必再知會一番。

「姐姐……」

楊浩一走，焰焰便風風火火地進了冬兒的房間，冬兒連忙拉過錦幄遮住身子，柔柔笑道：「瞧妳，一大早的，什麼事呀這麼著急？」

焰焰已不是雛兒了，冬兒臉頰上還帶著尚未退盡的淡淡嫣紅，眉梢眼角春意宛然，柔豔慵懶宛若露潤嬌荷，豈能看不出昨夜雨露澆灌，她是何等滿足。就算從神情上看不出來，她雪白修頎的頸上那深紫色的兩個吻痕也是遮不住的。

心直口快的焰焰便撇撇嘴，酸溜溜地道：「還遮什麼呀？人家又不是看不出來。」

冬兒羞笑，探出玉臂，飛快地打了她一下，又馬上縮回手，將身子遮得更加嚴密，只露出一張雨後海棠似的臉蛋，問道：「一大早的，妳專門來取笑我的是吧？」

「我有那閒心？」焰焰白了她一眼，扭頭向外看看，這才坐在榻邊，湊過去神祕地道：「姐姐，妳知道官人一大早幹什麼去了？」

「幹什麼去了？」

「我聽丫鬟說，去陪阿古麗王妃吃早餐了。」

冬兒忍俊不禁地道：「妳這丫頭，說的都是廢話，官人不一大早地去吃早餐，難道要等晚上才吃早餐？呵呵呵……」

焰焰瞪起眼睛道：「姐姐沒聽清楚嗎？他……是去陪阿古麗王妃吃早餐去了！」她把阿古麗王妃幾個字特意咬重了讀言，冬兒眨眨眼道：「那還是吃早餐吶，有什麼區別？」

焰焰氣極，說道：「姐姐沒有聽懂我的話嗎？」

冬兒忍笑道：「聽懂了，不過……以前官人也沒少和种大人、林大人他們一起用早餐吶。阿古麗王妃如今是甘州知府、回紇部族軍都指揮使，朝廷的文武大員，她剛剛來到興州，做為鎮守一方的封疆大吏，官人當然要格外重視。」

「可她是女人，而且還是一個很漂亮的女人。」

冬兒眨眨眼，問道：「那妳想怎麼樣？」

唐焰焰一下子呆住了，冬兒道：「想辦法把阿古麗趕走？」

唐焰焰叫道：「怎麼可能？不提她甘州二十多萬軍民，就憑她現在是朝廷的官員，我們豈能做出這樣不知分寸的事來？」

「那麼……官人若真的喜歡了她，我們堅決不同意？」

唐焰焰怏怏地道：「雖說官人疼愛我們，可他若真想納妃，誰管得了他？上回氣著了他，我還不自覺嗎？哪有那般不知自愛的。」

冬兒失笑道：「那可奇怪了，那妳一大早地跑來告訴我這個幹什麼？」

「我……」唐焰焰仔細想想，還真不知道自己跑來幹什麼了。她只是聽丫鬟一說，然後就跑過來了，至於想幹什麼，似乎……還真的幹不了什麼。

「妳呀。」冬兒輕輕拍拍她按在榻上的小手：「丫頭們忠心護主，什麼事都想維護妳，一聽到什麼似乎威脅到妳的事情，當然就想告訴妳，這是沒錯的，不過妳總該有些自己的主意，不要風風火火的，聽了風就是雨。」

冬兒伸手去搆榻邊的衣裳，焰焰忙給她遞過來，冬兒翻身坐起，起身的同時，衣裳已披在身上，她一邊裹緊了袍子，繫著絲帶，一邊笑道：「有些事啊，不能鑽牛角尖，否則就是自尋煩惱了，懂嗎？」

焰焰誰也不服的性子，唯獨對冬兒言聽計從，有時候她也感到奇怪，冬兒什麼都沒有說，什麼都沒有做，為什麼她就對冬兒這麼聽話，好像她是一個可親可敬可信的大姐。她是火一般的性格，心裡頭藏不住事，但是冬兒就像是水，而且是最柔最清的綿綿春雨，不知不覺就能消了她的火性，讓她心平氣和起來。

室中火盆一早又添了炭火，烘得室中溫暖如春。冬兒只著一襲軟袍，翩然起身，在梳妝檯邊坐了，對鏡梳妝，輕理秀髮，舉止雍容優雅。居移體，養移氣，當年那個怯怯如兔的小女子，如今已是一個成熟嫵媚的小婦人了，就像一朵帶露的玫瑰，舉動風華。

玉梳將一頭柔順靚麗的長髮一梳到底，綰個隨意的髮髻，看看鏡中似有反思的焰焰，冬兒展顏一笑：「官人不許我們再在朝中任職，有些事也就不再對我們交代，這是很正常的，無規矩不成方圓，總不能有什麼國家大事，他回來都得向妳我交代一番吧？

「其實官家也怕我們悶著，於政事之外，還是交代了我們許多事做的，不要把心思放在這些無聊事上了。那位阿古麗王妃嘛，官人確實對她非常在意，不過我和妳想的不同，我覺得官人這麼在意她，大概又是在琢磨什麼整人的念頭了，而這件事嘛，阿古麗王妃十有八九，也是參與者之一。」

她拈起一片脣紙，輕啟櫻脣，對鏡輕抿，說道：「如果官人真的喜歡了她，反而不會有如此舉動的，他呀，什麼時候正經八百地追過女人了？」

焰焰嘟起嘴道：「那可未必。」

羅冬兒嫣然回眸，笑道：「好啊，那咱們就拭目以待！」

* * *

「……大王，折將軍一家已經過了夏州，宥州都指揮使程世雄程大將軍特意率部趕到他西行要道上相迎，設帳擺酒，與折將軍歡宴一晚，預計三天後可到鹽州……」

起居舍人穆余嶠畢恭畢敬地說著，他注意到，楊浩耳朵在聽著他說話，眼睛卻一直逡巡在一個俏麗的女人身上，那個俏麗的女子站在冰河上，頭戴一頂雪白的貂皮帽，穿一條合體的馬裙，上著狐茸邊的小襖，冰肌玉骨，俊俏清靈，那種與中原女子不盡相似的五官曲線分明，俏麗而筆直的鼻子，兩道亮麗的彎眉下，一雙眼睛有種驚心動魄的美，正是甘州知府、回紇軍都指揮使，昔日的回紇可汗夜落紇的七王妃。

美麗的女人，給男人以占有的欲望。高貴的女人，給男人征服的欲望。這個女人，無疑具有把男人征服與占有的欲望都完全勾引起來的本事。就像剛剛來到興州傳教的那位路西烏斯神父說的，引導地獄的惡魔們蠱惑人類犯罪，並且將那些犯罪的人帶入地獄，這位王妃明顯就具備做魔鬼的本錢。

直到他說到駐守宥州的程世雄將軍擅自離開營地，帶領舊部設帳於西行必經之路，設酒為折御勳接風時，楊浩的目光似乎才收縮了一下，注意力收了回來，不過他眸中攸而閃過的一抹警覺並不易被人察覺，穆舍人剛剛注意到他的眼神，他已恢復平靜了。

「好，繼續注意折將軍的行程，隨時稟報於孤，待他來到興州，孤是要親自出城相迎的。」

「是。」穆余嶠畢恭畢敬地答應一聲，就見楊浩興沖沖地向前走去，踏得腳下積雪咯吱咯吱作響，目標正是那位學著楊雪兒用一枝小鞭子用力抽著冰陀螺，不時發出爽朗而歡快的大笑的阿古麗王妃。

穆余嶠慢慢直起腰來，嘴角露出一絲若有所思的笑意：「程世雄對舊主也未免太熱情了，楊浩豈能不覺難堪？他當初要接折御勳回來，本想以此招攬折家舊部軍心的，卻未料到這樣的場面吧？呵呵，共患難易，同富貴難吶，原本還信誓旦旦說要遠去靜州相迎義兄，這一下就改口變成出城相迎了……」

穆余嶠嘴角笑容一閃即沒，重又換上了他一貫恭謹嚴肅的表情，舉步追了上去。

楊浩稱王改制，建立了全新的官僚體系之後，需要提拔任用大量的人才添充到新的朝廷中來，當初他占領夏州，成為定難節度使的時候，就有許多在中原不得志的讀書人趕來投奔，希冀能在他這裡出人頭地，幹出一番事業來。穆余嶠就是那時候投奔楊浩的。

他是一個秀才，經過种放親自考核，此人文才還是非常不錯的，自從到了楊浩麾下，他做人謹慎，做事認真，答對得體，漸漸受到种放的青睞。等到楊浩成為西夏王，建立內閣與六部時，种放在前期投效的人中進行了一番篩選，各自委以重任。他是頗受种放器重的人，便得到了起居舍人這個職位。

這個官職階不高，但是非常重要，司掌記錄楊浩日常行動和國家大事，御殿則侍立，行幸則從，舉凡朝廷命令赦宥、禮樂法度、損益因革、賞罰勸懲、群臣進對、文武臣除授及祭祀宴享、臨幸引見之事，還有四時氣候、四方符瑞、戶口增減、州縣廢置，都要記錄下來以授著作官。

此外，他還負有規諫君主的職責，自從做了起居舍人，還是頗得楊浩信任的，如今楊浩又為他增加了些通報、傳遞緊急消息的權力，使他和飛羽隨風諜報組織保持著適當的聯繫，可以說，這個三十出頭的年輕人已經一步踏進了最核心的統治圈子，算得上楊浩身邊的心腹了。

「爹爹，這東西很好玩，你試試……」

楊雪往前一跑，正專注於冰陀螺的阿古麗王妃連忙一揚鞭子，怕抽到了她，阿古麗王妃身材頎長，腳下又是一雙長筒馬鞭，這一動作重心不穩，腳下立時一滑，幾乎仰面跌倒。

「王妃小心！」

楊浩連忙搶上一步護花，一把環住了她的纖腰，關切地道：「王妃千萬小心，這冰上可滑得很。」

「多謝大王援手，叫我阿古麗就好。」阿古麗一挺腰桿站了起來，不著痕跡地扭腰擺脫了他的大手。

方才她這一滑，裙袂一擺，被風吹起一塊沒有滑下，露出裡邊一角白綢的細褌來，那褲腿塞在長筒馬靴裡，繃緊的腿形纖秀優美，修長筆直，哪怕是裡邊還裹著一層棉質的衣料也絲毫不嫌臃腫，只看一眼，就能讓人想像出那雙修長的玉腿是如何渾圓結實、膩潤動人。

不過剛剛趕到的穆余嶠只瞧了一眼便趕緊收回了目光，雖然他也注意到楊浩貪婪的目光，但是楊浩看得，他可看不得，能在大王身邊做事，又豈能是個沒眼力的貨色。

楊浩到這黃河上來，看似遊山玩水，其實本來出巡的目的，是巡視都城附近地理的。楊浩已完成了官體的設置，對百官職司也已任命完畢，不過他手下許多重要的文武大臣卻還身處各地，一時半晌沒那麼快趕過來，因此他這稱王大典也就暫時不能完成。

此時最寒冷的時候雖已過去，但是春天還沒有到來，冬天在西北地區是最無聊的時節，民間說貓冬貓冬，很多百姓這一冬天真是會無所事事地貓在家裡的。如今瀚海以西，只有興州城內的王府所在地是這個冬季裡唯一一處仍在熱火朝天進行建築著的所在。

楊浩無所事事，便開始走訪興州周圍的順州、懷州、定州、靜州，並巡閱囉保大陷谷以及青銅峽兩處兵塞。做為都城左近的這幾處重要所在，他自然應該做到心中有數才是，至於帶著妃嬪子女，自然也有些散心賞玩的意思在裡面。

如今所在的是攤糧城，這已是此行最遠的一站，也是最後一站，之所以把這裡也設為一個巡訪地，是因為這裡是河西產糧最高的地方，這個地方在整個河西是農業最發達的地區，目前糧食產量占到整個河西百分之七十以上，楊浩自然不能不予以重視。

經過頭一天對當地官吏的接見之後，今天內閣和戶部的幾個官員在地方官的陪同下巡視地方，接見縉紳、體察民情去了，而幾位王妃則在攤糧城會見地方官員和當地仕紳名流的夫人家眷，阿古麗王妃在此行官員中是唯一的一個女性，和他們沒有多少話說，再者此地農耕發達，而甘州附近的條件只適宜發展畜牧和工商業，並不適宜農業的發展，所以她對這些事情不感興趣。正好楊浩要帶著小公主到黃河邊上遊玩，种放大人隨口玩笑一句，她便也順理成章地跟了來。

以穆余嶠的機靈，他總覺這是楊浩及其心腹重臣有意製造的獨處機會。難道楊浩是想納阿古麗為妃嗎？

也難怪穆余嶠會這麼想，從楊浩的表現來看，他似乎真的有這個意思，阿古麗貌美如花，武藝高強，更是甘州二十萬回紇人的領袖，納她為妃，便能不費吹灰之力把這二十萬回紇人牢牢控制在手中，換了任何一個統治者，這筆帳都會算個明白吧？這也就難怪种放、林朋羽幾位大人樂見其成，有意為他們製造機會了。

不過看眼下情形，恐怕是落花有意、流水無情了。自夜落紇利用她及其全族做替死鬼，為自己逃生製造機會以後，這位王妃變得非常痛恨男人，對誰也不假詞色，除了楊浩身為大王，還能稍近其身，旁人離著三丈遠，就能感到她身上比冬天還冷的氣息。

穆余嶠沒有去過甘州，這還是頭一回見到阿古麗王妃，但是他知道很多事情，做為楊浩身邊的人，還和飛羽隨風保持著一定的聯繫，儘管他不能親眼看到、親耳聽到，但他還是能打聽到許多事情，哪怕是別人想打聽也打聽不到的事情。

「小丫頭，別亂跑，小心摔跤。」

阿古麗王妃的冷淡，似乎楊浩也覺察出來了，他順手抱起女兒，以掩飾自己的尷尬：「姍姍呢？妳教會她玩陀螺了嗎？」

楊雪得意洋洋地道：「妹妹好笨好笨的，怎麼教也教不會，我自己玩冰遛遛，把小白狼借給她了。」

楊雪說著扭頭一看，立即叫了起來：「哇！笨蛋姍姍，妳在幹什麼？」

原來，為了讓大王吃到最新鮮的黃河大鯉魚，當地的里正鄉官特意帶了兩家河邊農戶到黃河上來刨冰釣魚，楊姍親眼看見他們刨個冰窟窿，就從裡邊釣出一條個頭跟自己的身體差不多大的大魚，不禁驚奇不已，於是小丫頭也來了興趣，不顧看顧自己的丫鬟阻攔，二小姐異想天開地也要親自釣魚。

只不過她用的不是釣鉤釣餌，小公主充分發揮了自己的想像力，把姐姐最喜愛的寵物小白狼喚過來，命令牠把尾巴甩進了冰窟窿。楊雪一扭頭看到的，就是小白狼蹲在冰窟窿上，一條長尾巴探在水裡，正齜牙咧嘴地向小主人做著無聲的控訴。

楊雪一見急了，趕緊從楊浩的懷裡掙脫出來向楊姍跑去，楊姍一見姐姐漲紅的臉蛋，馬上感覺自己好像大概可能是闖禍了，於是馬上撲到小源的懷裡，讓她把自己抱了起來，楊雪撲過去抱著小白狼的脖子把牠拖出了冰窟窿，那大尾巴一觸地，立即黏在了冰上，急得楊雪哇哇大叫。

阿古麗王妃見了實在忍俊不禁，呵呵地笑了起來，一邊笑著一邊趕過去幫忙。楊浩剛想跟過去，便有一個信使匆匆趕來，將幾份信札交到穆余嶠手中。

「什麼事？」楊浩停住了腳步，扭頭問道。

穆余嶠簽收畫押之後，那信使便匆匆離去了，穆舍人展開信柬一看，臉上便露出了笑容，他欠欠身道：「大王，高昌國、于闐國都派來了使節，如今正在路上，粘八嘎部也派出了使者，還有……龜茲王也派來了賀使。」

楊浩聽了又驚又喜：「當真？孤看看。」

楊浩一把搶過丁承宗傳來的信柬，仔細看了一遍，臉上露出得意的笑容：「于闐國，孤知道，那是一定會派遣使者來的，孤幫了他那麼大的忙，豈有不來相賀之理？高昌國嘛，就有些出乎孤的意料之外了。而粘八嘎部和龜茲國就更不必說了，龜茲本來是仰喀拉汗人鼻息的，粘八嘎部落一直臣服於遼國，輕易不會自主決定對一個國家的態度，他們也來朝覲本王，哈哈……」

穆余嶠微笑道：「恭喜大王，賀喜大王，由此可見，西域諸國，已視大王為西域第一霸主了，否則他們豈會來巴結王上？」

「哈哈……」

楊浩眉開眼笑，沾沾自喜地道：「孤能以一介布衣而稱王，如今擁有河西十八州之地，就算是河西百姓最為推崇的歸義軍張義潮，也遠不及孤所建的王國之大，嘿！十八州之地，近三百萬子民，放眼天下，除了宋遼兩國，還有誰能及得上孤王？哈哈……」

穆余嶠見狀忙也恭維道：「是啊，這才幾年工夫，大王已成為西域霸主，如果假以時日，等到兵強馬壯的時候再入主中原，我王便是天下共主了。」

楊浩搖頭道：「噯，東進中原，那可是痴心妄想了。宋國之大，以我西北邊荒，先天上便不能及。大宋戰將如雲，兵精良足，其實力無人能及，就算素以武力聞名天下的遼國，真要論起來也要遜它一籌，它不來打孤已是萬幸，孤豈能去輕捋虎鬚？」

穆舍人小心翼翼地道：「大王，宋人真有這麼強嗎？橫山一戰，大王……」

「哼！你別看橫山一戰孤沒吃多少虧，那是因為孤退無可退，兔子急了還咬人呢，孤沒有退路，就只能全力以赴，成也罷，敗也罷，別無出路。但是宋國……宋國內有巴蜀之亂，外有契丹虎視眈眈，所以根本沒有對我出盡全力，孤能據河西之地而自成一國，千秋萬代，傳承不休，已是邀天之倖，以河西邊陲偏遠之地，安能入主中原？」

「但臣以為……宋國野心勃勃，來日一旦騰出手來，恐怕會對我夏國不利呀。」

「哈哈哈哈，書生之見。」楊浩搖頭道：「兵者國之大事，豈是說打就打的。想打仗？所為何來？宋國已占據了天下最富庶的地方，他們唯一想爭的，只有幽燕，因為那是宋國北方的屏障所在，西北嘛，土地貧瘠，對中原來說不過是一塊雞肋，中原王朝對西域歷來都是施以柔遠之策，如今與宋議和，我可高枕無憂，自在為王了，呵呵……」

說到這兒，楊浩忽然有些警醒，便道：「這些話，不必記下來。孤……只是與你私下敘談罷了。」

「是！」穆余嶠知道他還沒有習慣新的身分，就連那用來自稱的孤字，還時不時地說成朕或者我呢，有時不注意言談，隨口說些什麼，回頭又囑咐他不要記下來的事，也不是第一次出現了，因此不以為怪，連忙答應下來。

不遠處，楊雪紅著臉蛋正拚命拔著狼尾巴，阿古麗王妃手裡提著一柄短劍，站在一旁砍也不是，不砍也不是，她只覺這對小孩子實在有趣得很，提著劍吃吃直笑，楊浩見了，便撂下穆余嶠，舉步向她們走去。

穆余嶠又想跟過去，楊浩擺手道：「孤帶兩位小公主來冰河上遊賞一番北國風光罷了，你就不用時時跟著了。」

穆余嶠畢恭畢敬地道：「大王，臣的職責，不只是記錄國家大事，還有大王日常的言談舉止。」

楊浩不耐煩地道：「無聊透頂，孤現在去陪伴女兒而已，你要記錄些什麼呢？難道孤回了後宮，與妃嬪在一起的時候，你也要在一旁記錄嗎？」

穆余嶠惶恐地道：「臣不敢，臣豈敢如此不敬。但是大王只要上朝、出宮，臣就得隨行左右記錄一切，這是臣職責所在……」

「好了好了，什麼規矩不是孤定下來的？你記著，以後朕與女人在一起的時候，不需要你跟著，以此為線，你等在那邊吧，敢越過一步，孤砍了你的腦袋！」楊浩說罷轉身便走，穆余嶠只得站在原地苦笑。

楊浩過去瞧了半晌，也拿小白那條與冰面親密接觸的大尾巴沒有辦法，最後只好喚過兩個刨冰取魚的農夫，叫他們把那狼尾巴連著一大塊冰都刨了下來，小狼拖著一片冰，委屈地撲到小主人身邊嗚嗚直叫，楊雪大感委屈，心疼得眼淚汪汪，楊浩見了連忙好言哄著。

正這當頭，穆舍人又收到一封公函，他打開一看，不由吃了一驚，這事他可不敢耽擱，不過楊浩以腳盧畫的那條線他可不敢踰越，能被選拔在楊浩身邊做事，知分寸可是他的優點。他站在原地，揮舞著手中的公函叫道：「大王，大王，興州送來重要消息！」

五百六一　又選「花魁」

穆舍人剛剛接到的消息是蕭關那邊傳過來的，西夏軍與駐守蕭關的尚波千所部發生了戰鬥。蕭關是河西隴右的必經之路，當然，如果非要有人翻越層巒疊嶂，那麼其實河西隴右之間根本沒有屏障，可以說處處都是路，但是這樣的山路大隊人馬是無法通行的，大隊人馬即便能通行，也無法攜帶太多的糧草輜重，更不要說馬匹等必不可少的戰爭武器了，因此處於群山之中的蕭關，做為可以讓大隊人馬通行的唯一通道，便立即凸顯出了它的重要性。

所以，不管是當初防範李光睿也好，如今防範楊浩也好，蕭關都是吐蕃大頭人尚波千最為看重的軍事要地，在這裡駐紮有七萬族眾，一個一夫當關萬夫莫開的險要所在，駐紮有七萬族人，而且是男女老幼人盡皆兵的游牧民族，這個地方簡直就已是銅牆鐵壁。

不過楊浩這邊也不是完全處於地利全失的狀況，蕭關之外還有兜嶺，尚波千並不是把整個山勢全部占據，俯瞰著河西一馬平川，李光睿在的時候，定難軍就占領了兜嶺，並且在這裡也建築了兵營要塞，楊浩接收定難軍後，這支守軍自然而然地便投靠了楊浩，只不過從地勢上來，最險要難攻的一段都在隴右尚波千手中，河西這邊占據的幾座山頭完全無法與之相比。

尚波千眼下並無意與楊浩開戰，羅丹也是吐蕃部族的大頭人，而且現在在隴右一直在跟他作對，雖說羅丹的勢力遠不及他，卻也不是他想滅就滅得了的，再加上李繼筠和夜落紇這兩隻白狼一到隴右，還沒親熱夠就忙著搶地盤、搶人、搶錢、搶東西，偏偏在宋國的默許和支持下，他又不能翻臉，所以他這個時候絕對不想招惹楊浩。

問題是，他不想，有人想，這個人就是李繼筠。

李繼筠在他的地盤上打起党項人的旗號，以党項少主的身分大肆拉攏吸納游牧於隴右的党項族人，尚波千看著十分礙眼，但李繼筠用的手段十分平和，尚波千又不能翻臉，只好靈機一動，在蕭關附近給他劃了一塊地盤，讓他幫著守蕭關去了。

尚波千知道李繼筠雖然和自己不是一條心，但是在對楊浩的態度上，絕對比他更加仇視，更加誓不兩立，把他調去，簡直是再合適不過的安排了。只不過，他絕對沒有想到，李繼筠比他想像的還要積極、還要主動。

楊浩稱王了，其意義比當初稱皇帝更加重大。不管誰都知道，他當初稱皇帝的時候正在與宋國作戰，這個皇帝實在有點不靠譜，也根本沒有得到各方勢力的承認，就算是楊浩內部，其實很多人也沒太把這當一回事。如果你說一聲我要做皇帝，那就真的算是皇帝的話，古往今來多少造反的泥腿子、占山的山大王都曾經起過國號、稱過皇帝，豈不是都要載入帝王本紀了？

但是現在不同，楊浩現在稱王，雖然比原來稱皇帝矮了一截，卻是得到了宋國承認的，宋國是唯一對楊浩政權存在的法理性有權提出質疑的國家，宋國同意了，那麼現在河西的楊浩政權就不再是一個草頭班子了，而是一個真正的王國。他的政權、他的官府、他的文武臣僚，從現在起就是一個正式的存在了，即便有朝一日出使宋國，也是堂堂的使臣身分。

李繼筠如何能忍？那裡的江山、那裡的軍隊、那裡的一切，本該都是他的，現在楊浩要堂堂正正稱西夏王了，可他淪落到了什麼地步？在楊浩籌備開國大典的時候，他不搞出點事來摻和摻和，那他就不是李繼筠了。

於是，李繼筠趕到蕭關，建立了自己的營寨之後，第一件事就是去見駐守蕭關的吐蕃大將呼延傲博，見到呼延傲博後的第一件事就是獻上了一個千嬌百媚的美人，昔日綏州刺史李丕祿最寵愛的九夫人、李繼筠的床頭人花飛蝶，被他當成了敲門磚，一磚砸向了呼延傲博的腦袋。

對這塊香噴噴、軟馥馥、暖床極品的板磚，呼延傲博很爽快地就笑納了，笑納之後便微笑著拒絕了李繼筠蠱惑他出兵攻打西夏兵營的建議，淫笑著趕回自己的臥房試驗敲門磚的暖床效果去了。

呼延傲博不怕打仗，而且很會打仗，是尚波千手下第一大將；同時他還是尚波千的結拜兄弟，對尚波千忠心耿耿。沒有尚波千的命令，他根本不會出動一兵一卒，禮物他可以笑納，出兵的建議他卻毫不猶豫地笑拒了。

「這王八蛋不講義氣！」

李繼筠罵歸罵，可他初來乍到，實力和呼延傲博根本不在一個等級上，又不敢得罪他，只能自己想主意，李繼筠想出的辦法就是派出小股部隊不斷襲擾駐紮在兜嶺上的西夏兵馬，然後有意識地引著他們進入呼延傲博的防禦範圍。他的誘敵之策確實產生了作用，三番五次被騷擾之後，呼延傲博出動了兵馬，與西夏兵正經八百地幹了一架，結果是西夏這邊丟了一處營寨。

營寨有失，兜嶺夏軍主將豈敢大意，一面就近向駐紮韋州的軍隊求援，一面發起了反擊，兩下裡就這麼打了起來，楊浩接到的報告，就是整個事件的前因後果。

楊浩看了這封軍情奏報，第一反應就是：竹韻和狗兒還在汴梁，焰焰也正逐漸退出對「飛羽隨風」的控制，而這個諜報組織仍能迅速提供這麼詳盡的情報，看來當初的組織機構架設是很成功的，能夠做到不因人廢立，不管上頭的首腦人物如何更迭，始終保證有效率的運作，這才是一個成熟完善的機構。

第二個反應就是：子渝當真是女中諸葛。當初，可是子渝的建議，才放過了夜落紇和李繼筠，把他們放到了隴右，而這兩個傢伙果然不負所望，他們在隴右的所作所為，實在比殺了他們，對我更有幫助啊。子渝……這丫頭應該跟著折大哥一起回來了吧？一直沒有她的消息……

穆舍人一直小心地看著楊浩的臉色，見他看完了奏報，臉色變幻莫測，最後竟悠然出神起來，忍不住問道：「大王，沒有您的旨意，韋州不能出兵的，憑兜嶺守軍，可不是呼延傲博的對手，您看這事……」

楊浩沉吟半晌，說道：「兜嶺那邊孤不是很熟悉，對隴右這個尚波千的實力，也不是非常了解，先回去，等幾位大臣回來，好好議一議。不管如何，孤立國在即，各國使節正紛紛趕來，尚波千如此挑釁，孤是不能不還以顏色的，否則豈不教人看輕了孤家？」

「叫她們接著玩吧，咱們走！」楊浩大步前行，穆余嶠回頭瞟了一眼，趕緊跟了上去。

*　　*　　*

鹽州出產鹽巴，這裡的鹽不但供應著河西諸州的需要，而且還遠銷遼國和宋國，遼宋自己也有產鹽地，但是那兒的鹽遠不及這裡的雪鹽質地純、味道好，所以衝擊不了本國的鹽業經濟。兩國對河西傾銷的鹽巴都有保護政策，尤其是宋國，根本不准販賣河西的鹽巴，但是河西的鹽質量好、價值低，為利所誘私下走私的仍是大有人在，因此也就造就了鹽州的繁華。

目前來說，河西諸州中，僅以物阜人豐、商業規模來說，不管是夏州還是楊浩新擇的都城興州都不及鹽州。此刻，折御勳一家人在一支八百人的騎兵隊伍護送下剛剛趕到鹽州，因為這裡商業發達，有許多靠批發販賣鹽巴發家的大鹽商，所以擁有很多富麗堂皇的宅院、別莊、下莊等等，所以當地官員很容易就找到一個大鹽商，商借了一處別莊安置折氏一家人。

這幢別莊一切應用之物應有盡有，就連奴僕侍婢都沒有撤走，把遠路趕來的折氏一家人打點得極好。趕了這麼久的路，每至一城都要經過漫長的旅途，尤其是自此再往西去直到靈州，中間再沒有什麼名城大阜，而是八百里瀚海，一向愛潔的折子渝自然要利用這難得的條件好生沐浴一番。

香湯早已備好，加了白芷、桃皮、柏葉、零陵、青木香等香料的熱水氤氳著一層裊裊的霧氣，輕輕浸入水中，溫暖的水熨貼著整個身子，所有的疲乏都一掃而空，子渝不禁愉悅地吁了口氣。

輕輕撩起水來，纖纖玉指貼著自己的削肩，滑過性感的鎖骨，撫向微微賁起的一抹白，然後便沒入了熱氣蒸騰的水中，熱氣氤氳著，讓她美麗的臉龐時隱時現，如同一座水玉觀音。

每往興州多走一步，便離楊浩多近了一步，她的心便忍不住多了一分悸動，曾經的糾結和怨尤，在飽經情感波折之後，在楊浩甘以玉璽換她全家之後，現在再回頭看去，就像一個成年的人回頭去看小時候耿耿於懷的一些小事情，除了啞然失笑，只有對童年時候幼稚天真的一絲懷念。

她感覺自己的心靈已經完全解脫了，一直以來，在她身心上束縛了太多太多的東西，而現在，一家人得脫生天，她心中最大的牽掛已經解脫，連帶著對許多事物不甘的念頭，飽經辛酸的她回頭再看時，都完全不值一提，壓在她肩上重如山岳的重負一旦脫去，輕鬆得讓人飄飄欲仙。

「浩哥哥……」

手掌和著水的熱力，撫過某處高聳敏感的所在，她的眸子黑得發亮，俏臉上卻沁出熱水和羞澀雙重結果造成的紅暈，豔若桃花。曾經，她只記得他的壞，現在卻只記得他的好，念著他的好時，不止心中的他變得那般美好，而且那種溫暖、愉悅，也像這散發著香氣的熱水一般溫暖著她的身心。

原來……原來……心裡想著好的時候，會是這般的美好！難怪浩哥哥說：若心中有天堂，便置身地獄也是天堂。若心中是地獄，便置身天堂也是地獄。對了，這句話是浩哥哥對唐焰焰說的，他說因為他說了這句話，還引起了焰焰的誤會，誤以為他對焰焰生情……

悠悠地嘆息一聲：是啊，當時是誤會，可後來卻是弄假成真了。想起以往種種，想起唐焰焰，她的眼神有些迷惘起來，過了許久，卻似想通了什麼，只是嫣然一笑。微微一笑中，盡是雲淡風清……

＊　＊　＊

「大哥？」

折子渝洗了好久好久的澡，好像明天就要做新嫁娘似的，香湯沐浴，洗得乾乾淨淨，不染絲毫泥垢，這才穿起衣袍，走出了浴室。這是那個大鹽商女眷沐浴的所在，就在這間臥室的裡間，出來，就是妝檯、繡榻，八扇仕女馬球屏風隔斷的外間是圓桌錦凳，一應家具。

因為那屏風是半透明的，而桌上正掌著燈，所以一出浴室的門，透過那屏風就看見一個人正坐在桌前端杯品茶，哪怕只看一個輪廓，她也認得那是自己大哥，何況半透明的屏風並不能完全遮擋人的容顏。

折子渝本已穿好了睡袍，這時又攏了攏，緊了緊衣帶，快走繞過屏風，折御勳正舉杯就脣，喝著香茗，一見她出來，微微一笑，說道：「坐。」

折子渝在一旁折腰就坐，笑道：「大哥，明日一早就要上路，怎麼還不休息，有話對我說嗎？」

「嗯，的確有話對妳說，而且還是非常重要的話。」

折子渝斂了笑容，往他身邊挪了挪，大哥這麼晚到她房間來，肯定有相當重要的大事，不過她實在想不出這時候大哥能有什麼要事與她商量，難道……難道是我的婚事？子渝的芳心噗通噗通地跳了起來，臉上也有些不自然了，趕緊翻過一個茶杯，為自己斟了杯茶，掩飾著自己的神情道：「大哥，什麼事呀？」

折御勳在端詳她，上一眼、下一眼，左一眼、右一眼，看得她渾身不自在，忍不住嗔道：「看什麼看，我身上長出花來了嗎？」

折御勳嘿嘿一笑，搖頭道：「那小子，倒真在乎妳。這件事，就算是參與其中的，也大部分毫不知情，而妳……並不在其中，他卻特意囑咐我要向妳交代一番，真是難得。」

折子渝馬上就知道大哥口中的那小子指的是什麼了，卻也因之更為好奇，連忙問道：「什麼事，要向我交代一番？」

折御勳喝了口茶，說道：「我聽說，他在汴梁做官的時候，曾經摻和到選花魁的事中，許多心思花樣，還幫著編排劇目、歌曲，鬧得整個東京城無人不知、無人不曉？」

折子渝撇撇嘴，不屑地道：「他呀，瞎折騰唄。假公濟私，選來選去，一個花榜魁首、一個葉榜魁首，都選進了自己的私宅。你問這個幹嘛？」

那神情，就像是大舅子誇妹夫，這當娘子的便要替她丈夫謙遜一番似的，引得折御勳眸中露出會心的笑意來。

折御勳又喝了口茶，點頭道：「嗯，四大行首爭得你死我活，滿東京的人都跟著忙忙碌碌。其實呢？這事整個都在他的把握之中，四大行首在選花魁之前就已經知道了名次結果，可是她們誰獲得的好處最多，卻是直到結束很久之後，才能真的看明白。而滿東京的人都跟著忙碌，事先固然不知道花魁行首名落誰家，事後仍是什麼都不明白，他們是參與者，卻也始終是看客，而且是自始至終蒙在鼓裡的看客，嘿！這小子，我怎麼覺得是個變戲法的？」

折子渝快抓狂了，抓住他手問道：「大哥，到底是什麼事呀？」

她越急，折御勳倒是越沉著，很少看見自己的妹妹這般性情中人了，他可不希望自己的妹妹老氣沉沉，折御勳慢條斯理地又呷了口茶，好整以暇地撣了撣衣裳，眼看妹妹瞪起杏眼又要發飆，這才說道：「小妹，前幾日程世雄離開防地前來迎我，妳告誡老程，認為不管以前如何，現在他是楊浩麾下一方將領，當知分寸，如此擅離職守，還大肆張揚，已經有失本分，是嗎？」

「怎麼，妹子說的不對？還是說……哥哥想……」

折御勳苦笑道：「想什麼想？就算府州仍在，我所想的，也只是保住祖宗基業，可有更大的野心？如今什麼都沒了，妳當大哥昏了頭，就那麼不自量力？再說，他把大哥用一方傳國玉璽換回來，大哥就那般無情無義？」

「那麼……」

「老程是個耿直忠心的人，他本杜重威家奴，杜重威死後，樹倒猢猻散，再加上他名聲不好，往日受了他許多好處的人也不敢再與他沾上關係，而老程……只不過是杜家一個奴僕，卻能費盡心思接來舊主家眷，奉養如常，這分義膽忠心，無人能及。他來接我，本就是他的性情使然。不過，老程雖然看似粗魯豪放，其實是個心思極細的人，他會大張旗鼓捨了駐地，率領大隊人馬攔路設帳，為我擺酒接風嗎？」

折子渝黛眉一蹙，疑惑地道：「你是說？」

「嘿，當然是那小子指使的。」

折子渝登時感動起來，就差雙手捧著小臉，眼中顯出星星來了，喜孜孜地道：「他……他倒是個有良心的……」當著自己大哥，不好過分誇他，但她還是忍不住說了一句。

折御勳忍不住翻了個白眼：「屁的良心。現在妳當然看他怎麼做都好啦，這小子故意指使老程擺這排場，可不是為了迎妳老哥，只是想要害人而已。」

「啊！害誰？」折子渝馬上又緊張起來。

折御勳這才俯身向前，一五一十地向她說了一遍，折御勳說了許久，折子渝聽了許久，等到一切說完，折御勳才道：「如今，這小子要演一齣更大的戲，這一回不但那些起鬨的、看戲的要蒙在鼓裡，就算是身處其中的人，許多也是蒙在鼓裡的，真正了解他意圖的人，絕不會超過這個數目。」

折御勳伸出一隻手，張開五指，正反展示了一下，又道：「本來，這齣戲裡沒有妳什麼事，不過他特意囑咐我，要讓妳知道一切經過，妳說他是不是對妳特別看重？」

折子渝眨眨眼睛，忽然俏皮地翻個白眼，學著她大哥的口氣道：「屁的看重。他……他這分明是怕我誤會，擔心我小氣嘛。」

折御勳含笑道：「那妳如果沒有聽到大哥今日說與妳聽的話，妳會不會小氣呢？」

「我當然……」理直氣壯的高嗓門忽然一下子放低了，她從嗓子眼裡咕噥了一句，連她自己都聽不清。

「什麼？哥沒聽清。」

折子渝紅著臉蛋，大聲嚷道：「不會小氣啦！」

折御勳撇撇嘴，一臉不以為然地道：「真的？」

「真的真的。」折子渝急著轉換話題，眼珠轉了轉，說道：「倒是可行，上兵伐謀，其次伐交，其次伐兵，其下攻城，他這算是伐謀之舉了。不過……我看他此舉，倒是想一舉兩得呢。」

這回輪到折御勳納悶了：「一舉兩得，此話怎講？」

折子渝認真地道：「不可諱言，他予以重用的人，大多起於微末或走投無路，這才依附於他，對他的忠心毋庸置疑，但是人無完人，每個人都有他的缺點，以我在夏州那幾日工夫，便已有所察覺，比如說，起於蘆嶺州的將領大多自覺優越，哪怕是面對著比自己官秩高的官員，也少了幾分恭敬，而降將則大多謹小慎微，所以有意識地相互接近，形成另外一個團體。

「再比如說，丁承宗性格有些孤僻，一切心思都圍著楊浩，不太注意結交文武；种放極受楊浩重視，尤其是經由蘆嶺州演武堂，他親手教出來的學生遍布全軍，成為將校骨幹，所以除了面對楊浩、丁承宗等寥寥幾人時，种放有種好為人師的氣派，對人喜歡端著架子。而張浦也是文武全才，卻是立下幾樁大功，才得有不遜於种放的地位，因此一碰上目高於頂的种放，彼此都有些看對方不順眼……」

折御勳笑道：「這個再正常不過了，就算是一家人，也有合得來的、合不來的，何況是這麼一股龐大的勢力，我在府州時，麾下那些將領還不是一樣？放眼天下，大至一國、小至一州一府，人與人之間，總有這樣那樣的問題的。」

折子渝道：「是，不過，楊浩的情形有些特殊，他崛起的太快，手下的人馬來自各方面，看似盛極一時，根基卻不穩固，因此，旁人那裡官吏們的內耗、不和，不至於影響大局，而他這裡，一旦發展到比較難以調和的時候，卻會產生相當大的問題。何況我提的這些還不包括一些三心二意的摸魚派。」

折御勳凝目道：「妳的意思是？」

折子渝得意地一笑，說道：「我說他想一舉兩得，除了想蒙蔽那個自以為是的傢伙，另一個目的，就是通過假戲真作，把麾下文武官僚們本來暗中滋生的不平不和，藉由這個機會，都擺到檯面上來，讓他們好好地發作一回，真正的禍患，會藉由這個機會除去。

「僅僅是彼此心存芥蒂，合不來的文武，他們明知是戲，自然不會真的不和，可是他們之間又確有因種種性格、出身等原因造成的摩擦，藉由這件事，他們就會明白這樣鬥的壞處，就會反思，就會明白有朝一日，一旦他們之間真的發生這種種衝突，於人於己都有害無益，就會自覺地避免走到那一步，這不是一舉兩得嗎？」

「唔……」折御勳一捋長鬚，丹鳳眼瞇了起來：「這個我倒沒有想到，若真是如此，這個傢伙還真是狡詐無比。」

「大哥，這是聰明好不好？都沒見你想出過這樣的法子。」

折御勳一笑起身：「總之，妳明白他這麼做的用心就好了，省得一氣之下，又逃之夭夭！」

折子渝頓足嬌嗔：「哥……」

「哈哈，不說，不說。現在我已經都告訴妳了，早些睡吧，明日還要上路，他聰明機變也好，陰險狡詐也好，總之……是用在他的敵人身上，不是用在妳的身上，這樣就好。」

折御勳寵暱地拍拍妹妹的肩膀，轉身向外走去。

送走了折御勳，關好房門，移了燈燭到屏風後面梳妝檯邊坐了，從纖毫畢現的銅鏡中凝視著自己嬌美的容顏，她輕輕放開了隨意綰起的秀髮，一頭烏亮的秀髮披垂下來，拿了一枝玉梳輕輕梳理著頭髮，不禁浮想翩翩。

「那個壞蛋！本打算這次到了興州，就把自己交給了他，管他是王侯將相，仕紳草民，從此相夫教子，守在他的身邊便是。誰知道，他卻想出這麼個坑人的主意，要是這樣的話，倒不能馬上嫁他了呢……」

「啐！沒出息的，妳很想男人嗎？」

秀髮掩映下的玉潤臉蛋忽地升起兩抹嫣紅，她向鏡中那個不知羞的小丫頭扮個鬼臉，慢慢站起身來，一雙素玉般秀美的纖手緩緩解開了軟袍羅裳，鏡中的美人只著小衣，盈盈俏立，香肩玉腿，粉頸俶乳，連她自己看在眼中都有些痴了。

玉指從她彎彎的眉、翹挺的鼻子，滑到那性感紅潤的嘴巴下，然後漸漸移到象牙般質感的玉頸上、粉嫩無瑕的酥胸前……

孤芳獨賞，顧影自憐，真是我見猶憐。

那飽滿的酥胸，柔潤纖細的小蠻腰，併攏起來時沒有一絲縫隙，就連一根小指都插不進去的筆直雙腿，無不顯示著，這已是一個成熟的女人，就像一枚熟透了的紅果，汁鮮肉嫩，等著採擷它的主人品嘗它的美味。

子渝的臉蛋越來越燙：是的，我想要男人，想要那個坑死人的大壞蛋……欺負我……

這個大膽的念頭一浮上來，把她自己也嚇了一跳，立即羞不可抑地逃上床去，拉過被子嘩啦一下連頭帶臉遮了起來。「呼」地一下，剛剛蓋起的被子又被掀開了，子渝張大雙眼，瞪著帷幔頂上魚戲蓮葉的錦繡畫，心中想道：「那個阿古麗呢？會不會假戲真作？」

*　　*　　*

「蕭關之險，非強力可奪。那是一夫當關萬夫莫開之所在，尚波千之所以在那裡屯以重兵，不是因為那裡不駐重兵就難以把守，真正的原因是，那裡山下的草場、山上的山林，本就能養活這麼龐大的族群，能定居下來，他們當然不必以這麼龐大的一個族群四處游移放牧。」

李繼談本是夏州將領，尚波千兵出蕭關，配合涼州吐蕃人與定難軍作戰的時候，他曾經和尚波千的軍隊打過仗，而且一直追到了蕭關，對那裡十分熟悉，所以最有發言權。

「此外，尚波千之所以在那裡屯以重兵，主要擔心的是會被人從內部攻破，靠向隴右一方的山勢並不險峻。而隴右各方最近才剛剛確立了尚波千的霸主地位，此前尚波千部、大石部、小石部、安家部、延家部互相鬥得也很厲害，禿逋、王泥豬等吐蕃首領的權勢並不弱於尚波千，當時尚波千的根基之地主要就在蕭關附近，也就是這兩年，得到宋國的扶持，他才一舉成為諸部的頭領。」

丁承宗道：「我們並不指望打下蕭關。打下蕭關有什麼作用？尚波千是宋國扶持的人，如果我們真的打過蕭關去，宋國必然予以干預，到那時我們東有宋軍，南有吐蕃，兩面受敵的話，不啻一身二疾，勢難支撐。我們的目的是鞏固河西十八州的地盤，擴大夏國在西域各國間的影響，成為西域霸主。但是現在尚波千主動挑釁，總不能置若罔聞，我們想要的，是教訓教訓他！」

一旁种放也開口了：「立國大典在即，西域諸國的使節很快就會趕到，如果面對尚波千的一隻走狗，我們也毫無辦法，必然會被他們看輕了，這些西域小國，素來欺軟怕硬，見此情形必對我王生起不恭之心。所以，教訓教訓他們，是有必要的。」

李繼談攤手道：「可是，就算集十倍兵馬，想奪取蕭關也不容易，若真有十倍於敵的兵馬，在那深山狹坳中又擺布不開，如何教訓他？」

楊浩微微一笑，傲然道：「李大人，不要長敵人志氣，滅自己威風，孤王打仗，什麼時候一味力拚過？不能力敵，咱們還不能智取嗎？」

楊浩胸有成竹地道：「不錯，智取。橫山羌穿山越嶺如履平地，最擅攀爬險峰石崖，如果調一支擅於攀山越嶺的羌兵來，奇襲敵營，裡應外合，還不能打下他幾座山寨來？孤不要多，他奪一座兵塞，我奪他三座山寨，還之以顏色，也就夠了！」

穆舍人匆匆做著記錄，聽到這裡抬頭看了楊浩一眼，又埋頭記錄起來……

五百六二 布局

西夏立國的大典比起上次稱帝其實還隆重些，除了重要的文武大臣都趕到了興州，各國使節的到來，也為它增添了幾分莊重的色彩，只不過宋遼這兩個大國，這一次並沒有遣使前來。

吏戶禮兵刑工六部，都設了尚書。蕭儼為吏部尚書，徐鉉是禮部尚書，不過這兩個人用的仍然是假名，楊浩一日不能與趙光義建立真正平起平坐的地位，他們的真正身分就不宜曝光，不過由於他們早在楊浩繼承定難軍節度使之前就在楊浩身邊做事，用的就是現在所用的假名，所以並未引起什麼人的疑問。

既然起於微末的時候就是這個名字，如今身居高位，原來虛構的身分來歷自然而然也就被人當真了，那個時代既沒有電影電視，也沒有報紙，二人在江南名氣雖大，但真正認得他們相貌的人卻不會出現在這裡，所以二人的身分不虞洩露。

楊浩立國，頒職授將，雖說事先已再三權衡，務求做到公平公正，但是不是真的公平公正，每個人看法都不一樣，論功排輩，詔書下來，就有人歡喜有人愁了。比如范思棋做了戶部尚書，楊繼業回京任兵部尚書，林朋羽為刑部尚書，這些人對自己的職位並無異議。

而巧手名匠李興得授工部尚書，對他來說更是意外之喜了。像木恩、木魁等人得授前軍都督、後軍都督等職，也覺心滿意足。沙州張承先這樣德高望重的世家族長得授一個太師、太傅等地位崇高，並無實權的官職也無異議，最感失落的就是除了拓跋氏中一些本以為會受到重用的貴族。

其實拓跋氏族人中，楊浩也大力提拔了一些人，主要是跟著他南征北戰的小野可兒、拓跋昊風等年輕將領，那些鬱鬱不平的都是在原來的定難軍中身居要職，但是由於世代為官，已經成了官宦世家，其族群既無太強大的勢力，本身對經邦緯國又全無建樹的拓跋氏世襲貴族，楊浩早知道這些人必感不滿，不過如果不下大魄力澈底排擠掉這些尸位素餐的閒人，他的朝廷很難煥發新的氣象，因此並未考慮給予他們實權和要職。

這些人本來就已游離於楊浩的權力核心之外，再加上遷都之後，離開了他們的根基之地，他們能對楊浩施加的影響十分有限，所以儘管心中不滿，一時也無可奈何。不過，大典結束，百官退朝時發生在五軍大都督張浦和內閣大學士种放之間的不和諧一幕，卻給了他們一線希望。

大典結束，百官退朝，五軍都督府大都督張浦退出朝堂，許多官吏將領尤其是原銀州系、定難軍系的官員紛紛上前祝賀：「恭喜張大人，如今官拜五軍大都督，可謂我朝武將第一人吶。」

張浦毫無興致，皮笑肉不笑地道：「罷了罷了，有什麼好賀的？我這大都督，有什麼事還不是得和兵部楊尚書商議嗎？至於調兵出兵之權，更得內閣允准，沒什麼了不起的，還是我們种大人吶，內閣首輔大學士，那才是一人之下，萬人之上吶，哈哈……」

張浦話語之中揶揄的意味十分濃厚，圍過來相賀的官員臉上的笑容都有些僵硬起來，种放就在不遠處，被一群官員圍起來恭賀，雖說他未必聽得到張浦這番話，可難保事後沒有人告訴他，誰敢這時候笑得暢快？不過，本來就對自己職位有所不滿的官員卻從中嗅到了不尋常的味道，眼睛立即亮了起來。

張浦一番話，鬧得相賀的人盡覺無趣，大家正欲散了，那邊种放高喊一聲：「張大人留步。」便快步向張浦趕來。

「張大人，隴右尚波千所部呼延傲博屢侵我邊境，兜嶺守軍損兵折將，未建寸功。前些時日，朝廷選拔善於攀山越嶺的橫山羌兵予以奇襲也未見效。小小尚波千，難道還能容他張狂？大人，可否至我府上，咱們一起商量商量蕭關兜嶺那邊的戰事，為大王分憂。」

張浦哈哈一笑，說道：「大人，你這可是有些難為本官了，本官一直鎮守肅州，統籌沙瓜肅等諸州人馬，對蕭關一帶的情形全不了解，能拿得出什麼辦法呢？大人文韜武略，無所不精，如果有什麼神機妙策，需要張某做一個馬前卒去衝鋒陷陣的話，那張某眉頭都不皺一下，至於和大人一起商量對策，那可是強人所難了。」

种放的臉色頓時沉下來：「張大人身為五軍大都督，難道這不是大人分內之事嗎？如此過謙，似不妥當吧？」

張浦笑吟吟地道：「大學士若是覺得張某的功勳本領不配當這五軍大都督，可向大王彈劾，免了我的官職。至於過府就教，實不敢當，如果是大王想要張某處置蕭關一事的話，待見了大王的旨意，張某自當遵從。告辭！」

張浦拱拱手，昂然而去。种放眉頭一挑，含怒待發，一旁卻忽地轉出了楊繼業，三兩句話岔開了話頭，拉著他走去。圍過來賀喜的人討了個沒趣，自然一哄而散，而有心人將這一幕看在眼裡，卻已暗暗記在心頭。

想要達到自己的目的，其實並不一定要自己出頭，如果有一個比自己更有力的人物破壞了現行的規則，那麼他們就能隨之得到自己想要的好處。看現在的情形，張大都督明顯對屈居种大學士之下有些不太滿意，要是蠱惑張浦鬧上一鬧，而大王肯妥協的話，那自己……

眼下耳目眾多，自然不好多說什麼，不過這些人既已存了心思，心中都思量著，準備日後和張大都督多多往來一番。同病相憐的人總是容易說到一塊去，就算不能爭取更多的好處，至少也算攀上了一個大人物不是？

＊　＊　＊

「官人。」

一見楊浩回來，冬兒、焰焰幾女一起迎了上來，今日大典，著實忙碌，最後還要設宴款待西域各國使節，等到一切忙完，已是夜半更深，這才得以回到內宮。一國既立，規矩也就當立，不過楊浩事先就與家人說好了，自家人在一起的時候，仍然沿用尋常人家的稱呼，他不喜歡夫妻之間、父子之間，都搞得尊卑分明，將那一家人的親情都抹薄了。

此舉本有趙匡胤的先例，冬兒、焰焰幾人也不是拘泥不化的人，自然從善如流。只不過楊浩比趙匡胤做的更加澈底，他的所謂後宮，與大戶人家的後宅沒有什麼兩樣，許多皇宮裡的規矩，一條也沒有沿用，改得十分澈底。

楊浩道：「頭一天嘛，新娘子上花轎，事情總是多一點的，已經很晚了，妳們怎麼還不睡下？」

冬兒抿嘴笑道：「這不是大喜的日子，怕官人喝醉了嗎？你沒事就好，枯坐良久，也真的倦了，我先去睡了，雪兒、姍兒和小佳今晚睡我房裡。」

冬兒說罷，一笑而去，焰焰和娃兒、妙妙互相看了一眼，臉蛋卻忽然都有點紅了。

妙妙飛快地瞟了焰焰和娃兒一眼，說道：「妾身……妾身也去睡了。」

「等我一下。」娃兒有些不好意思，忙也追了上去。

楊浩左右一攔，便截住了她們的纖腰，笑道：「妳們都不必走了，焰焰房中那張床，難道不夠大嗎？」

娃娃和妙妙齊齊紅了臉：「官人……」焰焰卻狠狠地瞪了他一眼，紅著臉蛋先逃開了去。

雲收雨住時，房中紅燭已短，燭淚盈臺，繡榻上玉體橫陳，粉光緻緻，香豔而旖旎。

「嗚嗚嗚……」

遠遠地，傳來一聲雞啼。

娃娃貓兒般蜷縮在楊浩懷裡，忽然噗哧一聲笑了。

楊浩把玩著她鮮紅如豆的雞頭肉，懶洋洋地道：「笑什麼？」

娃娃媚眼流波，盈盈瞟他一眼，婉媚地道：「郎君一夜荒唐，天都大亮了，這可真是『春宵苦短日高起，從此君王不早朝』了。」

楊浩也忍不住笑了：「這不是大慶三天嗎？要不然……」

他忽然想起了什麼，便翻了個身，換成了仰臥，娃娃動了一下身子，仍然貼得他緊緊的，另一側的妙妙馬上也知情識趣地依偎過來，將她光溜溜的身子貼緊了楊浩，兩人一人一條雪白的大腿搭上了他的身子。唯有焰焰，這個最早捱不過討饒不已的丫頭，滾到大床一角，把一床大被全裹到了自己身上，側臥如弓，睡得正香。好在這房間設有地龍、暖炕、火牆，溫暖如初夏，三人又都有一身功夫，也不怕著涼。

楊浩道：「妳這一說，我倒想起來了，种放問我，我國幾日一早朝，朝會定於幾時，我還沒有定下來，嗯嗯，得先定下來……」

楊浩思索片刻，笑道：「就這麼定了，五日一早朝，早朝定於辰時好了。」

說起早朝來，楊浩不禁暗自慶幸，幸虧是到了宋朝啊，這要是明清……那也太恐怖了。自漢以來，一直到宋，早朝基本上都是三日一朝或五日一朝，早朝時間雖有早有晚，相差也不太大。一直到了明朝，工作狂朱老爺子坐了天下，才幾乎是日日早朝。

那些大臣住的遠近不一，老朱六點臨朝，大臣們半夜三點就得爬起來，五點鐘進宮，天天如此，那簡直就是永無止盡的折磨，當時有人就因為受不了天天半夜起床的罪而上疏請求退休的。有個叫錢宰的大臣，還專門為此賦詩一首，詩曰：「四鼓咚咚起著衣，午門朝見尚嫌遲。何時得遂田園樂，睡到人間飯熟時？」

朱元璋的錦衣衛無處不在，馬上把這詩抄給了皇帝，第二天上朝的時候，老朱同志就對他講：「你那首詩合仄押韻，寫的挺好，不過我沒嫌你來遲了啊，你看把『嫌』字改成『憂』字怎麼樣？」嚇得錢宰魂飛魄散，當即跪地求饒。大概老朱家的孩子都有點反叛心理，老朱天天上朝，樂此不疲，於是他的子孫裡就出了幾個天天不上朝，甚至幾十年不上朝的。

「我國新立，五天一朝，會不會少了些，要不然三日一朝呢？」

妙妙雖然巴不得楊浩多留在她們身邊些時日，卻也知道孰重孰輕，忍不住擔心地說道。

楊浩道：「奏疏公文，都是每日呈上的，如有重要大事，內閣務須稟報。早朝何必如此頻繁，折騰得人人不得安生。」

楊浩頗不為然，現代社會比古代事務更多更繁忙，也沒見哪國元首有事沒事地就把國務院、財政部、民政部、司法部、軍隊統帥等等都給叫來大家排排坐、吃果果吧？楊浩覺得自漢唐以來的五日一朝，在政府運行效率能夠得到保證的情況下已經足夠了，如果人浮於事，就算天天早朝又有什麼用？

妙妙道：「可是……」

楊浩忽地醒覺過來，伸手在她翹臀上拍了一記，佯嗔道：「忘了我與妳們的約法三章了，國家大事，不得干預，嗯？」

他這一掌拍得不重，不過妙妙的雪臀滑如凝脂，瑩若蛋清，嫩似豆腐，這不重的一巴掌，那玉潤絲滑的所在卻也浮起一抹嫣紅。妙妙委屈地道：「妾身知罪，妾身只是想……」

楊浩道：「我知道妳是一番好意，妳這幾句話也沒什麼過分的，不過，這是多少王朝興衰廢立總結出來的經驗，總要防微杜漸才是。一個國家，就要有一定的制度和秩序，而帝王的家人，是這國家中具備超然地位的人，卻又不是管理國家的人，所以一旦干擾到既有制度和秩序的運行，國家必然進入無序和混亂。

「妳相信自己不會做出出格的事情，我也相信妳不會做出出格的事情，可是妳們一旦干涉得多了，妳身邊的人就會慢慢地跟著摻和進來，事情會漸漸變得脫離妳的本意。再說，我們的孩子將來長大成人，可未必有我這樣的造化，娶到妳們這樣慧穎聰明，知道分寸的女子，咱們得給孩子把這底子打好不是？」

妙妙破涕為笑，咬著嘴唇點了點頭，那模樣柔柔怯怯，我見猶憐，楊浩憐意大起，忍不住在她櫻脣上一啄，笑道：「今日反正已經晚起了，咱們就澈底荒唐一回吧。」說著翻身覆了上去，妙妙一見連忙告饒：「奴家弱質難堪郎君撻伐，求官人憐惜……」

楊浩轉首看向娃娃，娃兒一驚，連忙擺手：「不要找我，不要找我。」

一旁焰焰悠悠醒來，睜開惺忪睡眼，盤膝坐起，白藕也似的一雙胳膊拉著被子一裹身子，打個呵欠，接著剛才隱隱聽到的話題問道：「什麼孩子，誰的孩子？」

焰焰初醒，雲滋雨潤之後一夜好睡，此時仍是一副嬌慵無力的模樣，雙頰紅馥馥的猶如一雙夭桃，一雙眸子似開似閉，迷迷濛濛。那如瀑的秀髮零亂地披落在雪頸酥胸上，越發襯得肌白勝雪，粉雕玉琢。

她一雙惺忪的睡眼剛剛張開，就看見楊浩促狹的笑臉正在面前：「為夫說，要利用這三天大假，鞠躬盡瘁，辛勤耕耘，要送妳一個最可愛的孩子呀。」

說著，一雙大手便扯開了她身上的被子，誘人的粉彎玉股乍一閃現，隨即兩個人便合成了一個……

* * *

「瞧你，多大的人了，也不知道節制，要焰焰服侍你也就是了，怎麼又這般荒唐，熬壞了身子可怎麼辦？」冬兒將一碗熬得香爛的粳米粥調理得溫熱了，放到楊浩的身邊，暈著臉嗔道。

楊浩嘿嘿一笑，說道：「也就這兩天，我也歇息嘛，放鬆一下，對了，要妳做的事，都開始著手安排了吧？」

「嗯！」冬兒在他旁邊坐下，一邊甜甜地看著丈夫大口吃著她親手調理的粥羹，一邊說道：「起造王宮和各處衙門，僱傭了大量因為戰爭而失去家園的百姓，這些人生計無著，藉著起造建築賺取工錢，這個寒冬總算沒有凍餓而死的。种放已經知會了李興，接下來，會讓他們承建各位官員的府邸，等到全部完工，怎麼也得明年冬天了。」

楊浩挾了口清香撲鼻的小鹹菜，點頭道：「嗯，這些事，主要交給李玉昌那些人，不能完全依賴繼嗣堂，還是多多培養本地的匠人才好。這些人經過一兩年的建造，大多都可以從只負責粗重簡單的夥計而開始掌握一些技藝，接下來，就可以讓他們去建客棧、酒樓、當鋪……河西越是發展，城市就會越多，建築就會不斷地起來，可以有一些人去專門從事這些事情。

「其餘百業也是如此，鹽州鹽業發達，夏州鐵冶務是冶煉鑄造業發達，攤糧城一帶則是農業發達，至於甘州，各種手工業、毛皮加工業等等也都具備一定的規模，這些……哦，算了，甘州那邊的事，我可以直接和阿古麗談談。」

冬兒點點頭，說道：「其實，你本可不必這麼麻煩的，那個起居舍人既然不可靠，給他一個別的官職便不能發揮將計就計的作用嗎？這可好，在你自己身邊安插了一個旁人的眼線，有些什麼事，還得我去給你傳話。對了，折家……什麼時候走？」

楊浩停了一下，說道：「明天。」

「那……子渝呢？」

楊浩苦笑道：「也是明天。」

冬兒嘴角微微翹起來，似笑非笑地道：「既然要做個昏君，何不做得澈底一些，你便強納她入宮，又有誰敢攔你？」

楊浩笑道：「一下子昏瞶的太厲害，那也不行的，我現在的樣子，只要做到兩點就夠了，一是開始排斥異己，打壓能對我構成威脅的人，盡最大可能集中權力。二是志得意滿，不思進取，坐擁河西而自足。這第一條呢，每個開國皇帝都會做的，我做了，對趙官家來說是情理之中，沒做好，是意外之喜。這第二條呢，我本來就是個胸無大志的人，在趙官家看來也屬尋常，如果我一下子有太多昏瞶過分的舉動，那就過猶不及了。」

「你呀，就是個從根子壞到透的大壞蛋，那……吃過了飯，去看看她吧。」

楊浩點點頭：「嗯，一會兒，我就過去。」

五百六三　願做長風繞戰旗

楊浩到了折家臨時的居處，卻不怎麼受人待見，雖說楊浩如今是西夏國王，折家上下該有的禮數盡皆有之，不過那種骨子裡的冷漠卻是讓人很容易就感覺得到的，不光楊浩的臉色不太好看，就連陪同前來的幾個王府侍衛以及穆舍人都替大王感到難受。

折家如此反應，全因楊浩把這位結拜大哥給空投到玉門關去了。折大將軍現在是宋國朝廷的宣撫使，他在河西，就是宣示宋國對夏國的轄治，就算不論私誼，楊浩也該把他恭恭敬敬地留在都城好生款待才是，可是楊浩居然把他給打發到玉門關去了。

楊浩的理由倒也充分，玉門關是夏國的西大門，震懾西域諸國的重要所在，折大將軍既然宣撫河西，這個重要所在自然不可不察。問題是折御勳全家都被留在了興州，而他本人卻被打發到沙州去了。折御勳此去是孤家寡人，而玉門關那兒如今掌兵的人是誰？

那人可是楊浩嫡系中的嫡系木恩。木恩如今是敦煌副都指揮使兼玉門關總兵，那兒的兵都是他一手帶出來的，折御勳此去，根本就是被看管起來了，而折家的滿門俱被留在興州，這分明就是充作人質了。

不過站在楊浩的立場上，似乎也沒有錯，折家一回河西，折家舊部程世雄、任卿書、馬宗強等乃至許多原府州的名宿世家們便歡欣鼓舞，連連設宴接風洗塵，酒席宴上敘及前情常常是嚎啕大哭，他們對舊主如此依戀，換了誰能不起戒心？

不過這一來折楊兩兄弟的蜜月期算是結束了。楊浩用玉璽換回了折家滿門，本來是人人稱道的舉動，此時看在許多人眼中，也不過是楊浩沽名釣譽，其主要目的還是用玉璽換來河西的平安以及自己的王位，至於換回折家一門老少不過是順道為之，為他換一個義薄雲天的好名聲罷了，折家自然不領情。

然而楊浩卻不知趣，居然還去後宅會見折姑娘，穆舍人聽過些有關大王和折家五公子之間的情怨糾葛，這事瞞不住人，早在民間傳得沸沸揚揚了，如今看來，大王還真是痴心不改，沒辦法，他們也只好在前廳寬坐飲茶，忍受著折家人冷漠的眼神。

「聽說那位五公子目高於頂，傲氣凌人，和淑妃娘娘素有舊怨，以前就因為一言不合而大打出手，繼而憤然離去，自此下落不明。直至府州失守，她才無奈返回，但是她迫於無奈，把折家舊部託付給楊浩之後，又不告而別了，顯然是不怎麼把大王放在眼裡的。那時有求於人尚且如此，如今大王如此對待她大哥，這一去相見還不……」

這樣一想，穆舍人倒不覺得自己如今受到的冷遇有什麼了不起了，輕輕呷一口茶，穆舍人與敷衍待客的折惟正便悠然談天說地起來……

子渝的閨房，臨窗的瓷瓶中疏插著幾朵含苞的梅花，八角綾花的青銅明鏡中，楊浩和子渝臉貼著臉，正耳鬢廝磨，享受著難得的溫存滋味。

子渝的一頭秀髮隨意綰了個髮髻，髻上插著一枝碧玉簪子，因為秀髮上綰，所以襯得瓜子臉下巴尖尖，白皙的脖子纖細頎長，映在鏡中，猶如臨水自照低頭環頸的一隻天鵝，十分優雅。

「京裡面，我早有布置，原本就沒打算讓妳參與其中，竹韻和狗兒足以辦成這件大事，妳就不要再離開了，好不好？」

楊浩像一隻小狗似地嗅著她髮絲上散發的清香，像一隻吸血鬼似地輕輕噬咬著她的脖子，弄得子渝怕癢地躲閃：「浩哥哥，我也想和你在一起。不過……現在你和我大哥『鬧翻了』，依著我一向的脾氣，如果和你接近，難免惹人懷疑，若是不得相見，我留在這裡又有什麼意思？」

子渝抓住楊浩漸漸移向她胸前意圖不軌的雙手，嬌俏動人地白了一眼，一抹淡淡的暈紅浮上如玉脂雪凝般的臉蛋，又道：「再說，小燚固然武藝高強，竹韻又是江湖閱歷極其豐富的，可是這一次辦的事，並不是江湖中事，而是涉及朝堂，許多事情，她們並不明白。一個小小的常識性錯誤，可能就會導致整個看似完美的計畫失敗。

「我知道這件事對你有多重要，趙德芳和永慶公主留在汴梁，是完全於人無害的兩個人，可是一旦把他們從汴梁偷出來，那就是最強大的一件武器，足以擊毀趙光義幾年來苦心營造的偽善形象，動搖宋朝國本，爭取天下民心，為你入主中原，一統天下創造最有利的局面。

「浩哥哥，人家既然決定把心交給你，你的事自然就是我的事，我在這裡無所作為，而在汴梁，我卻能發揮很大的作用。你為我、為折家，付出太多了，想起以前許多意氣之爭，人家心裡真的好後悔……」

她的秀項垂下來，幽幽地道：「以後……以後嫁了你，人家就要相夫教子，輕易出不得門了，對你的大業，也幫不上什麼忙了，這一回，你就讓我去吧，辦成了這件事，我……我才能挺起胸膛與焰焰相對呀。」

「妳……還在計較……」

折子渝輕輕搖搖頭，看著鏡中的自己，神采飛揚地一笑：「沒有，我現在只知道，我愛你，你也在乎我，這就夠了。我不是為了要和她爭個高下，只是因為，這件事對你很重要，所以，我要幫你。如果是她有這個機會，我相信她也會毫不猶豫地以身涉險，她做得到，我為什麼做不到？」

她在楊浩的手上輕輕咬了一口，輕笑道：「你總不希望，人人都覺得我只會衝你發脾氣，只會給你惹禍，還是個一直被你寵著慣著不懂事的小丫頭吧？」

楊浩苦笑道：「妳這……還不是在跟她較勁？」

「我沒有！」

楊浩無奈地搖搖頭：「妳這脾氣，永遠也改不了。」

折子渝向鏡中的他調皮地一笑，忽然用極其柔媚的語調道：「那你想讓人家怎麼改呢？」

那乍現的嬌媚無比動人，乍然呈現的風情蕩漾出一種柔媚至極的魔力，她從未練過姹兒自幼學習的媚功，但是偶露嬌柔嫵媚之態，竟連楊浩這樣習過雙修功法，定力無比深厚的人也是眼前一亮，莫非這就是所謂的媚骨天生。

楊浩發呆的神情引得子渝噗哧一笑，自己先不好意思地紅了臉，白了他一眼道：「你們男人就喜歡女人這樣子是不是？」

楊浩雙臂一環，笑道：「妳什麼樣子我都喜歡。」

折子渝的小瑤鼻哼了一聲，擺出不相信的神氣，楊浩把下巴搭在她肩上，沉思了一下，忽然道：「好吧，妳當初一招斷糧計，險些鬧得大宋散了架子，有妳這個小魔女坐鎮開封府，把握的確更大一些。不過……」

「不過怎樣？」

折子渝臉紅紅地再度打落他的祿山之爪，雖說她已敞開胸懷，已認定了要做他的女人，可是畢竟尚未做了夫妻，有些羞人答答的舉動，她還是接受不了。

楊浩道：「不過……妳猜錯了一點。」

「哦？」

「我要把趙德芳弄出來，並不是要利用他來對付趙光義。」

楊浩的臉色嚴肅起來：「不管妳信還是不信，我的計畫，止於隴右。河西隴右盡皆掌握在手，我的實力就足以讓宋國不敢輕易發兵討伐，而且不會一戰不克，便無休止地對我用兵。趙光義不是一個好兄弟，也不是一個好叔父。

「但是做皇帝，在歷朝歷代的皇帝之中，他還算是稱職的，宋國在他的統治下，百姓的日子不會更壞。最重要的是，宋國兵強馬壯，我沒有把握就一定能打敗它，就算是武力強大如遼國，也不能。所以，就算不為了中原無數百姓再次淪落於兵災戰火中，我也不想與他爭霸天下。這風險與收益，並不值得。」

折子渝困惑起來：「那你……」

楊浩坐直了身子，說道：「我能有今天，離不了趙匡胤，儘管他的本意並不是為了栽培我；我能死裡逃生，平步青雲，離不了永慶公主和宋皇后、趙德芳這幾位孤兒寡母的幫助，儘管他們的本意也不是為了我……」

楊浩的腦海中，回想起了趙匡胤把他引入那幢立碑殿的情形，緩緩說道：「趙德昭已經死了，我敢斷言，趙德芳一旦成年，必然『暴斃而亡』。我想救他，只是出於道義，如果可能，我不希望趙匡胤的兩個兒子盡皆死於非命。但是，我沒有那麼偉大，如果用犧牲妳們來救他，我辦不到，所以，妳們此去，如果事不可為，務以保全自己為第一要務。」

凝視著楊浩的眼睛，折子渝相信了，她相信楊浩說的是真心話，可是……一旦真的有那麼一天，河西隴右盡皆到手，事態的發展，還能盡在他的掌握之中嗎？不管地位再高，權力再大，有些事情，都不是你自己左右得了的。

折子渝沒有把這些話說出來，而是溫馴地點了點頭：「好，我依你，如果事不可為，一定以保全自己為第一要務，把竹韻和小燚安全地帶回來。明天，我大哥就要去沙州了，我知道你是要韜光隱晦，消除趙光義的戒心，我大哥也知道，但是府上其他人盡皆不知實情，要是有什麼不好聽的話，你可不要放在心裡。」

楊浩一笑，說道：「自然不會。」

折子渝歪著頭看著鏡中的他，看了許久，眼中有抹神祕的色彩閃爍著，楊浩納悶地道：「看什麼？」

折子渝微微一笑，說道：「你說實話，把我大哥『發配』到玉門關去，只是為了作戲給趙光義看，還是確也存了防患於未然的念頭？」

楊浩心頭怦地一跳，不問反答：「妳怎麼看？」

折子渝仔細想了想，說道：「這麼些年苦心經營府州，府州對他而言是一分榮耀，卻也是一分重擔，經過一劫，該看破的我大哥都已看破了。他沒有什麼別的想法，不過他沒有，不代表我折家所有的人都沒有，我折家的人都沒有，不代表我折家的舊部都沒有。真也好，假也好，我覺得這才是不傷和氣的好辦法。如果換了我是你，我也想不出更好的辦法……」

她認真地看看楊浩，忽然失笑道：「我發現，哪怕是一件對你不利的事，抑或是迫於無奈做出讓步的事，你都會盡可能地利用它，從中搾取最大的好處，你呀，還真有做奸商的潛力。」

楊浩笑了：「若沒這個本事，怎能蒙妳折二小姐垂青？」

折子渝拐了下胳膊，哼道：「明天，我也要走啦，你呢，除了追逐在阿古麗王妃的石榴裙下，還打算做點什麼？」

楊浩呵呵笑道：「明知是假的，也要呷醋嗎？」

他把子渝輕盈嬌軟的身子從錦墩上移到自己的大腿上，那圓潤而挺翹的雪臀坐在腿上絲毫不覺其重，抱緊了這惹人憐愛的美人，楊浩恣意溫存了一番，才道：「子渝，妳這可是冤枉我了，其實我要做的事多著呢。我一口氣吃下的東西太多，原來還好些，如今外敵一去，內部不安穩的苗子就都要冒出來了，有的我得把它扼殺在萌芽之中，有的呢，我得揠苗助長，催它快點爆發出來；還有軍隊的整合、官員們的磨合、依托各地特點側重地發展工商農畜各行百業。

「比如說，甘州百姓主要以經商和手工業為主，他們散布在草原沙漠上的部落大多仍然從事畜牧業，不過那片地域水草並不豐美，那些部落其實處境都很艱難。尤其是經過幾場大戰，夜落紇又帶走了一些部落的精壯男子，他們的處境更加困難，這一冬，我貼補了大量的糧食，可是幾十萬人吶，光往裡填，我可填不起。

「我準備讓阿古麗擴大甘州的商業和手工業規模。賀蘭山下依托黃河流域形成了大片肥沃的土地，等到開春，我準備從甘州那邊調些貧窮的部落來，教給他們農耕的本事，這些一來，可以解決此地人口的不足，盡快開發大片的沃土；二來，可以盡快提高甘州那邊百姓們的生活條件。」

折子渝嫣然一笑，說道：「甘州大力發展手工業和商業，除了可以盡快改善他們的生存條件，還可以透過商業交流加快他們與其他部族的融合，同時，甘州減少了自己的基本產業，而側重於工商業，以工商產物換取糧食等物資，那麼它對其他地區的依賴也就更重了，這二十多萬回紇人，就算部族之中出了幾個野心家，也掀不起什麼風浪來了，大王您略施小計，不動聲色地就解決了這股本該最不安分的力量的忠誠問題，是嗎？」

楊浩在她的鼻子上刮了一下，笑道：「我就知道，什麼都瞞不過妳。」

折子渝皺了皺鼻子，說道：「賀蘭山下，千百年來黃河沖積出了大片的平原，確實適合農耕，不過，光是教授他們耕種的本事，把一些游牧在沙漠戈壁地區的貧窮部落遷徙過來，未必就能把這個地區發展成興旺的農業地區。等到大量的人口集結過來，你會發現開荒墾耕也不是你想的那麼簡單，種子、農具、土地收成能夠養活他們自己之前的糧食供應，可不是一個小數目，你的府庫已經掏空了，只靠朝廷，是發展不起來的。」

楊浩目光一亮，喜道：「不錯，种大學士、戶部范尚書都和我提過這些事情，女諸葛有何高見？」

折子渝道：「兩位大人是什麼看法？」

「完全相左的意見。」楊浩苦惱地蹙起了眉頭：「范思棋掌著戶部，我想大力發展農耕，可他那裡缺錢缺人缺東西，什麼都缺，巧婦難為無米之炊啊。我西征玉門時，一路上吞併了涼甘肅瓜沙諸州，許多曾經扶保當地諸侯與我作對的豪門世家被我遷去夏州，現在又遷來了興州，這些世家豪門離開了故地，田產宅院和店鋪都變賣了，現在手中有大量的浮財正愁無處投入，其實可以大力借助他們的財力，劃定地域給他們，由他們招納佃戶，向佃戶提供農具、耕牛、種子和各種生活資料，以完成土地開發。

「不過，种大學士卻有異議，他說，掌握著大量土地的田主在地方上擁有相當大的權勢，任你律法如何森嚴、制度如何嚴密，他們總能利用權勢，想方設法地逃避稅賦和各種差役派遣，再不然就全部轉嫁給佃戶，不斷提高地租，而佃戶既沒有能力逃避官府的差派稅賦，又沒有那麼多浮財來繳納稅賦，最後就是富的越富，窮的越窮。

「一旦稅賦過重或者適逢災年活不下去的時候，就會揭竿而起，歷朝歷代民亂的根源，大多起源於此。因此認為還是應該均田地，就算不說絕對的均田地吧，也應該避免豪紳世家掌握絕對多數的田地。否則，不啻飲鴆止渴，眼下的問題解決了，卻埋下了禍亂的種子，也許三、五十年，也許百十來年，必釀大亂。」

楊浩嘆了口氣道：「這一下問題就來了，不給予那些豪紳世家大量土地，他們就沒興致掏錢僱人開荒墾田，沒興致置地買田，沒興致購買農具、耕牛、種子，更遑論土地有了收成之前養活大量遷徙來的百姓了。我又不是山大王，難道能從人家的口袋裡往外搶錢？可要是依著范思棋的主意……」

楊浩搖了搖頭，臉色沉重起來，當這個大王固然風光，可是除非把一句臭名昭著的：「我死後，哪管它洪水滔天！」奉成人生箴言，否則施政豈能只顧當下，不為子孫後代打算？

折子渝扭過頭來，詫異地瞄了他一眼，說道：「當初，你以宋國宣撫使的身分宣撫唐國，各處都走了一遭，就沒了解一下江南的租稅嗎？」

楊浩道：「我當時可沒想過要當皇帝，去了解這些東西幹什麼？那段時間，我主要是了解唐國的山川地理、兵馬布署，民政經濟自然了解不多，怎麼？江南田地租稅有什麼特別之處？」

折子渝微微一笑，說道：「原來如此，我說呢，江南領風氣之先，許多東西都比北方先行一步，繼而再慢慢風行於世，我因為家兄當時是府州之主，自轄一地、自據其民的緣故，卻很注意這些東西。據我所知，你所在的霸州等北方地區，仍以分成僱傭佃戶，地主提供土地、農具、耕牛、種子，每年收穫的產物，田主可得五成、六成、七成甚至高達八成的。」

這個楊浩是知道的，點頭道：「不錯，丁家當時按照土地的肥沃程度，分別向佃戶收取六成、七成，最肥沃的土地也有收取八成的。」

折子渝道：「這就是了，佃戶種地，不管如何伺弄，收成越多，田主拿的越多，留給他的始終有限，所以佃戶們當一天和尚撞一天鐘，對伺弄土地都不怎麼用心。而田主的收成每年根據實際收成都會上下浮動，這樣一來，就算碰上個好心的地主，沒有把賦稅轉嫁到佃戶身上，也會在收成的多少上下功夫，從而避逃稅賦。」

楊浩雖是後來人，但是對古代的土地政策僅記得一點皮毛，其餘全還給學校了，並沒長一顆百科全書的腦袋，范思棋站在戶部的位置上，想的是如何以最有效的政策發展農耕，興旺經濟，而种放是內閣大學士，總攬全局，考慮的就更全面了些，還要考慮這個問題涉及的政治安定方面，結果兩人各有側重的爭論擺到楊浩面前，把他也難住了。這時聽折子渝一說，似乎她有比較好的辦法，立即上了心，專注地聽起來。

折子渝道：「在江南，大多已實行定額租，也就是說，不管豐歉荒熟，每年佃戶都按最初議定的數額交租，之後不管剩餘多少全都歸自己所有，實行定額租，田主基本就退出了農耕生產的管理，只管到期收租，田地收成好壞他都不需操心。

「田主對佃戶的控制弱了，佃戶如何種植、種植什麼，也就可以自主決定，只要到期能繳納約定的地租或其等價物就成。同時，在定額租下，如果收成多，佃戶自己得到的就多，因而會更安心農業，更熱心改進農具，學習耕作技藝，進行精耕細作，注意保持土地的肥沃，家裡富餘的糧食多了，家中一些人還能從土地耕種中脫離出來，植桑養蠶、織布養雞，或者做些泥瓦、木匠等活計。」

楊浩心裡一動：「他娘的，這不就是土地承包，自負盈虧嗎？我怎麼就沒想起來？」

子渝道：「還有些田主，並不出租土地，而是自己興修水利、僱傭工人耕種收成，按勞動量計付工錢，工人憑工錢自去購買生活所需。我想，咱們這裡也可以用這些法子，這樣的話，既可以保持豪紳巨族對土地的渴望，又能保證他們無法把稅賦轉嫁給佃戶，朝廷要收稅，只要確保對他們所擁有的土地丈量田畝的準確性，那麼他們想逃漏稅賦的難度也會大大增加。欲尋萬全之計，恐怕有些難，不過這個法子倒可以中和一下种大人和范大人的意見，你覺得怎麼樣？」

楊浩悠悠地嘆了口氣道：「我只覺得……有些捨不得了。」

折子渝蛾眉一挑，訝然道：「什麼捨不得？」

楊浩道：「我有些捨不得娶妳過門了，我覺得，等妳回來，該入閣做個大學士才好。」

想起分別在即，折子渝忽然也有些動情了，她攸而回轉身來，環住了他的脖子，用柔滑的臉頰輕輕摩挲著他的臉，柔聲道：「捨不得你……等我回來。等我回來，你要人家陪伴左右侍奉枕席，人家就乖乖地做你身邊的小女人；你要人家入閣秉政為你分憂，人家就捧笏著袍上朝堂；你若要人家參贊軍機隨征出戰，那人家就為你做那吹起戰旗的一川長風，怎麼都好，隨你……喜歡……」

楊浩心中感動，卻不願讓她傷感，於是調侃輕笑道：「小嘴這麼甜，莫非是吃了蜂蜜？讓我嘗嘗……」

他捧起子渝的小臉，溫柔地向她嬌豔欲滴的紅脣上吻了一下，脣瓣相接，子渝的如水明眸立時泛起一層令人迷醉的水霧，她環住楊浩的手臂忽爾收緊，仰起臉蛋，闔起雙眼，櫻脣迎湊，丁香小舌熱烈地反應起來，柔情綿綿，愛意狂野……

＊　＊　＊

早春二月，朝向河西一面的山坡還是皚皚的白雪，朝向隴右一面的山坡卻因向陽，冰雪消融。若不走到近處，很難看清枯黃的草叢下隱藏的點點翠綠，然而綠色雖然尚不明顯，向陽的山坡上卻已是一片火燒雲般的豔紅。那是滿山的杜鵑花開得正盛。

二、三十騎快馬自山道上狂飆而來，一個個馬背上的錦雞、灰兔、麃子等獵物隨著馬股輕輕地起伏著，呼延大頭領此番入山狩獵，顯然是滿載而歸。

馬蹄敲擊著碎石山路，清脆的聲音在山谷中迴盪，遠遠地已經可以看見寨門了，這條小道是進寨的必經之路，忽然，山坡上成片的杜鵑花叢中突然像是炸起的一簇火苗，幾株杜鵑花騰空飛起，隨之躍起的是伏在下面的幾個武士。武士只有三個，俱作獵戶打扮，這三人身手好生了得，乍一跳起，立即張弓搭箭，似乎未經瞄準，呈品字形的三枝狼牙箭，便向呼延傲博當面射來，三箭又疾又快又準，前邊的侍衛驚覺有異，一邊大叫有刺客，一邊拔刀出鞘，提馬向三人埋伏處猛衝過去。

三個刺客猝然出現，箭射得又狠又準，被眾侍衛拱衛於中間的呼延傲博雖然急急來了個鐙裡藏身，可是其中一箭還是沒有避過，利箭射中左胸，呼延傲博大叫一聲跌下馬去。

「保護大人，擒拿刺客。」

侍衛們訓練有素，一些人迅速以馬將呼延傲博環繞在中央，擋住了四下的視線，另外一些人則環伺朝外，取了弓箭，以防另有埋伏的殺手，山坡上那三名刺客一擊得手，立即向山脊上奔去，雖然山坡上馬速不快，可是呼延傲博那些侍衛卻都精於騎射，在馬上開弓射箭竟也是箭如連珠，那三人雖是蛇伏鼠竄，竭力躲避著箭矢，可是十幾個侍衛一起射箭，早已封鎖了他們前後左右所有竄伏的方向，他們雖然得了手，可是自己的命運卻也已經注定……

＊　　＊　　＊

開陽寨，呼延傲博看著準確地射在「呼延傲博」胸口的利箭，冷笑一聲。

旁邊，副統領伏騫沉聲道：「這是第三批刺客了，箭上有劇毒，就算沒有射中心口，一旦中箭，生存的機會也不大。大人真該小心些了。」

呼延傲博夷然一笑：「上一次，他們派了些橫山野人來，試圖襲我山寨，打開寨門，結果是丟盔卸甲，鎩羽而歸。這一回呢，乾脆派出了刺客，真是笑話，就算能殺得了我，有我七萬部眾鎮守此處，他們能踏進蕭關一步嗎？哼，都說河西楊浩是個了不起的英雄，破城破寨，無所不克，可他對我呼延傲博，卻只能玩些偷襲行刺的把戲罷了，我看此人實在沒什麼了不起的，真是奇怪，李光睿、絡絨登巴、夜落紇、龍瀚海這些人在河西也算是叱吒一時的人物，怎麼就會一一敗於此人之手？」

開陽寨的頭人尺尊笑道：「如此看來，李光睿、絡絨登巴、夜落紇、龍瀚海這些人也不過如此，只是楊浩縱橫河西的時候呼延大人正輔佐尚波千大人征服隴右諸部，要不然的話，以呼延大人的英武，只須提兵三萬討伐河西，便可勢如破竹，戰無不勝，哪裡還輪得到他楊浩逞威風？」

呼延傲博仰天大笑：「來而不往非禮也，他既然派刺客來，伏騫，你帶人去，堂堂正正地打他的儿羊寨，給我還以顏色。哼哼，蕭關險不可攀，有我呼延傲博鎮守此處，就算他楊浩派出十萬大軍，也不過是丟來十萬具屍體給我填塞谷底罷了。我倒要看看，他楊浩有什麼本事奪我的蕭關、取某的項上人頭！」

五百六四　驚蟄

一聲炸雷貼著地面殷殷滾過，醞釀已久的豪雨終於傾盆而下，天地一片蒼茫，豆大的雨滴砸在地上，土腥味撲鼻而來，可是僅僅片刻工夫，地上就淌成了小溪，潮溼的風裹挾著雨撲面而來。

就在這樣的大雨中，卻有幾個人披著簑衣，正在鄉間小道上艱難地跋涉著。

「哎喲，种相公、范大人，您二人慢著點，腳底下可是又溼又滑。」

「不礙事的。」种放豪爽地大笑，他和范思棋的歲數都不算大，三十多歲，正當年富力強的時候，以前也不是養尊處優的豪門公子，這樣的道路並非沒有走過，此刻二人也和引路的鄉官里正一樣，穿著行動方便的短衣長褲，腳下一雙草鞋，踏在泥濘裡也不覺沉重。

「就是這兒吧？」

种放立住腳跟，手搭涼棚向雨中望去，這是黃河水沖積而成的一大片灘地，河道改了之後便成了一片肥沃的土地，不過原本興州地區人口有限，雖說此地農耕發達，卻也只是相對於其他地方而言，這大片的沃土都荒廢在這兒，如今已經被開墾成了一片片的良田。

如今在种放面前的，就是正在開墾的一片土地，冒著大雨，農夫還在扶犁勞作，健壯的農人脫了上衣，露出一身黑黝黝的腱子肉，扶著犁幹得熱火朝天。這裡的土地犁開了就是肥田，根本不需要仔細伺弄，幾年才能變成熟田，眼看著節氣就到了，他們得抓緊時間把土地墾荒出來，以便播種。

東家提供了農具、耕牛、良種，每年上繳的糧租又是固定的，能多種多少都是自己的，這些農夫自然幹勁十足。范思棋蹲下身子，撿起一塊犁開的泥土，泥土黑油油的，一掌拍開來，裡邊連塊石頭都沒有，范思棋不禁開懷大笑起來：「好啊，好啊，這地可是一等一的良田啊，哈哈，等到秋上再來看看，必然是處處豐收啊。」

「可不是呢。」因為兩位大人經常下鄉，這些新開荒的地區更是常來的地方，那些鄉官里正也沒了初見他們時的忐忑局促，此地的耆長是個党項羌人，叫起起大，名字雖然古怪些，可是穿著打扮、形容相貌，與漢人老農一般無二。

他也笑得合不攏嘴地道：「兩位大人瞧那邊，從黃河引了水道過來，水道設了閘口，雨水充足的時候就關上，要是乾旱的時候就引水過來，保證旱澇保收。這個地方已是故道了，百十年來不曾逢過大澇，不過為了以防萬一，還沿河修了堤壩。」

种放點點頭道：「嗯，又是修堤，又是修水道，花了不少錢吧？如今人力緊張，這徭役派工，沒有招惹怨言吧？」

起起大笑道：「大人吶，這一片地是從肅州來的龍家買下來的，這修水道、修堤壩，自然是龍家自己掏錢。那些人家，有錢著呢，您瞧，那一片地是沙州張家的，張家也在這邊買了地，還引水過來，弄了個養魚的池子。我就說呢，這黃河裡頭肥魚有的是，下河打魚就是了，還弄啥魚池子喲？嘿！人家都是有錢燒的，就圖到了自己的地裡頭有個休息嬉玩的地方。」

种放聽了，和范思棋相視一笑，世家豪門是最具危機感的，要說注重長遠，再沒有人比他們更注重長遠了，沒有生意店鋪，尤其是沒有田地牧場，這些世家大族手裡頭攥著成箱成箱的金銀珠寶，卻是天天惶恐不安，只有讓它們變成實實在在的土地，他們才覺心安。

這大片的荒地賣給了他們，官府首先就得到了一大塊售賣土地的收入，有了這無窮無盡的良田，根本不需要官府催促，他們就會馬上著手僱傭佃戶進行墾植，包括一些水利設施，他們也會主動修建，務求長遠。利用土地充分發揮縉紳的生產熱情、利用定租充分發揮農民的開發熱情，這片亙古以來靜寂無人的荒灘立即變成了田地、種出了莊稼，形成了大大小小的村落。

「農耕，在各地都有發展，不過主要集中在賀蘭山脈腳下，自兀剌海、順化渡，一直到定州、懷州、靜州、順州和靈州，這一代是主要的農產區。鹽州和婁博貝是兩大鹽池，在農耕大力發展起來以前，這兩個地方就是朝廷賦稅的主要財源，除了銷於我夏國內部，還北銷遼國、西銷粘八嘎、高昌、龜茲、于闐等國，至於宋國那邊，也已建立了穩定的走私管道，可謂財源滾滾。」

傾盆大雨肆虐了一陣，開始變得小了，种放和范思棋走在田間地壟上，交流著意見：「按著大王的規劃，橫山以西、古長城以東狹長的草原地帶，劃分為九塊，其中八塊分別劃撥給党項八氏部落放牧，另外一塊劃撥給橫山駐軍屯墾和放養軍馬。至於橫山羌，靠山吃山，除了採藥、打獵、圈養豬羊、與宋遼兩國設榷場交易，再就是採礦了，大量吸引他們的青壯從事採礦業，也是羈縻他們的一個好辦法。」

范思棋道：「是，夏州和甘州，現在主要是發展工商業，夏州鄰近鐵冶務，重點發展鍛造、冶煉，甘州處於東西交通要道，除了經商，主要發展各種手工業，瓜沙二州是西域諸國東來的必經之路，同時那裡水草豐美，我打算在那個地方讓畜牧業、農業和工商業同步發展。」

种放道：「嗯，要注意輕重緩急，朝廷底子薄，一下子拿得出來的東西有限，要盡量利用原有條件和當地豪紳世家的力量，如果力有不逮，那就先放一放，一個地方一個地方慢慢地來，切勿操之過急，搞出太多的問題來。雖說目前的局面是大王有意為之，不過大王的本意只是要把那些不安分的人引出來，利用他們迷惑汴梁那位趙官家，等到這些人利用價值已盡，也就不會由著他們放肆了……」

兩個人一說起別的，耆長起起大和一些里正、戶長就自覺地和他們拉開了距離，所以兩個人可以放心交談，不虞被人聽見什麼不該聽到的東西。

范思棋道：「說起這些人來，我還真的是搞不懂，要說呢，涼州、甘州、肅州和瓜沙地區是大王剛剛用武力強行打下不久的，當地的豪紳巨族如果懷有二心，意圖不軌，似乎也是有情可原。但是奇怪的是，他們現在本分得很，反倒是拓跋氏的貴族老爺們，什麼也沒有做過，大王入主夏州後又給了他們很大的權利和好處，可是他們猶不知足，現在背地裡鬧得最歡實的就是他們，真是奇哉怪也。」

种放沉沉一笑，說道：「這個，也沒有什麼奇怪的。甘涼瓜沙諸州，是被大王強行打下來的，按著草原上各部落征戰殺伐對待戰敗者的習慣，那些反抗過大王的，大王應該盡奪其部眾、盡掠其家財，殺光他們家中的壯丁，把婦人孩子都變成奴隸，委派自己部族的親信去統治他們才對。

「就算當時開城納降的，也不會予他們現在這麼多權利，可現在大王對他們優容有加，只不過是剝奪了他們的軍權，已是遠遠超出他們的希望，又是沙州曹家被澈底抹殺的例子威懾著他們，他們對大王感激涕零還來不及呢，又怎麼會生事？等再過幾年，朝廷已能夠牢牢控制所有的領土，他們那時就算再滋生什麼野心，大勢所趨之下，也會被他們自己掐去這躁動的根苗了。」

他抬頭看看迷濛的雨霧，吁了口氣道：「可是拓跋氏的頭人酋領們可就不同了，大王如今是西夏之王，麾下有党項人、漢人、吐蕃人、回紇人、吐谷渾人，甚至還有金髮藍眼的大秦國人。是河西十八州之主，這天下，是他一刀一槍用武力打下來的。

「然而，在拓跋氏的一些酋領頭人們心中卻不作此想，在他們看來，大王能擁有今天的一切，都因為他們當初擁戴大王入主夏州，幫助他剷除了忠於李光睿的勢力。在他們看來，大王雖然不姓拓跋，卻是拓跋氏的少主，繼承的是李光岑大人的衣缽，所以，他的江山就是拓跋氏的江山，他的權力就是拓跋氏的權力。

「當初，不管拓跋氏哪一脈做了定難軍的主人，所擁有的綏州、銀州、宥州、靜州等領土都是交給拓跋氏的頭人們去統治，如今大王從定難節度使一躍成為西夏王，卻把文武大權、把河西諸州交給了許多他們眼中的外人、奴才，而他們自己，除了富貴，卻沒有得到他們想要的權力，自然感到不平。」

說到這裡，种放的臉色嚴肅起來：「這些人大多擁有自己的部族和領地，由於他們是拓跋氏族人，除非犯下叛逆大罪，否則就算是大王也不能輕易拿他們怎麼樣，而他們之中大多數人雖然被大王從夏州強行遷到了興州，離開了他們經營百十年的根基之地，可是仍然擁有極大的實力，如果他們總是在背後扯大王的後腿，河西就會失去發展的最好時機，把力量都浪費在內耗上。

「就是因為長痛不如短痛，大王才想引蛇出洞，讓這些心懷不滿，妄想利用他們的力量廢立或左右主上的人都從隱蔽處跳出來，免得落個不教而誅的名聲，不過這是一著險棋，利用不好，就會弄假成真，因此，我們就得多費點心神，務必保證工商畜牧，百業俱興，這樣大王故意營造出來的朝堂上的混亂就成了無根之木、無源之水，大王想要動手的時候，就能迅速平息動盪，不傷元氣。」

范思棋笑道：「下官明白，大王如今要做楚莊王，下官自會追隨大人，做大王的蘇從、伍參、孫叔敖，替大王整頓朝綱，興修水利，重農務商，積蓄國力，以待大王不鳴則已，一鳴驚人，不飛則已，一飛沖天！只是不知，大王要蟄伏多久呢，也是三年嗎？」

种放道：「這個嘛，恐怕就得看汴梁那位趙官家幾時靜極思動了，如果我們這裡時機已經成熟，我不介意想辦法誘使他動上一動。」

范思棋試探道：「這……是大王的意思？」

种放若有深意地瞟了他一眼，說道：「為國效力，為主分憂，乃是人臣的本分，不一定要事事等待大王吩咐，你說是嗎？」

范思棋只略一猶豫，便頷首道：「种相說的是，下官明白了。」

官職地位做到他們這個地步，很多事情不需要說的非常明白，范思棋這一句看似平常的話，已是向他表明心跡了，种放不禁欣然一笑……

「轟隆隆……」

又是一聲響雷，雷化陰陽，滋生萬物，天地之間都洋溢著一派生機……

* * *

今日驚蟄，大地回暖，萬物復甦，草木以明顯可見的速度開始生長，一日一變化，蟄伏於地下的生物再難耐一冬的寂寞，紛紛爬出地面，開始活動起來。

拓跋氏嵬武部的頭人拓跋寒蟬和拓跋禾少兩兄弟大概就是一對蟄伏於地下的蟲子，冬眠了幾個月，驚蟄到，驚雷響，他們便爬出了地表。

新朝新氣象，朝廷、地方，官體、政體、軍事，各個方面都在推行，王朝一旦建立，必然有許多東西與以往不同的。而拓跋氏部落酋領們在這個時候完全失望了，他們本以為自己必然是楊浩唯一能夠信賴和倚重的力量，楊浩坐了天下，也就是他們坐了天下，楊浩坐擁河西十八州，要統治這麼大的地方，只能相信他們，倚助他們，讓他們一個個走馬上任，成為一座座城池的主人，可是事情的發展，完全出乎他們的意料。

當楊浩得拓跋昊風為內應，占領夏州的時候，他們只是站出來表示了一番擁戴。當楊浩西征玉門時，他們沒有出動自己部族的勇士，只是用穩定後方來表達了對楊浩的忠誠。當宋國大軍臨境的時候，他們則很聰明地保持了沉默。

依照他們一向的認知，中原王朝是無力對西域實施直接統治的，中原帝國唯一能採取的方式就是在當地扶植一股勢力。所以他們一致保持了沉默，楊浩如果戰勝，他們就是當然的勝利者，楊浩一旦戰敗，他們就可以像拋棄李光睿一樣拋棄楊浩，重新推舉出一個人來，重新向這個人表示他們的忠誠。

所以，不管誰勝誰敗，他們始終立於不敗之地，始終可以保住他們的權勢、地位。因此，當楊浩稱帝，人人都知道此舉必然會觸怒強大的宋國，未來的局勢還很不明朗的時候，他們沒有人站出來爭權奪勢，而是和楊浩保持著若即若離的關係。現在大局已定，楊浩依然沒有想起他們、重用他們，他們開始驚詫了，憤怒了。

只是，當楊浩需要他們的時候，他們躲得實在是太遠了，現在想趕回來，終究是遲了一步，當他們反應過來的時候，一切已塵埃落定，他們儘管不滿，但是此時正是楊浩鋒芒最盛的時候，他們一時也想不出該如何應對這樣一個局面。

此時張浦和种放的將相之爭，使他們看到了一線曙光。張浦是李繼遷的舊部，算是定難軍的老人，而种放則是來自中原，完全依靠楊浩的青睞上位的人，兩者之間，張浦明顯更近一些。同時，張浦也是功勳卓著，而自覺分配不公的人，和他們可謂是同病相憐。

如果支持張浦，推倒种放，种放一系的人就會全部倒下，騰出大量的官位；如果將相勢均力敵，弄個兩敗俱傷，朝廷不穩，楊浩說不定就會想起他們的好來，重用他們這些本族酋領。如果……未來有種種可能、有種種變數，不管怎麼變，對他們都只有好處，而沒有壞處，於是他們主動地與張浦攀起了關係。

從本質上說，他們就是一群投機者，不過這些投機者並不是本身毫無力量的牆頭草，他們擁有自己的部族，擁有自己的武力，他們不只會隨風倒，需要的時候，他們也可以主動跳出來興風作浪。

虎骨、麝香、百年山蔘、秋板紫貂、于闐的美玉、阿爾金的寶石，琳琅滿目，擺滿了大廳，除了這些價值千金的寶物，還有六個年方二八、姿容俏麗的少女，聽說張浦一直沒有娶妻，善體人意的寒蟬兩兄弟便為他挑選了六個長相甜美、宜喜宜嗔的小美人，英雄難過美人關，這樣俏麗可愛的女子，不怕他不收下，而只要他收下了，彼此這關係便近了一層。

「呵呵，寒蟬兄、禾少兄，你們二位可太客氣了，這些厚重的禮物，張某可承受不起呀。」

張浦果然眉開眼笑，拓跋寒蟬也笑道：「大都督客氣了，區區薄禮，不成敬意，大都督千萬不要推拒。」

張浦信步往廳口走，拓跋寒蟬和拓跋禾少亦步亦趨地跟了上來。雨已經停了，滴水簷下，雨水卻仍如斷線的珍珠，滴滴咚咚，淌個不停。屋簷下有一個個的小水窩，簷上滴落的水珠濺在水窩裡，激起一朵朵晶瑩的浪花，隨生隨滅！

張浦立定，頭也不回，昂然道：「剛剛開春，正是萬物復甦，百業振興的時候，賢昆仲身為一族之長，卻於此時離開部落，跋涉千里，越過瀚海趕到興州，可是有什麼要事嗎？」

張浦是武人，心直口快，兩人不遠千里而來，若說就為送他一份厚禮，那可有些蹊蹺了，張浦也不玩那些彎彎繞，既然收下了他們的厚禮，便開門見山，問起了他們的來意。

「想當初，你也不過是李繼遷麾下一個小小的裨將罷了，如今還抖起來了，老子捧你三分，你還真擺起排場來了。」

拓跋寒蟬暗暗腹誹，面上卻笑容更盛：「這次來，先就來拜望大都督。大都督是我們定難軍嫡系嘛，如今朝中內閣六部俱都是新晉的官員，大王以我定難軍為根基，東征西討，創下這份霸業，可是我定難軍舊部凋零，只有將軍一人身居要職，我們這些定難老臣與有榮焉，自然是要與將軍親近親近的。」

張浦的臉色沉了下來，拓跋寒蟬的話一下子勾起了他的心病，忍不住陰陽怪氣地道：「身居要職？哈哈！寒蟬兄過獎啦，我這大都督府還受著內閣的節制、兵部的制衡呢，這算什麼身居要職？寒蟬兄千萬不要這麼說，羞煞人了。」

拓跋禾少馬上順著他的話頭憤憤然地打抱不平：「說起這個，我們拓跋諸部，也都替大都督你抱不平呢，大都督這官職是刀光劍影裡掙出來的功名，要說起來，大王奪夏州，從而扼控定難五州，可離不了大都督您的暗渡陳倉之計，大王西征玉門，一路斬將闖關，立下赫赫戰功的，還是大都督您。那种放不過是個讀過幾本書的文人，楊繼業呢，不曾立下一點開疆拓土之功，反而丟了麟州，苦苦支撐於橫山一線，還是大王回師，這才穩住了陣腳，這兩個人何德何能，也配與大都督平起平坐？」

拓跋寒蟬道：「哪裡是平起平坐？你沒聽大都督說嗎？內閣是在大都督府之上的。」

張浦臉色更加陰霾：「算了算了，這些不痛快的事不說也罷，賢昆仲此來興州，莫非是來賀大王納妃的嗎？」

他這一問，拓跋寒蟬兩兄弟倒是一愣，奇道：「大王納妃了嗎？我等怎麼不知？」

張浦道：「是啊，大王府中，原有私觀一座，內有一位玉真觀主，生得花容月貌，國色天香，而今已然還俗，被大王納為妃子，典禮就在今日……」

「啊！」他一拍額頭，笑道：「是了，這是納妃，又非聘后，自然無需詔告天下，興州雖是盡人皆知，其他地方卻不然。何況你們出發時，這事還未定下，你們自然是不知道的，那麼兩位此來興州到底有些什麼事呢？」

拓跋寒蟬苦著臉色道：「大都督既然動問，小弟確實有些難處，還希望大都督能念在你我俱屬定難一脈的香火之情，給予援手啊。」

張浦奇道：「不會吧，寒蟬兄可是姓拓跋的，又是嵬武部一族之長，誰敢讓你為難？」

拓跋寒蟬悻悻地道：「還不是种放那個匹夫，假借大王之意為難於我。」

張浦有目光頓時一凝，問道：「此話怎講？」

拓跋禾少道：「大都督，實不相瞞，要說呢，大王是我拓跋氏的家主，大王登基坐殿，是我拓跋氏的榮耀，常言說一人得道，雞犬升天，何況我們都是拓跋氏的族人呢，縱然不得到十分的照顧，卻也不能受到欺負才是吧？可是那种放在夏州推行政令，重新劃分草原牧地，將整個草原劃分成了九塊，原本我拓跋氏所擁有的大片水草豐美的領地，全都拿出來依據族人的多少和細風、野亂等七氏均分了，還拿出一塊來給橫山守軍。」

張浦眉頭一皺，拿腔作調地道：「党項八氏本是一家，可是八氏之間，一直是內鬥的時候多，和平的時候少，其中原因，就是因為分配不均，拓跋氏占據了最大最豐美的草原，其餘七氏生存艱難，這才一再造反，朝廷重新劃分草原，也是為了江山永固，朝廷的苦心，兩位大人也該理解支持才是。」

拓跋寒蟬道：「是是，要說呢，就算是重新劃分了草原，我們現在擁有的草場也是足以養活族人的，這也罷了。可是，我們顧全大局，不予計較，种放、范思棋那些人卻是得寸進尺啊，夏州有各種冶煉、鑄造、印刷等等的工廠作坊，因為有利可圖，現在湧進許多異地的商賈與我們爭利，我們拓跋氏扶保大王坐了天下，沒有功勞還有苦勞呢，可是他們盡用一些卑鄙無恥的手段與我們爭奪客人，也不知种放、范思棋他們受了人家多少好處，雙方起了爭執，卻一味替他們撐腰……」

張浦只是聽著，夏州一些有規模的大作坊，一般都掌握在拓跋氏人手中，如果有什麼外來戶與之爭利，早被他們利用手中的特權打壓下去。如今鼓勵發展工商，對投資經營的商賈都予以保護，那些商賈生產的東西質量比他們好，價錢比他們公道，如果失去特權的倚仗，他們自然是沒有一點競爭力的，不過這個卻不好當面說破。

拓跋禾少也大吐苦水道：「還有啊，那個胡商，叫什麼塔利卜的，建了一個玻璃作坊，燒製出來的玻璃晶瑩剔透、精美絕倫，賣一套到中原去，比美玉水晶還要昂貴，其利何止萬金。我花大價錢從他那兒挖了幾個匠人，確也燒製出了幾窯玻璃，可還沒等發賣呢，就被夏州知府給抄沒了，說什麼……什麼專利保護？真是豈有此理，那些匠人又不是那胡商的奴僕，我出了大價錢，他們肯為我幹，你情我願，誰管得著？從古到今，誰聽說過什麼專利的說法，這不是明擺著欺負人嗎？」

張浦咳嗽一聲道：「這些事，我是武將，似乎管不著吧？兩位覺得委屈，該向种放大人直言，或者面稟大王才是。」

拓跋寒蟬道：「那夏州知府是种放的親信，這分明是种放授意，故意為難我們，我們怎麼能向种放說？若是直接向大王進言，未免又有不肯顧全大局的意思，其實我們也不是一定要爭回點什麼，大都督方便的時候，肯為我們向大王透露透露我們的苦處，我們就知足了。」

張浦鬆了口氣，笑容滿面地道：「這個簡單，你們儘管放心，大王那裡，我還是可以經常見到的，替你們說幾句話倒也不難。」

拓跋寒蟬兄弟此來，其實並不是為了自家這點事情告御狀的，也並不指望憑著這點事就能扳倒聖眷正隆的种放，他們只是想利用這個契機，找到一個和張浦結交的藉口。這一次來，他們根本就是受眾多的拓跋氏貴族酋領的委託，先行探路，以便和張浦搭上線的。

頭一次見面，自然不能說的太多，先搭上線，以後彼此熟了，消了他的戒心，才能真正勾結起來，並利用他來達到自己的一些目的，現在不能說的太多，免得惹他起了疑心，所以拓跋寒蟬立即作感激涕零狀道：「大都督肯為我們兄弟仗義直言，我兄弟倆實是感激不盡。不瞞大人，那种放廣有羽翼，一手遮天，早已犯了眾怒，現在不止我兄弟對他不滿，夏州也罷、興州也罷，許多拓跋氏貴族以及散布各處的拓跋氏部落頭人，俱都對他生起怨憎之意。來日大都督若有用得著我們效力的地方，我等義不容辭。」

拓跋寒蟬點到即止，便即告辭，他們二人此來帶了這樣厚重的禮物，張浦自然要親自送出門去，正往外走，只見一個旗牌匆匆趕來，一見張浦便立在路旁，叉手道：「大都督，兵部楊尚書有請大都督午後申時至兵部共商蕭關戰事。」

張浦淡淡地道：「知道了。」

三人仍自向外行走，拓跋寒蟬道：「大都督，聽說蕭關戰事久拖不決？」

張浦哂然道：「這件事，一直是种大學士親自督辦，嘿！先是偷襲、再是行刺，緊接著又異想天開，搞了一齣離間計，尚波千又不是白痴，自己生死與共的兄弟不信，卻信你的胡言亂語？折騰了半天，不但不能還以顏色，反而損兵折將，到底是個文人嘛，紙上談兵，頭頭是道，真讓他去調兵遣將，豈不是笑話？鬧到現在，還不是要我去收拾這爛攤子？」

張浦的不屑直接寫在了臉上，拓跋兄弟對視一眼，暗喜在心。

送走了拓跋兄弟，張浦搖搖頭，轉身向回行去：「還是大王那裡輕鬆啊，只要下道旨意調走幾個礙眼的人，陪著妃嬪美人多流連幾日後宮，自然就有人罵他昏君，哪裡像我？要扮個奸臣就這麼困難，又得說又得演，還得和這幫小人勾心鬥角周旋許久，才能引他們入轂。唉，做昏君和做奸臣的差距怎麼就那麼大呢？」

一腳踏進門裡，只見滿堂珠光寶氣，六個娉娉婷婷的小美人就站在那金珠玉寶、綺羅錦繡之中向他盈盈下拜，鶯聲燕語不絕於耳：「奴婢見過老爺……」

張浦不禁展顏一笑：「呵呵，原來差距也不是那麼大呀，難怪那麼多人前仆後繼地做昏君做奸臣，當個奸臣，其實也是滿快活的……」

新雨初晴，豔陽當空，蒼穹湛碧，浩浩長風。

張浦展顏一笑的時候，楊浩正牽著那玉人的柔荑輕輕邁進後宮的門檻。

驚蟄日，納妃小周，女英終償夙願……

五百六五　驛動

不孝有三，無後為大。而即便有了後，由於幼兒的夭折率太高，以及家族還是社會的基本構成成分等客觀因素，社會普遍價值觀也是以多子多孫為美，因此在這種不管是家族還是社會都需要大量人力的農業父權社會，富有的和有權勢的男子多妻多妾，便成了順理成章的事情。

在那樣的社會，如果很有地位的人只娶一妻，不納妾不蓄婢，是不符合當時的社會價值觀的，他會在社會生活的各個方面遭受到許多「不公平」待遇，而一個君主，是否能子嗣眾多，更被上升到了關乎國家命運前途的高度。當然，過猶不及，一個君主妃嬪太少，是要受到臣子們攻擊的，而妻妾太多，同樣會成為大臣們攻擊的藉口，畢竟一個君主的責任並不僅僅展現在傳宗接代上。

楊浩的妃嬪並不多，一共只有四個，比起許多河西權貴世家的大人物動輒數十個妾侍的狀況要少得多，因此他納妃是受到百官歡迎的。不過納妃就是納妃，皇后乃是國母，是要普天同慶的，而納妃則沒有那麼多的規矩，也不需要文武百官相賀，執行大典冊封。

這倒正合楊浩的心意，女英剛剛生產月餘，體質尚虛，恐怕沒有足夠的體力支撐一場盛大而持久的典禮。所以，很簡潔的儀式，楊浩親手攙著蓋著紅蓋頭的她，緩緩行入她的住處。

用秤桿輕輕挑去蓋頭，映入眼簾的是一張嬌豔欲滴的容顏，美麗的容顏白皙粉嫩如鮮花綻放一般，臉頰上，有兩串晶瑩的淚珠。

坐在她旁邊，輕輕為她除去鳳冠，溫柔地拭去頰上的淚水，楊浩輕聲問道：「怎麼了？」

女英吸吸鼻子道：「沒什麼，就是……就是終於成了你的人，人家……人家心裡歡喜……」

楊浩啞然失笑：「傻瓜，這叫什麼話，妳不早就是我的女人了嗎？」

女英伏在他的懷裡，搖頭道：「不一樣的，那不一樣，直到披上蓋頭，光明正大地踏進這個門，人家才覺得……真真正正成了你的人，心裡才覺得踏實……我從來……從來沒有像這樣，心裡滿是安靜、滿足的感覺……」

楊浩忽地若有所感，他輕輕擁緊了懷中穠纖合度的嬌軀，嗅著她身上縷縷幽香，似乎聽到了她內心的聲音。經歷了那麼多坎坷之後，眼前這個女人最缺乏的恐怕就是安全感了，對楊浩來說，她成為自己的女人那一刻起，她就已經是自己的女人了，而對她來說，這個簡單的、完全是用來給予臣民一個交代的儀式，在她心中顯然有著非同尋常的重大意義。

她是個風華絕代的女人，也是一個天真無邪的女人，不同的是，很久以前，她就像一個不食人間煙火的仙子，活在不切實際的夢幻裡，而現在的她，才是一個活色生香的女人，一個真真切切的女人……

楊浩忽然想起了初見她時的一幕，她側臥榻上，一襲睡衣薄如蟬翼，醉人的曲線跌宕起伏，一頭濃密烏黑的秀髮散鋪在榻上，濃睫如扇、膚如膩脂，胸口一痕雪膩，恍若雲端小睡的一個仙子。現在，她走下了神壇，卻更加可愛，因為真實。

懷中的感覺也是真實的，裊娜的纖腰如柳，楊浩輕輕扯開合歡結，大手從縫隙間貼進去，從纖腰不堪一握的窄處輕輕滑下去，滑向跌宕開來的一方渾圓，觸處只覺絲一般柔滑……

女英的濃睫輕輕閉起來，仰起臉，向他奉上了滾燙的雙唇。楊浩沒有更進一步的行動，只是輕輕地擁著她，一起躺在柔軟的榻上，感受著她的感覺。

側側力力，念君無極，枕郎左臂，隨郎轉側。女英心滿意足，其實楊浩想要的比她更簡單，但是，樹欲靜而風不止，責任太多的時候，楊浩儘管很用心，也很難體會到她那種滿足安詳的滋味。

被塔利卜自西方運來的奴隸們更容易滿足，經過長途跋涉，興州終於在望，一旦進城，他們就再也不必每日在皮鞭中掙扎著趕路，一旦傷病就被拋到路邊生死由天，再也不必每日只啃那麼一小塊乾硬得能劃傷喉嚨的乾糧，蜷縮在四面透風的帳篷裡睡覺，而是喝上一口熱水，住到一間像點樣子的房子裡，他們感到很幸福。

尤其是在沙州的時候，他們從當地官府那裡聽說了這個地方的執政官大人所頒布的〈農奴令〉，聽到那律法會保障他們很多的生存權利，而且他們還可以透過發明、創造和戰功來擺脫農奴的身分，成為一個公民，他們就好像一下子從地獄到了天堂。欲望小一些的時候，總是很容易滿足的。

* * *

對塔利卜來說，他的幸福除了聽到金幣的響聲，那就是看到真主的福音傳布到天涯海角，讓那兒不管是桀驁兇殘還是溫順懦弱的人都變成真主虔誠的信徒。可是在楊浩這兒，他卻碰了個不大不小的釘子，沒有獲得最滿意的收益。

西域商道的暢通，帶來的滾滾財源，楊浩固然從中獲得了極大的好處，可是他獲得的好處也不亞於楊浩，所以他沒有勇氣真的和這個控制了河西走廊的大人物決裂，結果就只能在楊浩的強勢面前做出一些讓步，否則，他前期的所有努力都會化為泡影。

這一切的噩夢，都起源於楊浩從他手中購買奴隸開始。大食與羅馬之間的戰爭，產生了大批的戰俘，貴族戰俘會被高價贖回，普通的戰士如何安置便成了難題，他們的帝國並不需要這麼多過剩的人口。

楊浩要從他那兒購買奴隸，他本來喜出望外，以為這是開拓了一條新的財路，這的確是一條新的財路，可是誰知道在這遙遠的東方居然有羅馬帝國克拉蘇執政官的後人，並且藉由他販賣來的奴隸與羅馬建立了聯繫，於是，他在楊浩面前再也無法充當唯一的西方代理人。

儘管已事隔多年，但是那些羅馬貴族們顯然把找到他們失落公民的下落當成了一件傳大功勳和無上榮耀，為了這些遺落遠方的同胞，他們很熱情地和楊浩這個遙遠東方的君主開始了合作，塔利卜即便捨得拋棄從東方獲得的經濟利益，也不能把楊浩推到羅馬人那邊去。

他們在西方戰場上正處於下風，他們的帝國主要經濟來源就是商業，一旦戰爭繼續失利，西方的商路被羅馬人完全切斷，東方商路就會變得異常重要。大食帝國自唐代起就是東方最主要的貿易國家，透過絲綢之路，長安西市到處都是大食來的商人。

如果現在要探索一條安全穩定的海運航線，要能夠滿足整個帝國貿易的需求，要建立遠航的大船和護航的艦隊，沒有幾十上百年的工夫是無法完成的，其中的不確定因素太多，所以儘管不能獨霸西域商道，但他還是傾向於選擇這條傳統的商道，同時希望能夠在政治上對楊浩這個西北王產生更大的影響，或許這個新興的帝國為他們帶去的不止是金錢利益，有朝一日在政治上、軍事上也能展開合作，所以他還是來了，而且打算和楊浩的合作更密切一些，他相信，至少他是走在羅馬人前頭的。

一腳踏進興州西城，塔利卜就看到了不遠處那個刺眼的十字架，十字架矗立在一幢很尋常的西北風格的住宅上，旁邊不遠處是一片空地，許多工人正在修建一幢建築，如今建築還沒有起來，只是從地基看，可以想像得到未來的建築規模如何恢宏。

「這是什麼？」

塔利卜立即皺起了眉頭，塔利卜設在當地店鋪的掌櫃親自出城去迎他進來，此時就在他的旁邊，掌櫃的往那兒看了一眼，便道：「啊，那兒是路西烏斯神父的教堂，路西烏斯神父帶著幾個修士自大秦國來，在此布施傳道，那兒正在起建的就是他們的大教堂。」

一種危機感襲上心頭，塔利卜看看正在起建的那幢建築，再看看街道對面的那片菜地，馬上說道：「這片菜地是誰的？你馬上去給我買下來，這一片地，全都買了。」

「好，我先送東家回去休息，然後……」

「不，你馬上就去辦這件事，不管花多少錢，一定要把這一塊地都買下來。」

塔利卜說完，一扭頭，用大食國的語言喊起來：「卡伊姆，卡伊姆……」

「老爺，老爺，我在這兒呢，您有什麼吩咐？」

一個身材矮胖，頭上纏著白布，長著兩撇翹鬍鬚的傢伙一溜煙地跑過來，點頭哈腰地道。

塔利卜抬腿就是一腳，呵斥道：「快去，把通犀、龍腦、乳香、龍涎香、薔薇水、千年棗、越諾布、花蕊布、兜羅錦、毯、錦杞、蕃花簟、珊瑚筆格每樣都備出一份厚禮來，我要馬上去見西夏國王。快點去做，你這個蠢貨……」

「是的老爺，遵命老爺……」卡伊姆從地上爬起來，一溜煙地向後面的車子跑去。

「我要在他們的對面，造一座金碧輝煌、莊嚴無比的禮拜寺！」

塔利卜盯著對面那個簡陋的十字架，咬牙切齒地說：「我不會輸給那些愚蠢的羅馬人的！」

* * *

措溫波，漢人叫它青海湖，古稱西海，又稱鮮海。四十多條河流融匯其間，站在青海湖畔，蒼翠的遠山合圍環抱；碧澄的湖水波光瀲灩；蔥綠的草灘上羊群似雲。一望無際的湖面上，碧波連天，雪山倒映，魚群歡躍，斑頭雁、魚鷗、棕頭鷗、鸕　等數十萬隻鳥兒歡樂地翱翔。

此時，正是草原青青的時節，綠茵如毯，金黃色的油菜花迎風飄香；牧民的帳篷星羅棋布；成群的牛羊飄動如雲，北面崇宏壯麗的大通山，東面巍峨雄偉的日月山，南面逶迤綿綿的青海南山，西面崢嶸嵯峨的象皮山猶如四幅高高的天然屏障，將青海湖緊緊環抱其中。

從山下到湖畔，則是廣袤平坦、蒼茫無際的千里草原，而煙波浩淼、碧波連天的青海湖，就像是一碟巨大的翡翠玉盤平嵌在高山、草原之間，構成了一幅山、湖、草原相映成趣的壯美風光和綺麗景色。那湖中盛產裸鯉湟魚，濱湖的豐美草原則是天然的牧場。

遠遠地，傳來一陣悠揚的歌聲，隨著那歌聲越來越近，數不盡的牛羊和膘肥體壯的驄馬潮水般湧來，引得湖上的船娘，手搭涼棚，看向那手持套馬桿，穩穩站在馬背上的漢子。青海湖是個天然的魚庫，魚多得無法想像，冬天的時候，牧人在半尺厚的冰面上鑿一個洞，提一盞燈籠，就會引得那肥魚自己跳出冰面，而此時四月間，捕魚的場面更形壯觀。

四月分，正是青海湖的肥魚游向匯通的河流產卵的季節，河口處，密密麻麻的魚群鋪蓋著整個水面，一眼望去，本該是湛藍的湖水整個呈現出了金黃色，那是魚兒簇擁在一起，完全遮擋了水面的原因。魚兒翻騰跳躍著，甚至自己跳上了獨木舟。

這豐美的草原，取之不盡的魚庫，養育了這裡無數的草原部落。儘管部落與部落之間也有戰爭，可是這些小部落之間沒有誓不兩立的仇恨，他們的戰爭常常是因為爭奪最肥美的草地，抑或是不同部落勇士之間的個人恩怨，這樣的戰爭規模不大，造成的傷害也不大，所以儘管他們得把部落產出的很大一部分，上繳給吐蕃大頭人，仍然能夠滿足他們的生活需要。

而現在，這些回紇帝國覆亡後，逃散到這兒變成一個個獨立小部落的回紇人更是有了自己的主心骨。回紇九王姓的夜落紇大人來啦，夜落紇是可汗血脈，儘管他帶來的勇士不多，看起來比這些當地的部落還要貧窮，可是這些久已失散在外的部落看到了夜落紇，就像是尋到了自己的根，有他在，這些部落再也不是無根的遊子，再也不是一盤散沙。很快，他就利用自己高貴的血統，把許多的部落整合在一起。

煙波浩淼的青海湖，魚躍浪湧，百鳥低翔。湖畔豐美的草原上，搭著一座座氈帳，小孩子們在氈帳前廝打摔跤玩著遊戲，婦人們則在忙著擠奶、編織，鞣制毛皮，浸泡弓弦……

中間最大的一座大帳，帳口立著一根高桿，桿頂飄拂著九縷狼尾，這是汗帳所在。

青海湖的回紇人一直只有各自為政的部落頭人，沒有哪個人有資格統御所有部族，而出身高貴的夜落紇一來，登高一呼，立即得到響應，各個部落紛紛來投，他們看到這頂汗帳，也就找到了自己的根，找到了自己的依仗，他們相信，有大汗的統率，他們會過上更美好的生活。

奶茶、酥油、炒麵和青稞美酒擺在氈毯上，夜落紇盤膝而坐，認真傾聽著他的手下稟報著尚波千那邊的舉動，聽到李繼筠與其爭兵分權，如今被打發到蕭關，結果引起了尚波千和西夏軍隊不斷的征戰，夜落紇不禁開懷大笑。

「好，楊浩總算是幫了我們一個大忙啊，他們那邊鬧得越兇，尚波千越顧不了我們，正利於我們養精蓄銳，從容發展。」

他思索了一陣，說道：「尚波千向我們徵兵徵糧？哼哼，他真當自己是隴右之王了嗎？笑話！我既然來了，回紇諸部也就不在他的統治之下了，回絕他，一兵一卒都不給他，一牛一羊也不給他！」

「是，不過……這樣的話會不會和他鬧翻了啊？畢竟，他現在的實力還比我們強大，我們還沒有把所有的回紇部落都征服過來，一旦尚波千想要為難可汗……」

夜落紇胸有成竹地道：「毋須擔心，羅丹正和他鬥得不可開交，蕭關那裡又和西夏交了兵，他會再樹一個強敵嗎？這正是我們最好的發展機會。」

他神祕地一笑，又道：「何況大宋朝廷已決定給予我兵甲器仗的支持。宋國為什麼要扶持本可汗？他們擔心尚波千會變成第二個楊浩罷了，這樣的話，本可汗更無忌憚了。你儘管回覆他，就說我回紇諸部青壯過少，實在抽不出人手給他，至於米糧，我們生活艱辛，難以為繼，如果尚波千大人確有所需，那麼……可以用稻米、茶、鹽、布疋、鐵器來換我們的牛羊。」

那個頭人撫胸道：「是，那我就依大汗的吩咐去回覆他們。」

「嗯！」夜落紇點點頭，目視那個頭人離去之後，伸手一按地面，挺身站了起來。他慢慢踱到帳外，從大帳左右經過的人見了他，都會停下來，恭恭敬敬地向他行禮。夜落紇負著雙手，望著遠近一座座氈帳，忽然覺得阿古麗似乎沒有說錯，如果當初果斷捨了甘州，帶著精銳的勇士和細軟金珠翻越祁連山，他真的可以利用自己的威望一統隴右的回紇族人。

那樣的話，他不會折損那麼多的人馬，惶惶如喪家之犬地繞道延綏，又在尚波千手下委屈求全，直到得到宋國的幫助，這才得以來到青海湖。想到這些，他的心中偶爾會閃過一絲愧疚，但是他不能認錯，做為大汗，不管做的對不對，他都沒有錯。

他夜落紇會在這裡重新積聚力量，用最終的勝利，來證明他是對的。阿古麗，從被他做為棄子的時候，就再與他沒有任何干係，這個女人的名字，和有關她的事情，都是一個禁忌，絕對不許他帶來的士兵與當地的部族百姓談起，他也會努力忘記這個女人，他的心中，此刻只充塞了一件事，那就是隴右之主。等他把所有的回紇部落都軟硬兼施地納於麾下，那時他就會揮兵東向，爭奪隴右霸主的地位，當他成為隴右之主的時候，他會殺回河西，用楊浩的人頭，洗刷他的恥辱。

他只有成為一個勝利者，心中隱隱的不安和羞慚才會消失。沒有人有資格指責一個勝利者，他必須要用一場絕對的勝利，來維護他大可汗的榮譽，還有……他兩個兒子戰死沙場的痛。

頭頂乍起一聲鳥鳴，一隻青鳥從他眼前展翅飛過，衝向浩渺百里的青海湖……

* * *

「小波，巴蜀這邊就交給你了。給你留下的士兵有限，還要負起保護建立在深山中的十二處大寨，以後盡量避免與官兵正面作戰，在崇山峻嶺間與其周旋，人數少了，反而更易施展。」

王小波被童羽授予重任，獨自領導留守巴蜀的人馬，心中既緊張又興奮，他點頭道：「大哥，你放心，小弟一定不負大哥所望，堅持到大哥回來！」

童羽點點頭，鼓勵地拍拍他的肩膀，翻身上馬，與等候在旁邊的鐵頭向山下疾馳而去，他的大軍正整整齊齊地站在那兒，候命待發。

「小六，咱們真的還會回來嗎？」

馬上，鐵頭向彎刀小六問道，小六道：「這個，要見機行事，朝廷的兵馬已對巴蜀形成合圍之勢，我們這麼多人馬，會被他們活活困死。殺出去，有齊王趙光美為內應，就算在關中平原上，朝廷兵馬也奈何不了咱們，何況朝廷想調兵遣將，再對關中部署合圍，也不是三、五個月辦得成的事。」

他頓了頓，忽地一勒馬韁，扭頭看了看仍然站在山頭遙望著他們的王小波，又對鐵頭道：「這一次，朝廷把羅克敵也派來了，他來了，咱們逃了，就當是送他一份大禮好了，兄弟一場，送他一份戰功又如何？大哥讓咱們去關中，除了避敵鋒芒，還有一個原因，如果趙光美有膽子起反心，絕不會只依賴咱們這支憑空掉下來的人馬，他們哪來的那麼大把握，一定能控制咱們？他們一定還有潛藏的實力，我們此去，避敵鋒芒，再求發展，同時，就是想辦法獲得他們的信任，挖出他們隱藏的實力。必要的時候，我們還可能去隴右。」

小六微微一笑，沉穩地道：「我們的兵，擅於叢林山地作戰，到了關中，利用齊王的幫助，正好在關中平原練練兵，把咱們的人馬訓練成一支精銳騎兵，如果有朝一日真用到我們進軍隴右，才能發揮奇兵之效。走吧，不需要想那麼多，傷腦筋的事交給大哥，咱們只管打好仗就是！」

驍雄、驍勇、驍戰、驍勝四軍一見主帥趕到，大旗一揚，浩浩蕩蕩向北而去，直奔劍閣。

秦有潼關，蜀有劍閣，皆國之門戶，雖關中有齊王內應，要想進入關中，一場硬仗總是免不了的。

五百六六　陰謀

「未來對隴右之戰，唯有以閃電戰術迅速控制。否則，如果戰事處於膠著狀態，而宋國反應過來，我們就會陷入兩難之境。把李繼筠、夜落紇放到隴右去，派王如風等人潛入敵軍內部，讓羅丹族長和赤邦松一明一暗羈絆尚波千，把巴蜀義軍精銳調往關中，方便隨時進入隴右，南北呼應夾擊尚波千。

「這一切的一切，全部部署都是為了將來對隴右之戰，能夠一舉底定。而欲取隴右，必奪蕭關，這座險關是尚波千部苦心經營數十年的根基之地，且陳以重兵守衛，此處地勢險，易守難攻，兵力擺布不開，如果強攻，恐以十倍軍力方有可能，這樣的消耗我們承受不起，如何以最小的代價把這座險關納為己有，還望三位想個妥當的法子出來。」

這是楊浩在稱王立國之前，祕密召集張浦、种放、楊繼業時的一番談話。

緊接著，种放成為內閣大學士，午門外張浦與种放的一番舉動，在興州城內漸漸形成一種流言：張都督有攻城野戰之功，卻屈居於只有口舌之勞的种放之下，將相不和。許多對楊浩的權力分配同樣不滿的人馬上看到了機會，開始向張浦身邊靠攏。

這時，种放對蕭關接連用了奇襲、行刺、離間等計謀，卻是昏招連連，徒然損兵折將，蕭關戰事毫無進展，楊浩大為不滿，遂把此事完全轉由張浦接手。一貫喜歡劍走偏鋒、以奇兵致勝的張浦，這一回卻用了個很老成的辦法，他上疏請調夏州附近的部族軍遷徙於兜嶺。蕭關雖然險峻，排布不開大軍，也很難以奇襲方式撕開吐蕃人數十年經營建立的明暗烽燧，處處堡壘，但是如果調一個亦民亦軍的部落過去，長期對峙之下，卻未必不能以夏國這相對於尚波千更形強大的實力，以蠶食方式向其滲透。

楊浩本「無意南侵」，只是不忿以小小尚波千也敢向其挑釁，他也需要一個體面的方式，避免夏國在蕭關糾纏過甚，遂同意了張浦的提議，令大學士种放立即著手辦理。

种放得了旨意，馬上就把嵬武部調到了兜嶺。

嵬武部就是拓跋寒蟬和拓跋禾少兩兄弟的部落。嵬武部在党項拓跋氏諸部中是實力比較強大的部落，而且他們的牧場本就在夏州左右，距兜嶺較近，把他們調過去也算順理成章。但是兜嶺附近雖在祁連山下，水草豐美，適宜放牧，但是這裡是夏國和隴右呼延傲博駐地最近的地方，雙方沒有明顯敵意的時候，彼此間也常起爭端，何況現在正是敵對時候。

种放把嵬武部調過去，明顯就是借刀殺人了。嵬武部兩兄弟對他的政令一直持牴觸態度，現在與張浦走的又較近，种放把他們調過去，一來可以把他們調理夏州，方便自己對夏州的控制，同時又可藉呼延傲博消耗他們部落的實力，正可謂一舉兩得。

朝廷有權調動部族軍，拓跋兩兄弟自然不能抗命，他們一面率族人向兜嶺遷徙，一面派人再攜重禮向張浦訴說冤屈，可是种放的理由冠冕堂皇，張浦也無法反對，於是張浦就用了招以彼之道還施彼身的法子，向楊浩提出以嵬武部一族之力，恐難敵蕭關守敵，請求再調蘇毗部落一萬二千帳以為補充，受嵬武部節制。

蘇毗部是拓跋蒼木的部族，也就是如今深受楊浩重用的蘇毗部少族長拓跋昊風的部落，种放守夏州時，拓跋蒼木父子與他走的甚近，如今算是大學士派的親信，張浦把他的部落抽調一部遷往兜嶺，且受嵬武部節制，嵬武部自然會把他們安頓到自己部落的前面，以他們為緩衝，避免嵬武部與吐蕃大頭人呼延傲博的直接接觸。

大學士和大都督之間的明爭暗鬥，雖然整個興州甚至整個夏國都無人不知、無人不曉，但是似乎並無人敢把這兩個大人物不和的情形告訴楊浩，楊浩對此似乎全不知情，於是馬上就答應了張浦的請求。這一來种放搬起石頭砸了自己的腳，在這場明爭暗鬥中吃了不大不小的一個暗虧。

當然，並不是所有人都認為楊浩對自己手下群臣全不了解，比如總是牛皮糖一般黏在楊浩身邊的起居舍人穆余嶠。制衡之道本是帝王權術，种放和張浦都有極大的權力，他們之間的不和顯然比彼此親密無間更利於楊浩統治的穩定，所以即便是自以為看出了楊浩真正用心的人，也不敢將之點破。

蘇毗部做了嵬武部的馬前卒自然不甘心，消極怠戰那是難免的。而嵬武部與蘇毗部不和，如今難得能掌握了對他們的控制權，有意借呼延傲博的手削弱他們的實力，卻是不斷挑起與呼延傲博之間的戰爭。蘇毗部和嵬武部的牧場都在夏州附近，如果蘇毗部就此敗落下去，當然有利於嵬武部。

兩部族不和，本已是兵家大忌，這兩個部落背後又站著兩個正在暗爭暗鬥的大人物，互相下絆子扯後腿，內耗得厲害，前方的戰果可想而知。

蘇毗部不甘心被嵬武部利用，卻又不能擺脫嵬武部的控制，只能被迫與呼延傲博直接接觸，結果不但未能完成張浦逐次遞進的計畫，反而在呼延傲博面前連連吃了敗仗。

起初，呼延傲博的部族軍隊時常北侵，蘇毗部很難形成像樣的抵抗，被擄走了大批牛羊和族人，拓跋寒蟬和拓跋禾少一味逼迫蘇毗部加緊對呼延傲博的進攻，而他們在蘇毗部遇到敵襲的時候要嘛姍姍來遲，要嘛假意接應，虛張聲勢一番便即退去，只讓蘇毗部正面承受吐蕃軍的進攻。

蘇毗部由此士氣大落，根本無心應敵，每逢敵襲一觸即潰，紛紛高呼：「金槍不可敵，速速逃命去吧！」立即敗得落花流水。

呼延傲博使一桿鎏金槍，素有金槍傲博的綽號，雙方打得久了，連蘇毗部都知道了他的綽號。拓跋寒蟬借吐蕃人之手削弱了本比他們更為強大的蘇毗部落，心中大為得意，一面將小勝誇為大勝，一面將大敗述為小敗，向興州請功，一面不斷施加壓力，迫使頂在他們前面的蘇毗部落主動向呼延傲博邀戰。

种放權柄雖重於張浦，但是在軍事上，縣官總不及現管，能對蘇毗部的照應有限，蘇毗部進退不得，部族中漸漸生起不平之意，陸續地，開始有一些蘇毗部的人馬開始向呼延傲博投降。呼延傲博雖為人自負，倨傲狂妄，卻不是一個只知倚仗武力的莽夫，一見蘇毗部落的人馬向他乞降，立即隆重接見，又使好酒好肉款待，使其中在族人之中德高望重者回去向蘇毗部的其他部落進行宣傳。

用兵之道，攻心為上。這一手果然比刀劍更加犀利，越來越多的蘇毗部落憤而投奔了呼延傲博，反過來做了呼延傲博的馬前卒，倒比當初與呼延傲搏交戰時更加用命。這一手「以夷制夷」大獲成功，尚波千聞訊大喜過望，傳令厚賞西夏降將，又密令呼延傲博恩威並用，加強控制，莫使這些党項舊部被李繼筠招攬了去。

蘇毗部落投降的人一過來，李繼筠就聞風而動，以舊主身分招攬他們，卻也把一些部族弄到了他那邊去，而呼延傲博一得到尚波千的命令，就馬上行動，把歸降後本來單獨設營管制的党項人就近納入了吐蕃人的各處堡寨，澈底換上了吐蕃人的旗號，這一來李繼筠的手再長，也伸不到他們的營地中去了。

發生在河西隴右的一切，遠在汴梁的趙光義一清二楚。

＊　＊　＊

楊浩幾次三番陰謀得逞，如果趙光義能提前警覺得到，完全有能力把它扼殺於萌芽之中，趙光義的失敗，很大程度上不是因為楊浩如何英明神武，而是以前朝廷對河西重視不夠，造成了訊息掌握的不對等。痛定思痛，趙光義已詔令皇城司，投入了足夠的斥候和探馬，加強了對河西情報的搜集。

而隴右方面，自從知道傳國玉璽得自尚波千之手後，他也加強了對隴右的控制。如今，西夏的一舉一動他都瞭然於心，楊浩的安於現狀，立國之後各個部族間的爾虞我詐，將相之間的明爭暗鬥，都讓他大為滿意；隴右李繼筠、夜落紇大肆招兵買馬，分割尚波千的勢力，再加上吐蕃另一極具號召力的首領羅丹對尚波千的牽制，幾乎各方面都不得不仰宋國鼻息，更令趙光義滿意。

似乎，一切都在向著好的方向發展，只不過他並沒有注意到，在自己的眼皮子底下，盧多遜和張洎兩位宰相之爭，也已漸漸爭出了火氣，只不過許多人都能看到很遠的地方發生的一切，卻對自己身邊發生的事情茫然無知，所謂「燈下黑」，就是如此了。

張洎一力促成西夏乞降，自此更受趙光義重用，此後，羅克敵揮軍入蜀，巴蜀亂匪立足不定，老幼避入深山，主力逃出巴蜀，強攻潼關，入關中，在付出重大代價後逃入秦嶺，離開了根基之地，而且沒有巴蜀那麼多險要的山嶺為掩護，要剿滅他們看起來比以前要容易得多，追溯根源，自然還是離不開張泊說降楊浩之功，如今張泊的權勢已是兩人之下、萬人之上，除了盧多遜外，再無一人能位居其上了。薛居正、呂餘慶兩位宰相，也得遜居其下。

張泊的迅速躍升，引起了盧多遜的忌憚，很多政務他都牢牢把持在手中，有時忙得一天只睡兩個時辰，也絕不肯把這些事情分攤給張泊，張泊感覺到了盧多遜對他的敵意，更明白盧多遜此刻已成為他飛黃騰達的絆腳石，可是儘管他已受到官家重用，想要扳倒盧多遜，卻還遠遠不能。

盧多遜做事圓滑，善於揣摩上意，而且為相幾年來，羽翼眾多，如果沒有讓趙光義無法容忍的重大過失，根本不是他這個剛剛上位的副宰相可以扳倒的，如果倉卒出手，打草驚蛇，反而對其更加不利，所以張泊更加小心，每次見到盧多遜也是畢恭畢敬，循規蹈矩，似乎全無野心，以消其戒心。

「唉！我已官至副相，卻比以前還要小心，實是……可是盧多遜羽翼眾多，在朝中樹大根深，輕易動他不得啊。尤其是羅公明致仕辭官，三司使也換了他的人，也不知還要忍到什麼時候，盧多遜年歲與我相仿，如果他一直不出大錯，我豈不是絕無機會？」

耳邊聽著雪若蚺動聽的歌聲、曼妙的舞蹈，面前擺得是百味坊精心製作的珍饈美味，張洎卻是食不知味，心神恍惚。

自從雪若蚺為他引見了西夏密使，使他最先和楊浩接上了頭，一力主張完成了招撫重任，他到一笑樓來得就更勤了，人人都知道千金一笑樓的柳朵兒是官家的禁臠，雪若蚺姑娘是張相的相好兒，一君一相都留連於一笑樓，千金一笑樓水漲船高，有權有勢的富貴人物更是趨之若鶩，他們來千金一笑樓花錢，已經不僅僅是為了享樂，而是把它當成了一個身分的象徵。

「張相，奴家跳得氣喘吁吁，你卻一副心不在焉的樣子，教人好不洩氣。」雪若蚺停下歌舞，到了他身邊，嬌嗔道。

「嗯？啊，呵呵……」張洎回過神來，呵呵笑道：「是老夫的罪過，朝中政務繁忙，難得抽暇出來一回，心裡還是放不下呀，哈哈，來來來，老夫這杯酒，權作給美人賠罪了。」

雪若蚺接杯在手，向他嫣然一笑，輕啟朱脣，抿了半口酒，卻向他雙脣湊來，張洎笑吟吟地挽住了美人纖腰，接了個皮杯，將她檀口中一口美酒渡入自己口中嚥下，雪若蚺便貼在他懷中，玩著他的鬍鬚，嬌聲道：「河西已降，巴蜀亂軍逃入關中，覆滅在即，天下太平了，還有什麼事是張相需要操心的嗎？啊！對了，我聽說前幾日張相上表說對北朝契丹，當練兵聚穀、分屯軍隊於邊塞，來則備禦，去則勿追，還得到官家讚賞了呢。」

張泊笑道：「呵呵，妳的消息倒是靈通啊……」

他舉起杯道：「身為宰相，關心的又豈只是軍事？再說，就算只是軍事，現在也算不得天下太平啊。巴蜀亂匪入了關中，雖說離了他們的根基之地，易於剿滅，可是關中貧瘠，一直以來又非朝廷經營重心，如果今年那兒逢了旱澇災害，百姓生計無著，說不定這禍患反而越來越大，很多事，得想在前頭，不能臨亂方治呀。」

雪若蚺眸波一轉，納罕地道：「官家派了齊王坐鎮長安，有齊王鎮守，還不能蕩平這些亂匪嗎？這些亂匪真的這麼厲害？」

張泊哈哈一笑，在她鼻尖上按了一下，笑道：「不要小看這些烏合之眾，烏合之眾，也能變成百戰精兵，國之廢立，大多就是從這些烏合之眾開始的。」

雪若蚺皺皺鼻子道：「國家大事，奴家可不懂，這些事情，是你們這些大人們操心的事。嗯……我說呢，齊王殿下也這般慎重其事，還使人去拜訪趙相，想來就是問計於趙相了。」

「哈哈，那是當然，要是妳也懂得國家大事，還要我們十年寒窗做啥……嗯？趙相，哪個趙相？」

雪若蚺嗤地一笑，掩口道：「張相怎麼糊塗了？還有哪個趙相，自然是趙普趙丞相呀。」

張洎目中異樣的光芒一閃，他轉過身去，扶袖持箸去挾鴨膾，藉以掩飾著自己異樣的神色，微笑著：「呵呵，齊王使人拜訪趙相，豈會大肆張揚，這事妳也能知道？」

雪若蚺櫻脣一撇，得意地賣弄道：「也就是在張相您面前，人家才要小心奉迎。旁的人就算是金珠玉寶地孝敬著，奴家想不想見他，還得看人家高不高興呢。文人士子想見我一面，就費盡心機賣弄才學，縉紳公吏，自然要顯擺顯擺他的身分。」

「喔，趙相雖已年邁，但老成謀國啊，料理軍政、處置中樞，說起來，我們是遠遠不及的。不過……齊王使人拜見趙相，求問平亂之事，這個……也是妳那客人告訴妳的？」

雪若蚺笑道：「這倒沒有，再怎麼樣，他也不會什麼都說的呀。不過……齊王殿下位極人臣，官祿猶在宰相之上，如果不是為了此事，還有什麼需要他一個王爺去巴結拜訪一個早已離開中樞的宰相呢？如今正好巴蜀亂匪逃入關中，想來，就是因為這個緣故了。」

「哈哈，雪姑娘果然是冰雪聰明，冰雪聰明啊……」張洎豁然大笑，神色說不出的愉悅。

「齊王留守長安，根本就是受到貶謫，他結交趙普，意欲何為？不成，這事我得查一查，如果確有其事，得馬上稟報官家。」

小轎悠悠，自一笑樓離開的張泊坐在轎中，緊張地思索著。

「光！光光！」忽聽前方開道鑼響，小轎忽然到了路邊停下來，張泊微一皺眉，挑開轎簾向外看去，只見鳴道鑼、開道旗，後邊是全副儀仗，正是宰相盧多遜自官道上經過。

張泊的目光頓時陰鷙起來，等到那儀仗過去，他的小轎才又重新回到大道，張泊放下轎簾，拈鬚思忖半晌，將至府門時，心中靈光一閃，忽地想出一條一石二鳥的妙計來……

五百六七　聰明的張洎

大宋朝廷的一場大風暴，在不知不覺中開始醞釀了。

如果不是張洎這樣的聰明人，如果不是他從千金一笑樓回來的時候恰好撞見了盧多遜的儀仗，這件事就不會發生。其中有許多必然，比如張洎想要上位，就必須踢開盧多遜這顆絆腳石，盧多遜也必然會想方設法地壓制這個對他的地位威脅最大的人。但是整件事情之中又有許多偶然，這完全是不可控的一樁意外事件。

雪若蚺把齊王趙光美結交廢相趙普的事情透露給張洎知道，的確是有預謀的，她幕後的主使者就是崔大郎。潛宗耐不住寂寞，想要挑戰崔大郎的權威，這是他無法忍受的事情。可是他並不想因為這件事，鬧得潛宗和顯宗發生火併，那麼他就只能選擇一個辦法：釜底抽薪，幹掉趙光美。

可趙光美畢竟是一位親王，他如果被刺殺，會釀成怎樣的結果是誰也無法預料的，就算是趙光義恨不得自己這個兄弟早死，那時候也必然會動用整個國家的力量來查出真相，打擊兇手。親王在駐牧之地遇刺，和兩軍陣前被敵人殺死，其性質是完全不同的。唯有借助一個人的手，才能把這件事辦得天衣無縫。這個人，除了身為九五至尊的大宋皇帝，還能有第二個人嗎？

所以，崔大郎需要先在一個朝廷重臣心裡埋下一根釘子，必要的時候，他就是最有力的見證和促使趙光義下決心的藥引。恰好發現千金一笑樓是個很容易搜集情報、接觸朝廷重臣的場所後，他拉攏了雪若蚺，而當朝副相張泊又是雪若蚺的恩客，於是張泊自然就成了他的選擇。

只是，張泊也有自己的欲望和追求，他忽然發現，這個無意中得來的消息如果運作的好，完全可以達到他不可告人的目的，於是他開始主動地利用起這件事來。雙方的目的不同，但是想要的結果卻相仿，於是在他們互不知情卻十分默契的配合之下，整件事加速朝著他們預想的方向發展了。

張泊查到，趙光美和趙普的確有書信往來，兩人原本就關係不錯，又同為天涯淪落人，所以一直保持著書信聯繫。趙光美半推半就地被繼嗣堂潛宗勢力利用之後，雖然不敢馬上把自己的意圖告訴趙普，但是對這個在朝中仍保留著相當大的潛勢力的榮休宰相，卻更加著意地籠絡起來。

一個落難王爺、一個失勢宰相，彼此往來十分密切，如果讓皇帝知道了，他會怎麼想？

現在張泊要做的，就是想辦法把盧多遜也拉進去，然後，他就可以把這件事告訴皇帝。剩下來的事就完全不需要他操心了，任何一個不管是英明抑或是昏庸的皇帝，這時候都知道該怎麼做了。皇帝什麼事都可以容忍，唯獨威脅到皇權的舉動，發動反擊是任何一個還能掌握全局的皇帝的本能反應。

於是，張泊開始行動了。

趙普在位的時候，盧多遜扮演的幾乎就是他現在的角色，甚至比他現在還不如，那時的盧多遜只是一門心思往上爬，但是還未到能夠威脅趙普的地位。那時趙普的大敵是當今聖上。所以，當宰相趙普被開封府尹趙光義趕出權力中心的時候，盧多遜和趙普兩人之間還未發生過什麼衝突，因此這兩人之間的關係還比較平和，逢年過節的時候，如今位居宰相的盧多遜還要依禮向這位榮休的宰相送一份禮物，寫一封書信，保持著禮節性的聯繫。

這就足夠了，張泊不是個笨人，既然兩人之間有聯繫，他有一萬種法子讓這兩個人之間的聯繫變得更密切，一旦有事，再也脫不了干係。

張泊剛剛掌握權力不久，想要扳倒盧多遜只能用四兩撥千斤的辦法。首先，他利用掌握的有限人脈，給某些朝臣和地方官設置了一些麻煩，趙普百足之蟲死而不僵，這些遇到麻煩的官員都是曾經受到趙普提攜，如今仍然屬於趙普一脈的人。

每個官員多多少少總有一些不為人知的事情，並不一定是貪贓枉法，比如轄下發生了重大案件，為了考評所以大事化小、小事化了，隱瞞上報，又或者兄弟不和、鄰里糾紛，或者家人橫行鄉里，事情不是很嚴重，但是如果被御史查出來記入檔案，考功成績就不會高，就會影響他們今後仕途的發展。

御史臺監察院從來不許和宰相有瓜葛，但是每個宰相都費盡心機要控制御史臺，趙普在的時候，整個御史臺幾乎都在他的控制之下，只有少數御史被趙光義網羅了去，最後利用趙普得意忘形，占皇地、起大宅等幾件事情攻其要害，把他趕出了汴梁。

如今張洎用的法子與趙光義異曲同工，御史臺大部分監察官如今在盧多遜的掌握之中，可是你要扶持一些人，總要擠占另一些人的利益，這些人就投向了張洎。雖然只是一小部分，但是已經足夠了。張洎只是做個暗示，他的人就開始巡察地方，進行考評檢查，然後發現了趙普一脈殘餘官員的一些劣跡，記入了檔案。

御史有監察權，但是最終的考功權屬於宰相，這考功權也就是人事權，所以這些足以影響其前程但是又可大可小不予的問題是否列入考慮之內，得盧多遜說了算，這就是宰相的權力。這些官員本是趙普一脈，直接去找盧多遜，人家未必就肯見你，而盧多遜見了還好，如果不肯見，這樣的舉動明擺著就是把老東家排除在外了，還會得罪趙普，於是他們唯一的辦法就是在考評御史離開後，馬上寫信給趙普。

趙普和盧多遜因為一直沒有機會正面發生衝突，所以關係還是不錯的，趙普的殘餘勢力已不足以左右朝政，只不過能讓這個老宰相保留一些人脈，給自己的子姪行一個方便罷了，雖說當年趙普叱吒風雲、連堂堂晉王也不放在眼裡，此刻卻是英雄氣短，為了這麼一點殘餘的人脈，不得不寫信向盧多遜求助。

趙普這點殘餘勢力無傷大雅，對盧多遜完全構不成威脅，他自然得給老宰相一點面子，自己早晚也有榮休的一天，官場上的規矩總不能不顧，所以這個忙他不能不幫。盧多遜幫了忙，趙普總該有所表現，於是寫封書信，派個心腹送些雖然不貴卻很有品味的禮物，或者自己親自寫的詞賦、繪的畫卷，便是分內之事了。

禮尚往來，盧多遜對老宰相也不能大剌剌地只收禮不還禮，於是張洎只是開了個頭，接下來的一切就順理成章地按照他的預演開始發展了。

當盧多遜和趙普的往來次數已經超出了一個在任宰相和榮休宰相正常往來的頻率，足以在皇帝心中打下一個問號的時候，張洎便拿著他最初打探來的趙光美與趙普私相往來密切的消息去稟報趙光義了。

張洎的打算很簡單，事涉一個親王、一個宰相，就算是皇帝也不能不予重視，皇帝一定會叫人去查，查的結果必然會讓盧多遜也進入皇帝的視線。於是，他的目的就達到了，而且不會影響他在朝中的聲譽。趙光美是親王，趙普是已經不在朝的宰相，兩個人和他完全沒有利益衝突，他這麼做，只是在盡一個臣子的責任，至於把盧多遜牽扯進來，那就不是他可以控制的了，誰讓盧多遜不知檢點呢？

這就像當初趙匡胤談到對趙普的不滿時，盧多遜哪怕是只面對著趙匡胤一個人，也不去正面批評一個宰相，而是大講這個宰相如何重要，在朝中如何根深柢固，看似在勸皇帝慎重處理，不要動搖國本，而是由皇帝自己去品味其中的危險。因為，直言彈劾同僚，皇帝儘管會處理他，但是之後對你也絕不會有好感，至少也會讓他對你產生戒心，直來直往是不成的，這是為官之道。

皇帝對皇權的保護和警惕，是最在意也最敏感的，他舉報的這件事雖然查不出什麼大罪過來，但是發現盧多遜也牽涉其中後，皇帝不會置若罔聞，盧多遜一定會離開中樞，趙普一定會被看管的更嚴，而趙光美，大概就只剩下一個親王的爵位，所有的差使都會被剝奪一空了，到那時候，再也沒人能擋在他的前面，他將成為一人之下、萬人之上的大宋宰相！

問題是，這只是張洎的想法，他沒想到的是，真的有人在扶持趙光美，真的有人想讓趙光美死，想讓趙光美死的人又不願意暴露扶持趙光美的人，所以想盡辦法在營造一種失意親王勾結失意宰相，試圖建立屬於他們的潛勢力的一種局面。

張洎把趙光美與趙普有所勾結的消息呈報上去的時候，完全沒有意識到自己捅了一個馬蜂窩，整個朝廷，馬上就要陷入人人自危的局面，更沒想到，這件事還影響到了關中、隴右、河西，最後是北朝，整個天下格局，都從這時起悄然改變了……

五百六八　偷天在即

趙光義現在真有了天朝上國的感覺，在橫山黑蛇嶺遭遇的挫折早已被他拋到了九霄雲外。幾萬士卒的損失對他來說有如鴻毛，他之所以急於罷戰，是因為閃電戰術失敗，遼國已經反應過來，有遼國在，不可能讓他按部就班，從容進占河西。

同時，巴蜀是他的大後方，後方不穩，而巴蜀左右又都是剛剛滅國不久的幾個國家領土，趙光義擔心後方出問題，也不敢專心一意進攻河西。如今不同了，朝廷一騰出手來，巴蜀那邊的亂匪馬上就被趕了出來，趙光義甚至設想是否可以不消滅他們，而把他們趕到隴右去，隴右越亂，各方勢力對朝廷的依賴程度就越高，明顯是對帝國有利的。

因為巴蜀亂匪入了關中，長安留守、齊王趙光美暫時晉陞為戰區指揮官，手中擁有了一定人、財、物的指揮權，不過趙光義對此並不擔心，禁軍正在陸續調入關中，而禁軍是趙光美指揮不動的人馬。趙光義從來不擔心自己這個兄弟敢造反，這個三弟沒有大哥的文治武略，比他也差了十萬八千里，趙光義之所以忌憚他，只不過是擔心他的第一順位繼承權罷了。

夏國楊浩如今溫馴了許多，這也在他意料之中，就算是一個無賴，一旦成了皇帝，也不可能再拿出當年的無賴習氣來。河西成就了楊浩的霸業，但是何嘗不會變成他的羈絆，身上背著這麼大的一個殼，走也走不掉，他如果夠聰明，就不能再拿出以前的態度來面對宋國。

事實也是如此，趙光義現在已經注意到朝廷對外部情報掌握嚴重不足，遂加大了對遼、夏和隴右等地的偵察力道，其中有人甚至打入了夏國中樞，從他目前掌握的情報看，在宋遼之中，夏國明顯是選擇了宋國做為依附，而遼國正處於主少國疑的階段，目前完全喪失了對外擴張的勇氣。

夏國第一批戰馬已經送來了，五百匹是貢品，四千五百匹是交易。但是就算是那五百匹貢馬，朝廷回覆的賞賜價值也遠遠超過了貢奉的馬匹。宋國實力雄厚，這點財物拿得起，天朝上國，需要的只是四夷的臣服，並不需要從他們那兒獲得多大的好處，他們那兒能拿出什麼好處？

宋國很少一次輸入這麼多戰馬，再有兩三次交易暫時就夠用了，曹彬說的對，宋國沒有養馬之地，引進太多的戰馬就是個負擔，如果真把軍隊改造成以騎兵為主，那就是把國器付諸人手了。等到宋國暫時不需要那麼多馬匹的時候，西夏還能拿什麼來和宋國交易呢？想到楊浩將來不得不低聲下氣地向宋國請求更多的榷場貿易，趙光義就不由自主地微笑起來……

外部目前已經沒有什麼威脅了，接下來，他要解決的只有兩件事，一是趙光美，得找個岔子把他徹底廢掉，讓他喪失皇位繼承權，這件事也許需要三年，也許需要五載，總能找到機會的。另一件事就是清洗前朝老臣，他清楚自己所繼承的帝國擁有多麼龐大的實力，可是他並沒有隨心所欲的感覺，繼位之初，他要做出個樣子給天下人看，只能循規蹈矩、按照先皇的既定政策一步步走。

如今皇位已坐得穩當了，但是前朝老臣們用著並不是那麼順手，一方面，是因為這些老臣們在新君面前，會很自然地抱成一團，相互維護。另一方面，是因為這些前朝老臣，當初與他平起平坐者大有人在，其中許多他還私下送過禮、竭力地巴結過，如今再面對他們，總有些理不直氣不壯。他相信，如果這個帝國完全以他的意志為意志，讓他如臂使指，他一定可以建立遠遠超越皇兄的功勳，然而朝中老臣許多正當壯年，就算他是皇帝，也不能無過免職，大批地更換朝臣，人事任免素來麻煩，或許要用十年時間才能對朝廷完成一次大換血。

這時候，張洎向他呈報了趙光美與趙普聯繫過於密切的消息。趙光義做過開封府尹，對官場上的交際往來十分清楚，雖說由於趙普和趙光美的特殊身分，令他對此事有些警覺，卻也不認為這兩個大權旁落的人能對自己構成什麼威脅，他倒是大喜過望，想利用此事大作文章，把趙光美一棍子打翻，讓他對自己永遠不再構成什麼威脅。

但是皇城司送上來的調查結果，卻讓趙光義大吃一驚。趙光美在長安活動頻繁他是早就知道的，但是現在在皇城司的全力調查之下才發現，趙光美的舉動不止如此，他私下屯積了大量的糧草，還假巴蜀亂匪入關中之機，訓練了一支三千人的衛隊，這支衛隊是廂軍的旗號，但是所擁的裝備比禁軍上軍還要精良。他經常會見關中的官員、將領，並予以賞賜……

這些事當然都是絕對的機密，要瞞住他人耳目很容易，要瞞住有心人的耳目卻大不易，再加上崔大郎的人有意洩露，於是一樁樁查有實據的情報就呈送到了趙光義的案頭。

盧多遜與趙普過從甚密的消息，也在針對趙光美的調查中被呈送上來。盧多遜已是一人之下、萬人之上的宰相，趙光義完全想不出他有什麼理由背叛自己，謀反？冒此奇險，一旦失敗，所得與所失完全不成比例，誰會造這個反？

可是，王繼恩又如何呢，他與自己合謀弒君，所獲得的其實並不比做一個內侍都知更多，可他還是參與了自己的密謀，也許盧多遜有把柄在趙光美手中？也許他想以從龍之功，求一個世襲的爵位？也許……

趙光義不想深究下去了，他所獲得的情報已經很明顯地表明：三弟光美，已蓄反意！憑著手中掌握的證據，可以罷其王爵，把他圈禁京城了。而盧多遜，也許並不是真的投了趙光美，就像趙普做宰相，自己做開封府尹時一樣，他們兩人與吳越國錢俶的來往也很密切，收受的賄賂車載斗量，可他們絕對沒有背叛大宋、投靠吳越的想法。

或許，趙光美結交盧多遜，盧多遜交通趙光美，也如自己當年一樣。但是，真相如何已經沒必要去查了，查清楚盧多遜沒有大罪的話反而不美，趙光義決定利用這件事澈底解決朝中的隱患，一勞永逸！為此，犧牲一個盧多遜又算得了什麼？

趙光義想得振奮，猛地離開座位一推窗子，風吹進來，掀起了帷幔，案上的書嘩啦啦地掀開又闔上，已是初夏時節，風並不冷，卻帶著潮溼的味道，一場豪雨就要來了。

趙光義迎風而立，熱血澎湃，他很久沒有這樣酣暢淋漓的感覺了，尤其是兵馬未動已勝券在握，這種感覺，他喜歡！

多少事，從來急；天地轉，光陰迫。一萬年太久，只爭朝夕。四海翻騰雲水怒，五洲震盪風雷激。要掃除一切害人蟲，全無敵！

* * *

月初的時候，靈州來了一支很奇怪的商隊，他們趕著許多車子，載著滿滿的東西，但是到了靈州之後，既沒有發賣貨物，也沒有住進客棧，而是住進了城東一大片宅院。年初的時候，那片宅院就已經起來了，不過本城的人都不知道是誰買下了那塊地，是誰在那兒蓋了那麼大一座宅院。

這些人搬進去後，又過了半個月，才掛起了一塊牌匾「霽雲織造坊」，然後開始招收工人。

西北地區的女人同樣負擔著重要的家庭生活責任，本就大量從事社會勞動，楊浩入主河西後鼓勵婦女做事，使得西北習氣更形開放。織造坊按日付工錢，工錢給的又比較多，而且織造工作不是重體力活，年紀小一些大一些都能幹，東家又聲稱只要簽訂了契約，會予以免費培訓，陸陸續續便有許多人家的女人跑去報了名。

據說，這家織造坊的東家是從江南搬來的，陸陸續續，還會有更多的人過來，他們帶來了織機紡車、䌷絲機、繅絲機、絡絲機、提花、印染機械，還帶來了許多匠師，西北地區養蠶植桑並不發達，但是桑樹和蠶並非不能在此生長，如果要發展紡織業，可以利用賀蘭山連綿不斷的山脈大量栽培桑樹，而在養蠶植桑形成規模之前，織坊也並非沒有用武之地。

西北現在養蠶植桑雖還不發達，但是棉花種植卻已漸成趨勢，楊浩自從占領夏州之後更是大力發展，形成了極大的規模，絲綢暫時織不出來，但可以織布，而且西北地區牛羊駝等牲畜眾多，可以大力發展毛紡織業。羊絨和駝毯的生產附加價值並不比絲綢低。

當它們形成規模後，西北地區就不必只靠出售皮毛和肉製品來賺取其他生活必需品，他們完全可以自己加工價值昂貴的衣料並外銷，賺取大筆的金銀。

沒有人知道這家織造坊的主人是前南唐太子李仲寓，女英嫁給楊浩的事他很清楚，但是他也無可奈何，亡國之人還能提什麼條件，何況楊浩對他著實不錯，至少不用像在汴梁的時候一樣，時刻擔心著自己「暴病身亡」。小周后只比他大幾歲，是他的親小姨，她嫁了楊浩，李仲寓就更多了幾分保障。

他不想做官，而是選擇了另一條道路，澈底拋棄原來的身分，透過楊浩的運作，成了銀州李一德的一個遠房姪兒，然後開辦起了織造坊，有楊浩和李一德給他撐腰，再加上這個產業的深厚回報，幾十年後，或許他會成為河西富可敵國的大富豪，而原來的南唐太子李仲寓的下落，或許將成為歷史上一個永遠解不開的謎。

類似的事情在整個河西都在上演，玻璃、陶瓷燒造、冶煉、鑄造、煮鹽、掘煤、造紙、製革、製裘服、刻印書籍，這些產業的興起和需求，又帶動了種植、畜牧、採礦等上游產業的更形壯大，當它們形成規模，已經打造好的整條商道會迅速把產品推銷出去，換成真金白銀。

雖然百業都呈現出了興旺的勢頭，但是前期的投入也大，整個朝廷現在的日子過得很緊，而這時候甘州知府阿古麗又向朝廷請糧了。

甘州是楊浩西征造成損失最嚴重的地方，由於大批青壯的死亡，又被夜落紇帶走了許多人，對甘州回紇的打擊更是沉重，上一個冬季，就是在楊浩的支持下勉強度過的，現在剛剛進入初夏時節，新的收成還沒下來，甘州那邊的日子很不好過。

甘州城百姓主要從事各種手工業，比如對動物的皮、毛、肉、角、筋、膠、骨等進行分類處理加工，以及因此衍生的弓弩製造、毛裘製造、肉乾加工等等，至於游牧於弋壁上的族人生存質量更差，這也是夜落紇當初不斷向東西兩翼擴張的原因，因為一座甘州城，養不下三十萬族人。

如今雖因戰爭原因造成了人口的大量減少，但是減少的大多是青壯，這樣對他們的畜牧養殖業反而是一個沉重的打擊，因此阿古麗只能持續向楊浩求糧。

聽了范思棋的彙報，楊浩的臉色立即沉了下來：「朝廷給他們的糧食已經不少了，朝廷的糧食也有限，現在就向朝廷求糧，今冬怎麼辦？明年怎麼辦？賦稅沒有繳上來多少，反倒成了一個填不滿的無底洞！」

范思棋連聲答應著，又擔心地道：「大王，朝廷的難處臣自然知道，可是甘州二十萬百姓吶，以前吃不上糧，夜落紇就會帶著他們去搶，搶肅州、搶涼州，用人命去奪糧，而今甘州左右都是朝廷的地方，往南是高山，往北是大漠，如果他們生計無著，會不會……」

楊浩冷笑：「他們敢！夜落紇兵鋒最盛時都不是孤的對手，現在就剩下一個阿古麗，她拿什麼反？」

「是是是，不過……如果走投無路的時候……」

楊浩蹙起眉來，沉吟半晌，微微一笑：「現在黃河沿岸正在開荒墾植，缺少大量的人手，種穀子的話，一畝地抵得上百畝草場，告訴阿古麗，她養不了的部落子民，孤來替她養。可以把那些活不下去的部落舉族遷過來，由孤來安置。」

范思棋猶豫道：「恐怕……阿古麗大人不會答應吧……」

楊浩狡黠地一笑：「甘州知府衙門可不都是她的人吧？叫那邊放出風聲去，如果阿古麗不放人，那麼餓死了人就是阿古麗一人的事，與孤就無關了，她承擔不起這個責任，一定會放人的。」

穆舍人坐在角落裡若有所思，他還記得，上一次阿古麗王妃朝覲大王的時候，大王對她是如何禮遇，幾乎是呵護備至，有求必應，眼中那種貪婪占有的欲望，他看的是清清楚楚。不過，有一次據說是王后相邀，阿古麗王妃進入了後宮，不久，她就滿面緋紅、怒氣沖沖地出來，從那天起，大王對她的態度就完全改變了，也許……

穆舍人正在沉思，楊浩轉臉看到了他，問道：「穆舍人，在想什麼？」

「啊！」穆余嶠幡然道：「臣……在想，回紇人一向不服教化、目無王法。大王現在給其土地，使其化游徙為定耕，這是一個好辦法，不過，如果他們真的整個部落遷了過來，因其族落自成一體，地方官府還是很難插手進去的，似乎……分而化之才好管理。」

楊浩笑道：「這個自然，等到甘州部落過來，孤會把遷徙過來的部族全部打散，分別遣入定懷靜順興五州，五州對他們再度打散，分別置入州內各府縣，府縣再度對其打散，按戶遣入各鄉里，如此就可以剝奪原來的部族酋領對其族人的控制，將他們完全掌握在朝廷手中。呵呵，這一點，孤早就想到了，當初孤還在宋國為官的時候，領漢國五萬百姓東向返宋，接到的旨意就是如此，這的確是安置大量外來移民的好辦法。」

說到這兒，他感慨地道：「可惜，契丹人追的太急，堵到了我們前面去，萬般無奈之下，我們只好折返西北。也就是因為如此啊，孤才有了今天。」

穆舍人陪笑道：「那怎麼能說是可惜呢？應該是萬幸才對，萬幸契丹人這一插手，我河西才有了一位英主，統治了這一十八州之地呀。」

楊浩仰天大笑：「哈哈，是啊，對孤來說，的確是萬幸，那個時候，孤無論如何也想不到有今天吶。現在孤擁有河西十八州之地，肥田草場，冶礦森林，棉麻鹽皮……應有盡有，當初就是做夢也想不到有今天呀……」

這時一名侍衛悄然走入，將一封密函躬身呈遞到楊浩面前。楊浩接過，展開一看，雙眼陡地一亮，隨即井一般深邃起來，不知看到了什麼樣的消息。

穆舍人知道那是一名暗影侍衛，就像大宋朝廷皇城司的勾當官一樣，是直屬於統治者的情報人員，所以這個侍衛傳遞給楊浩的一定是最機密的消息，只可惜他完全不知道情報中說的是什麼，儘管他是起居舍人，也不是任何一件祕密都可以掌握的。

只不過，大王看了情報，總要做出相應的反應，透過大王的一言一行、一舉一動，只要認真觀察，總能揣測出來一些。可是穆舍人萬萬沒有想到，眼前這位楊大王在汴梁的時候就是個演員，把個楊大棒槌演得入木三分。後來又利用千金一笑樓開始導戲，早已是一名資深演員兼導演了。

這位棄影從政的老戲精現在又開始演戲了，只不過他當初演戲是演給東京滿城文武看的，現在卻恰恰相反，這一次是興州滿朝文武演給他一個人看的。

楊浩不需要做出什麼反應，也不需要和什麼人商量，因為他要做的早已經安排下去了，他看到的情報僅僅是一個通知，折子渝傳回來的通知，通知上只有一句不是密文的密文：偷天在即！

五百六九　磨刀霍霍

關中，號稱八百里秦川，左崤函，右隴蜀，阻山帶河，沃野千里，古人謂之「金城千里，天府之國，天下之脊，中原龍首」。隋帝國定都長安，名為大興，唐帝國取而代之，仍是定都長安，這北臨渭水，西憑灃河，東依灞、滻二水，南對終南山的帝王之都，開始進入了繁榮昌盛的巔峰境界。

然而，這「九天閶闔開宮殿，萬國衣冠拜冕旒」的大都市在唐朝衰落之後，屢遭外敵侵入，在戰火之中屢遭破壞，漸漸開始衰敗，但是這種衰敗只是相對而言，並非一片凋零，這裡的條件如今雖不比汴梁繁華，仍然是數一數二的大城市。趙匡胤雄心勃勃，就曾想過先遷都於洛陽，再遷都於長安，只不過，他的帝國繼承於後周，其國土原本只在汴梁附近，滿朝文武、勳貴公卿都是那兒左右的人，他們反對遷都，自然把長安貶得一無是處。

此刻，正有一支人馬自南而來，進入武關。武關是關中的一個重要關隘，這裡的守軍比起其他地方的廂軍來，不管是配備還是戰鬥力都高出不止一籌，在廂軍中已經算是精銳了，不過剛剛趕到的這支人馬比起他們來，更是甲冑鮮明，行伍森嚴。

驗過了文書符牌、關防勘合，守將俞陽連忙打開城門，親自出迎。來的這位大將軍可是禁軍將領、原殿前司都指揮使，如今樞密院第三號人物羅克敵羅大將軍，不管是官階、地位，哪一樣這位老將軍都比不得，豈有不倒屣相迎的道理。

這位羅將軍自成都來，他率軍到四川後，首先恢復了巴蜀地區的秩序，因為義軍流動作戰而澈底癱瘓的巴蜀各州府縣的秩序得以恢復，然後重新修整各處城防，再集中機動力強的精銳部隊主動入山進行圍剿，外圍則於各處交通要道布署民壯弓手予以堵截，義軍的活動區域越來越小。

生存空間受到壓縮，戰略縱深變得狹窄，官兵很容易就能阻滯、擾亂和打擊義軍的行動，義軍軍隊休整和重新集結失去了緩衝區域，在官兵的圍剿下漸漸處於下風，被壓縮向幾個狹窄區域，一旦官兵的戰略目的完成，最後形成合圍，就能把他們澈底消滅。

想不到那些泥腿子們居然捨得放棄根基之地，留下小股部隊進行山地游擊作戰，大股精銳在官兵合圍之前進了關中。雖說關中比不得巴蜀可以讓他們如魚得水，但是關中平原的地形卻不易對其形成合圍，他們的活動空間大了，生存能力也就高了。

義軍一入關中，關中各地馬上加強了防禦，關中的城池大多還是百十年前大唐時候的宏大建築，城高牆厚，不易攻打，宋國一統天下時，在關中地區沒有遇到過什麼像樣的抵抗，所以這些窮數十上百年才建造完善的城池並沒有像巴蜀地區一樣被一聲令下拆個乾淨，這時產生了很好的防禦效果。

關中地區駐紮的廂軍兵力有限，如果主動應戰，最大的可能就是被義軍牽著鼻子走，疲於奔命，反為所乘，所以義軍一入關中，長安留守趙光美就命令關中各處守軍充分利用城池進行防禦作戰，義軍數萬兵馬不是隨便一個小村莊都能供給他們所需的，只要官兵守住各處城池，用不了多久這些蜀人就得變成疲兵、餓兵。

可是這些初來乍到的蜀人似乎在關中早有耳目，他們總能準確地掌握什麼地方有鄉紳地主，什麼地方屯兵眾多。並不是每個鄉紳都願意拋家捨業、舉族遷入城中的，而且鄉紳地主又是最喜歡屯積糧食的，本來關中這麼大，漫說是從巴蜀過來的義軍，就算是關中本地的百姓暴亂，也不可能掌握整個關中的訊息，許多泥腿子可是一輩子都不會離開家門十里遠的地方，然而巴蜀義軍卻如有神助，總能準確掌握情報，每戰必有斬獲。

屯有重兵的城池他們絕不去碰，一旦有軍隊主動進攻，小股部隊來攻，他們就倚仗兵力優勢吃掉，大股部隊一來，他們必定會提前一步跳出包圍圈，如果官兵調集幾路兵馬進行拉網式圍剿，他們就能神出鬼沒地出現在官兵後方，攻擊已經空虛的城池。

幾個月來的圍剿，義軍不但沒有被削弱，反而越來越壯大，甚至還有了上萬匹馬，組成了一支來去如風，足堪與官兵正面一戰的騎兵。這時候，龐大的禁軍隊伍才從巴蜀地區集合起來，又向關中進發。本來這麼多官兵的調動雖然麻煩，卻也不會遲至今日，但是為了防範義軍再次逃回巴蜀，所以一路行軍，羅克敵對巴蜀防務一路進行安排，這幾日才突然加快了速度。

齊王被發配長安的時候，一路心驚膽戰，生恐皇兄對自己下毒手。如今在管家胡喜的蠱惑下，終於決定為保命一搏，反而更加膽怯了。聽說禁軍到了關中，趙光美忐忑不安，馬上把胡喜找來商量。

胡喜聽了之後哂然笑道：「原來就為了這件事啊，千歲驚慌什麼？禁軍剿匪，本在我們預料當中，他們來了又能怎麼樣？我馬上派人通知童羽，叫他們到秦嶺一帶避避風頭便是。」

見趙光美仍然不安，胡喜心中不無輕視鄙夷，卻還得耐心安慰道：「千歲大可不必擔心，禁軍此來剿匪而已。禁軍剿匪，少不得要我廂軍配合。您是王爺，雖說禁軍不屬您的節制，可是不管有什麼舉動，那羅克敵也沒有凌駕於王爺之上，擅自決定的道理。

「現在童羽兵強馬壯，幾可於官兵正面一戰，假以時日，就是能由您掌握的一支雄兵。關中廂軍現在屢吃敗仗，如果不是王爺您從中斡旋，把廂軍將領的罪責遮掩了下來，許多將領早就被罷官免職了。童羽那邊打得越狠，不得不投靠到您門下的將領也就越多，不要說將來，就算是現在，您也不是一個任人宰割的空頭王爺了。」

趙光美聽了，稍稍有了些底氣，臉上蒼白的神色緩和下來，胡喜又道：「禁軍剿匪，總要借助我廂軍之力吧，不管有什麼行動，羅克敵仍須得呈報予王爺知道。要調我廂軍攜助，那麼咱們就可以向朝廷索要更多的軍餉、糧草、軍械、武備，他們此來，分明就是在壯大王爺的實力，王爺應當歡喜才是。」

趙光美頹然嘆道：「唉！孤本無意覬覦官家皇位，實是……民間有傳言說，先帝駕崩並非暴病而卒，實因今上暗下毒手，孤本不信，畢竟是一母同胞的兄弟，他怎麼會……可是德昭竟也莫名其妙地死了，豈不令人起疑？孤在汴梁謹慎小心，生恐讓官家抓到孤的什麼把柄，可最後還是被他發配長安，其實就算是被他免了王爵之位，孤也不敢稍存反意的，可是就怕……只要孤活著，他都不肯放過我呀……」

胡喜道：「事已至此，王爺就不要多想了。王爺皇室貴胄，難道還不如那河西楊浩有志向嗎？只要大事可成，這九五至尊的寶座將來就是您的，還有誰敢對您予取予求？就算再不濟，只有占據了關中，王爺也能裂土稱帝，自據一方。」

趙光美垂頭喪氣地道：「談何容易呀，河西本非我宋國領土，那裡雜胡聚居，不服教化，想要自據一方，裂土稱王，當然容易。可是關中……」

胡喜截口道：「關中天下之脊，中原龍首。西有大散關，東有函谷關、潼關，南有武關，北有金鎖，四方關隘再加上高原、秦嶺兩道天然屏障，田肥美，民殷富，沃野千里，乃王興之地。如果不是今上阻撓，當初先帝就要定都長安的，如今王爺成為長安留守，這不是天意嗎？當初秦國能以關中東抗六國，王爺難道不成？」

趙光美雖然膽心，卻也不是全無見識的，馬上搖頭道：「此一時彼一時，豈可相提並論。秦王時候，東方六國各懷機心，隴右巴蜀又盡在秦國掌握之中，秦國南有巫山黔中之限；東有崤函之固；後顧無憂，方才全心東向。孤現在是什麼情形？巴蜀在朝廷手中，徒以關中，何談天下？」

胡喜道：「待王爺將關中盡數掌握時，難道不能南取巴蜀？」

趙光美冷笑道：「隴右胡族俱受朝廷轄制，關中現在與隴右接壤之地，已在胡族之手，雄關在其外，對本王而言，無險可言，孤一旦造反，對巴蜀用兵，就算東面崤函穩若泰山，能阻朝廷大軍於外，朝廷也可指使隴右蠻族襲我腹心。」

眼見趙光美已答應共成其事，現在卻猶豫不決、瞻前顧後，胡喜心中大為鄙夷，龍生九子，個個不同，此人不及趙匡胤多矣，比他二哥趙光義也差了不止一籌，真不知道老族長怎麼就選了這麼個廢物？可是他們投入巨大，卻也不能輕易收手。

羅克敵一到長安，必然要來拜見齊王的，那羅克敵能得趙光義重用，倚之為心腹，必然是極機警的人物，齊王到時若是這般狀態，豈不惹他疑心？想到這裡，胡喜只得略作透露，給他顆定心丸吃，說道：「王爺，您現在只管做好關中之事，至於隴右，完全不必擔心。」

趙光美訝然抬頭：「哦？此話怎講？」

胡喜臉上帶著神祕的微笑，反問道：「王爺以為，我是從哪兒弄來幾千匹好馬給童羽的？」

門外忽有心腹侍衛高聲稟報：「報，王爺千歲，樞密院事羅克敵大人率兵已到長安城下。」

趙光美吃了一驚，從椅子上攸地一下彈了起來：「這麼快？」

胡喜道：「義軍起於巴蜀，巴蜀一片糜爛，朝廷不想他們再亂了關中呀，羅克敵來者不善，我得趕快通知童羽有所準備。王爺千萬鎮定，如果怕露出什麼馬腳，見他一面，就裝病休息便是，諒他也不敢糾纏王爺。」

胡喜說罷匆匆離去，趙光美看著他的背影，回想著他剛才反問的那句話，越想越是心驚：「他方才那句話到底是什麼意思？我和他們合作，是不是從一開始就錯了？如果真的有朝一日大計得售，我……會不會也只成為他們手中的一個傀儡呢？」

可惜，開弓沒有回頭箭，此時的他已經不能回頭了。

「報，羅大將軍已經進城了。」

「報，羅大將軍已奔留守府來了。」

一連串的報告讓趙光美蹙起了眉頭，雖說自己以王爺之尊不會親自去接他，但是派人前去，也算是對他羅克敵的重視和禮遇，怎麼這羅克敵性子這麼急？直接就進了長安城？

趙光美心中不悅，逕自回到後宅換了一身正式的官服，重新趕回前衙剛剛坐定，便有侍衛報告羅克敵已到了府門外，趙光美連忙令人大開中門迎他進來，不一時只見數十名甲冑鮮明的侍衛簇擁著一員年輕的將軍走進來，不看那些侍衛的服色，趙光美也認得他們是禁軍上軍，這些侍衛一個個都在一百九十公分以上的個頭，這樣的兵，除了禁軍上軍，才無第二支隊伍了，這支軍隊，絕對是皇帝最嫡系的精銳部隊。

「樞密院事羅克敵，拜見齊王千歲。」

一見趙光美，羅克敵便抱拳以軍禮參見。趙光美虛扶了一把，笑道：「羅將軍免禮，欣聞將軍入關中助本王平叛，本王真是喜不自勝啊。呵呵，將軍一路辛苦，來來來，且請就坐。」

羅克敵謝了禮，在客座上坐了，看看侍婢奉上的茶水，便開門見山地道：「下官此來關中，乃奉詔剿匪，一路上針對叛匪在關中的種種行為，下官想了一些對策，還要與王爺商議，請王爺屏退左右。」

「此人的性子還真是有點急。」趙光美想著，揮了揮手，侍婢家奴立即退了出去，眾奴僕一退下，羅克敵立即站了起來，自袖中摸出一軸黃綾，笑得一團和氣地道：「京裡有旨意，請齊王接旨。」

种放道：「禁軍入蜀後，那位齊王必不能如現在一般及時向童羽通報各種消息，童羽的人馬目前還不是禁軍的對手，應該通知他們早作準備，萬不得已時，避入隴右，楊將軍以為如何？」

＊　　＊　　＊

楊繼業遺憾地道：「若是問我，我覺得還是應該讓他們回巴蜀，有王小波自內接應，就算宋軍沿路布下重重關隘，也休想阻止他們的腳步。朝廷兵馬眾多，調動一次殊為不易，讓他們牽著禁軍的鼻子往來巴蜀關中，才能消耗他們的實力。大王今已擁有河西，隴右也早有部署，所以巴蜀也就尤為重要了。

「想當初，秦欲兼併六國先吞巴蜀，漢高祖也是先占巴蜀，都於南鄭，出陳倉，定三秦，戰於滎陽、成皋之間，而天下遂歸於漢。晉欲滅吳；桓溫、劉裕北伐；苻堅圖晉；宇文泰滅梁；隋人平陳；唐平蕭銑；宋圖中原，無不先取巴蜀；所謂欲取江南，宜先圖蜀，取蜀則江南可平，據巴蜀而爭天下，上之足以王，次之足以霸也。可惜，大王竟無意於中原。」

种放微笑道：「隴右俯瞰關中，翼蔽秦隴，只要我們得了隴右，何愁不得關中？關中若是在手，巴蜀不過魚肉罷了。眼下，就算童羽他們能回巴蜀，也不能讓他們回去，現在是為宋國營造一片宇內昇平、四海祥和局面的時候。

「趙光義不是個安分的人，也不是個知足的人，唯有讓他後顧無憂，他的野心才會極度膨脹起來，迫不及待再啟戰端，我們現在可是要看他的眼色行事的，這位趙官家若是不動，我們便連隴右都不能動，巴蜀豈不更是遙不可及了？呵呵，不要著急，立足腳下，一步步來吧！」

趙光義動了，趙官家不動則已，一動就是震動京畿的大動作，他在整個東京城掀起了轟轟烈烈的大清洗運動。

兩個月前，參知政事張洎上奏長安齊王交通洛陽趙普，官家大為不悅，下旨徹查。未幾，有司稟報，在趙普家中發現大量交通官員的書信，齊王交結趙普屬實，意外的是，平章事盧多遜也赫然在列。盧多遜被皇帝召入宮中，嚴詞呵斥一番，當下惶惶不敢言，回去後便連夜寫了封請罪奏摺，自求處分。

事情傳開後，成了許多官員茶餘飯後的談資，不過並未引起大家足夠的重視。這件事可大可小，往小裡說不過是營私，往大裡說算是結黨，但就算是結黨，他們也沒有形成什麼實質性的利益團體，也沒有造成多大的危害，盧多遜已經上表請罪，最嚴重的結果也不過就是降級罰俸罷了，誰也沒有意識到，這是一場大風暴的開始。

半個月後，查辦此事的有司官員公開上報，趙光美私蓄糧草、購買兵器、結交將領，第二天翰林學士承旨頤寧、學士墨彤、衛尉卿狄峰等人就上表彈劾齊王趙光美交結地方，酒後無行，指斥朝廷，不敬君王，有不臣之心。趙光義留中不發，未予理會。

可是盧多遜已經發覺不妙了，當日下朝，面如土色。

次日大朝議，太子太師李思塵、中書侍郎岳盡華等四十七人在大朝會的時候聯名上奏，不獨彈劾皇弟和趙普，而且還拉上了前不久剛剛上表請罪，承認自己與趙普關係密切的盧多遜，彈劾奏表上說：「謹案平章事盧多遜、同平章事趙普，身處宰司，心懷顧望，密遣堂吏，交結親王，通達語言，咒詛君父，大逆不道，干紀亂常，上負國恩，下虧臣節，宜膏斧鉞，以正刑章。其請依有司所斷，削奪在身官爵，准法誅斬。秦王光美，亦請同盧多遜處分，其所緣坐，望准律文裁遣。」

趙光義不允，在大朝會上說，趙普開國功勳、勞苦功高；皇弟光美，孝節孝義；當今宰相盧多遜，鞠躬盡瘁、勤勞國事，縱有無行之舉，斷不致叛逆篡國，因此訓斥了太師李思塵、中書侍郎岳盡華一番，駁回不受。

官家一番話說的漂亮，一番作為更是盡顯對皇弟和老臣的維護，可是這一份奏表把趙光美、盧多遜、趙普三個人都彈劾了，這三個人一個是當朝第一權臣、一個是前朝第一權臣、一個是皇室中唯一的親王，三個人一網打盡了，而且竟是四十七個人聯名上奏，吃了熊心豹膽不成？到底是誰在背後給他們撐腰？

官場上沒有蠢人，這時候，再如何懵然無知的人都嗅出味道來了。第二天，彈劾的隊伍繼續擴大，竟有一百二十七人，創下了大宋立國以來的記錄。就算朝廷開大朝會，朝堂上也不可能站得下這麼多的官，其中許多官員根本就沒有資格上朝，他們是從長官、同僚那兒打聽了消息，急急忙忙跟風彈劾的，其中居然還有一位是膳部主事，也不知道這位管廚房的大師傅是怎麼發現親王和宰相意圖不軌的。

奏表雪片一般呈上去，趙光義做足了姿態，這才下詔說：「臣之事君，貳則有闢，下之謀上，將而必誅。平章事盧多遜，同平章事趙普，頃自先朝擢參大政，洎予臨御，俾正臺衡，職在燮調，任當輔弼。深負倚毗，不思補報，而乃包藏奸宄，窺伺君親，指斥乘輿，交結藩邸，大逆不道……

「尚念嘗居重位，久事明廷，特寬盡室之誅，止用投荒之典，實汝有負，非我無恩。其盧多遜、趙普在身官爵及三代封贈、妻子官封，並用削奪追毀。盧多遜一家親屬，並配流崖州，趙普一家親屬，並配流遠州。所在馳驛發遣，縱經大赦，不在量移之限。部曲奴婢縱之，餘依百官所議……」

這兩個宰相，一個發配到廣東，一個發配到四川，全都被他打發走了，至於齊王趙光美，則下詔索拿回京，削其王爵，貶為公爵，幽禁府邸，從此不得參政。其實，趙光義下明詔的時候，羅克敵已經揣著密旨進了長安城的明德門……

親王與宰相勾結一案既然事涉謀反，自然要徹查，這三個人哪一個往來的官員也不止一個兩個，尤其是盧多遜，現在是在職的宰相，與他過從甚密或有往來的文武官員更多，只要沾上這種罪名的邊，其下場就可想而知了，這個時候只要不殺頭就已是法外施恩了，誰還敢說三道四。

人人自危的當頭，忽然有人想起了光榮退休的羅公明來，這個老傢伙的鼻子真是比誰都靈敏啊！只可惜，現在恍然大悟已經晚了。

「吾欲與若，復牽黃犬，俱出上蔡東門，逐狡兔，豈可得乎？」

大宋如今就這麼一個親王，還要被押解回京，削爵幽禁，大概趙光義也覺得這事幹的太絕，有點不好意思，所以索拿齊王回京的欽差離開汴梁的當天，趙光義便忽然重提一樁議案：太傅宗介洲等請加皇子德芳王爵事。

賈琰等晉王潛邸出身的官員異口同聲表示贊同，議案以最快的速度得以通過，磨刀霍霍的趙光義忽然又扮起了天官賜福，無所適從的滿朝文武可真是有點懵了，而聽說官家要索拿齊王還京的永慶公主卻像死裡回生，忽然發現，還有一線生機！

五百七十　三家店

洛陽城東，龍門石窟。

香山和龍門山兩山對峙，伊河水從中穿流而過，遠望猶如一座天然的門闕，古稱「伊闕」。隋朝時，煬帝楊廣曾登上洛陽北面的邙山，遠遠望見洛陽南面的伊闕，回顧左右說：「此非天子門戶耶？何以前人不建都於此？」

一位機靈的大門獻媚說：「古人非不知，只是在等陛下您呢。」隋煬帝聞言大悅，遂在洛陽建起東都，皇宮正門正對伊闕，從此，伊闕便被人們稱為龍門了。

龍門風光，當推鑿山而建的石佛。

西山半山腰的奉先寺中，矗立著盧舍那大佛，這尊石佛是按照武則天的形象塑造的，依山就勢，渾然天成，大佛典雅安詳地坐在八角束腰澀式蓮座上，大佛身著通肩大衣，舒緩的衣褶飄逸如流水，彎曲的眉線、微浮的脣線，姿容明麗秀雅，氣質雍容高貴。

大佛的身後是馬蹄形的神光和寶珠形的頭光，身光上冉冉躍動的火焰紋以及飄然飛動的飛天，給大佛以舒適悠然之動感，使之顯得更加清麗幽靜和厚重莊嚴。立於佛前，仰首而望，看見那永恆、恬淡、慈祥、智慧的目光，縱然不會立即大徹大悟，超凡脫俗，也會令人心境空靈，恬然平靜。

然而此刻立於盧舍那大佛之下的兩個人，卻根本沒有向石佛看上一眼。佛像下，是砌鋪得十分平坦的石板路，當初大唐皇室貴族們就是在這裡隆重祭禮、頂禮膜拜的，此刻那石板廣場上冷冷清清，連遊人也無一個。因為今日正逢有雨，雨不大，纏綿如絲，卻是最為擾人心境。

廣場兩端，各有一輛華美的車子，一個白衣人和一個黑衣人默然對立，在他們背後，各有一個娉娉婷婷、搖曳生姿的女子，為他們撐著一柄油紙傘，雨傘覆在他們的頭上，美人大半個身子都露在雨中，細雨早已打溼了她們的衣衫，兩個女子卻一動不動。

黑衣人是崔大郎，在他身後撐傘的女子就是她的侍妾石語姮，石姑娘眉如遠山，眸若秋水，明眸皓齒，粉光脂豔，立於對面的女子卻也是秀媚婉麗，不可方物，氣質相貌絲毫不遜於她。不過，那女子身前穿著一襲白色公服的男子，卻遠不及崔大郎健碩年輕，那是一個年過半百的蒼頭老者，雖然氣度雍容，頗有不怒自威之相，可是畢竟年紀大了，往那兒一站，可不像崔大郎一般器宇軒昂。

從他們身後侍婢肩上被雨浸溼的程度看來，兩個人已經對立攀談良久，崔大郎的神情已經有些不耐煩了。

「鄭伯，以我們繼嗣堂如此龐大的勢力，無論做什麼事，都應該先求穩，再求進，您是前輩，相信這些道理要比小姪明白，希望鄭伯還是及時收手吧。」

對面的老者夷然一笑：「呵呵，大郎，就算你爹在，也不敢這麼教訓老夫的，到底是初生牛犢啊。」

「我不是在教訓前輩，是勸誡。聽不聽，在鄭伯您。」

崔大郎也是冷冷一笑：「趙光美在朝中全無根基，也沒有資格號召天下，是個扶不起的阿斗，根本不值得扶持。鄭伯，晚輩最後勸您一句，還是及早收手吧。」

老者幾乎就要說出他真正要扶持的人其實是先帝皇子趙德芳，最後還是忍住了，只是微笑道：「老夫吃的鹽，比你吃的飯還多，要做什麼、要怎麼做，還用不著你來指點。」

崔大郎點點頭，返身走去，一邊走一邊悠然說道：「七宗五姓同氣連枝，鄭家有難，我崔家是不會坐視的，好教前輩得知，晚輩收到消息，官家對趙光美在長安的舉動已有察覺，恐怕很快就要做出對齊王不利的舉動，鄭伯，您好自為之吧。」

老者雙眉一抖，本來溫潤平和的目光陡地敏銳如劍，凌厲得嚇人。可是崔大郎只給了他一個背影，根本沒有再回頭，他直接登上車子，石姑娘收傘入車，放下車簾，那車夫揚鞭驅馬，馬車便自行去了。

老夫面上卻是驚疑不定，立在大佛之下，許久沒有動彈。

「老爺……」

身後的美女輕輕說話了，老者怔怔半晌，才喃喃自語道：「他這話……是什麼意思？難道趙光義真的已有所察覺？長安局面，還不能完全掌握，如果是真的，那……」

老者的臉色漸漸發青，旁邊那美女見了不敢再言，只是靜靜地侍立一旁。

「不會啊，我們行事萬分謹慎，朝廷不可能有所察覺……」老者一語未了，身子忽地一震，轉身就走，大步流星，旁邊美人一手撐傘一手提著裙裾急急追趕，老者舉步登車，入內坐定，顧不得撣一撣衣衫上的水珠，便連聲吩咐道：「快快快，馬上回城。」

馬車一動，剛剛鑽進車子還未坐定的美人嬌軀一晃，險些撲到他的懷裡，連忙在一旁坐了，有些擔心地道：「老爺，長安那邊投入巨大，不會……不會真的要出事吧？」

老者更是焦慮，眉頭緊蹙，微捋鬍鬚道：「回城，如果有消息，汴梁那邊會馬上送過來。不管如何，先通知胡喜，叫他那邊加強戒備。」

老者剛剛說到這兒，綿綿細雨中忽有一騎飛來，馬車周圍自有侍衛，剛剛提馬上前，發現竟是自己府上的人，忙又策馬讓開，那人匆匆奔到馬車旁，低語幾句，呈上書信，老者看後把信攸地攥成一團，仰靠在座位上，臉色十分駭人。

美人提心吊膽地道：「老爺……」

老者從牙縫裡慢慢擠出一句話：「朝廷已發覺有異，下詔索拿齊王進京，貶謫趙普至遠州，趙光義……動手了。」

美人也露出了憂慮之色：「老爺……」

老者咬牙切齒地道：「崔家小兒！竟敢壞我好事！」

旁邊那美人道：「老爺，不應該是崔家所為吧，如果朝廷一旦發現趙光美幕後有我們這個繼嗣堂的存在，對崔大郎也沒有好處呀。」

「嘿嘿！」老者冷笑道：「妳沒聽崔大郎說嗎？先求穩，再求進。繼嗣堂存在的年頭快趕上一個朝代了，內部的問題越來越多。唐家不服調遣，我鄭家又自行其事，如果能借朝廷的手，大傷我兩家元氣，與他崔家只有好處，哪裡來的壞處？」

美人道：「老爺，是否崔氏所為，以後自有機會查證。當務之急是長安吶，長安局面才剛剛打開，咱們現在還沒有掌握足以與朝廷公開為敵的力量，既然朝廷已經發覺，就應該果斷捨棄趙光美，把咱們的人馬上撤出來，要不然……」

「不！」

老者腰桿一挺，凜然道：「公主那邊準備動了，以齊王和皇子合力，有咱們配合、童羽數萬大軍輔佐，縱不能進取中原，倚關中地勢自守當可辦到。只要關中站住了腳，老夫就有辦法說服尚波千出頭相助。」

他冷冷一笑道：「朝廷如今扶持李繼筠、夜落紇與尚波千分權，早已令他不滿，老夫在他那兒又投入巨大，現在……是該連本帶息拿回來的時候了。」

美人嘆道：「老爺，如此行險，妾身終覺不妥，這麼多年我鄭家都忍下來了，又何必急於一時？」

老者沉著臉道：「我們鄭家本立足東南，閩漢的相繼敗亡，使我鄭家元氣大傷。及至想要遷回中原時，整個中原已被他人瓜分一空，眼見宋國一統天下，怎麼也有一、二百年的國運吧？那樣的話，我們隱宗就成了永遠的隱宗，再無出頭之日了，像我們這樣的世家大族，想要存繼延續就如逆水行舟，不進則退，整個繼嗣堂的壯大，不代表我鄭家的壯大，此時雖然艱難，但天下初定，人心不穩，我們終有一線機會。如果等到四海承平……嘿！」

美人不說話了，老者自窗子探出頭去，沉聲吩咐道：「汴梁那邊，依原來計畫，全力助公主、皇子脫困。通知長安，集結已經效忠齊王的廂軍和童羽的人馬，馬上起事！」

＊　＊　＊

山南西道節度使、同平章事趙德芳府上一片忙碌，人人喜氣洋洋，今天，皇子德芳要封親王了。

後宅，趙德芳的臥房中卻是安靜而溫馨。

年僅十六的趙德芳已經快長成大人了，比姐姐永慶還略高了一些，只是容顏還有些稚嫩。

很繁瑣的衣服，裡外四、五件衣服，外邊還要加三、四層袍子，中單、黻領、蔽膝、革帶、金鉤、玉珮、冠冕，受冊的裝扮十分隆重。沒有許多內侍、宮女在旁邊忙碌，只有永慶耐心地幫兄弟打扮著。

此時，她不是一個四大皆空的出家人，只是一個骨肉情深的姐姐。

「德芳，《開寶通禮》背熟了吧？到時可別出了岔子。」

「嗯！」趙德芳站在那兒任由姐姐擺布，只是緊張地應了一聲。

永慶幫他繫著玉帶，溫柔地提醒：「皇帝會在文德殿舉行冊封大典，冊封分兩部分，閤門使會將冊書呈上，由宰相宣讀，百官朝賀，你要拜受聽冊，隨後皇帝會授你印璽。受封之後，你捧冊書印璽歸位，閤門使會引你退下，至殿門外中籠門再拜。然後宮裡會用彩輿送你回府。」

「嗯。」

「回來後，你這裡就是王府了。擱下冊書印璽，稍作歇息，午後你得再入皇宮，以家人之禮向皇叔父致謝。記著，冊書印璽你要藏在身上，不要真的擱在府中，再回宮中時，你要按姐姐教你的話說話，他既許了你這個王爵，巴不得天下人都讚他和善家人、厚待先帝子嗣，所以必會隨你一同前往崇孝庵，剩下的事都交給姐姐來辦，自始至終你什麼都不知道，明白嗎？」

趙德芳更加緊張，低下頭輕輕地嗯了一聲。

「德芳。」永慶公主雙手抓住他的肩頭：「抬起頭來，看著姐姐。」

趙德芳慢慢抬頭，永慶公主盯著他的眼睛，一字字道：「不要慌，這王位，本就是你該得的，是他欠你的，嗯？」

「嗯！」趙德芳嚥了口唾沫，神色漸漸平靜下來。

「沉住氣，咱們死都不怕，還有什麼好怕的呢？爹爹和大哥的血海深仇，沒有人會幫我們報的，只能靠我們自己！姐姐不止要為爹爹和大哥報仇，還要盡最大努力保證你的安全，現在我們不努力爭一爭，你會更危險，三年五載之後，你就算突然死了，朝野之間也是波瀾不興、無人理會的，因此……等到那時候，他會更加肆無忌憚，懂不懂？」

「嗯！」這一次，趙德芳攥緊了雙拳，重重地點了點頭。

門外有人輕聲稟報：「王爺，太子來了。」

「太子？」趙德芳訝然，重又現出驚慌的神色。

「鎮靜些。」永慶公主輕輕一笑：「那個人的心腸比蛇蠍更毒，他越是想害人時，越是顯得和你親熱，越要做出許你好處的樣子，姐姐不放心。太子和他爹爹，完全是兩路人，我怕你儀典前會出事，稍施手段，便請了他來，有太子護駕，你可安然無恙了。」

她拍拍弟弟的肩膀，說道：「現在姐姐不便現身，你既已打扮停當，去前廳見太子吧，與他一同入宮。姐姐……在崇孝庵等你。」

府門大開，趙元佐、趙德芳兩兄弟離開府門，聯袂進宮的時候，後院角門悄然打開，兩個女尼悄然離開了。

「林兒，告訴高員外，動手！」站在崇孝庵門口，永慶沉聲道。

女尼林兒應了一聲，折向東去。永慶公主默立片刻，舉走入內。

「主持！」

「庵主！」

回到住持的禪院，禪房外，穿著一襲灰色僧衣的丁玉落正輕掃廊下，四目相對，永慶向她輕輕地點了點頭。丁玉落會意，馬上放下掃帚，向她走去，二人稽首當胸，擦肩而過。丁玉落快步走向庵外，永慶在自己禪房外微微一頓身子，便向後院走去……

五百七一　一石三鳥

午後，城西崇孝庵附近忽地趕來一隊禁軍，首先封鎖了崇孝庵，將附近擺攤的小販、遊蕩的閒漢盡數趕走，然後那禁軍將領下得馬來，率領一隊士兵規規矩矩地進了崇孝庵。

這兒的庵主是永慶公主，皇室貴胄，誰敢怠慢了她，有些禮節還是必要的。所以那將軍一入寺中，便讓士兵站住，自去請見了庵主定如大師，得到她的允許後，這才很和氣地開始疏散香客信徒。

又過了大半個時辰，一隊長長的儀仗向崇孝庵行來，遠遠見那黃羅傘蓋，街上行人才曉得，是當今聖上駕臨崇孝庵了。來的不止是趙官家，還有宋皇后、皇太子，以及剛剛晉封岐王的趙德芳。

趙德芳受封岐王，由朝廷以王爵儀仗送返王府，待得午後，朝會已散，重又入宮向皇帝謝禮。皇帝和岐王在皇太子陪同下聊聊家常，岐王的母后當然也該請出來以示皇室一家和睦。

宋皇后到了，說起皇兒長成，先帝英靈亦感安慰，母子二人不禁抱頭痛哭。緊接著不免又要再次向官家致謝，說著說著就說到了永慶公主。永慶公主此番不在受封之列，不能直接入朝堂，而且她已經出家，這次皇室家人團聚，唯有她不在場，也算一件憾事。

岐王趙德芳便提出想與母后一起往崇孝庵一行，既見見姐姐，同時也可將受封王爵之事焚香告於先帝。崇孝庵是永慶公主為先帝祈福而專設的皇家寺廟，廟中可是專門供奉著先帝靈位的。趙德芳一說，太子元佐馬上附和，並且提出他也要去祭拜先帝。

趙德芳的要求合情合理，而且此時正是一家和氣的時候，趙光義當然不想拂逆他們的意思，便一口答應下來，並且提出要與他們同往。自下令索拿三弟趙光美回京之後，趙光義雖未命皇城司去打探民間反應，也知道民間必然會有許多不利於自己的言詞，現在先是封德芳為王，再去祭拜一番先帝，也有改善形象的考慮。

崇孝庵中，永慶公主率庵中眾尼恭迎聖駕，趙光義率一家人同去祭拜先帝。這裡，只在剛剛定為皇家寺廟的時候，趙光義來過一次，這時祭拜了先帝一同出來，便在庵中四處走走，眼見此處比起當年更加興盛，趙光義頻頻點頭。

永慶與趙德芳並肩隨行於後，眼見德芳時時以手去按肚腹，永慶不禁有些緊張，便悄悄詢問道：「怎麼了，身子可有什麼不適？在宮中吃了什麼？」

趙德芳小聲道：「不是的，那印璽太重，繫的腰帶緊了，恐怕露出形跡。」

趙光義回頭笑道：「你們姐弟，在說什麼？」

永慶面不改色，鎮靜地稽首道：「岐王有些內急，貧尼帶他離開一下。」

趙德芳是男人，這庵中都是女尼，自然沒人比他姐姐更加合適，趙光義點了點頭，永慶便引著趙德芳離開了。到了僻靜處解開袍帶，原來趙德芳將那冊書印璽都帶在身上，他一身隆重的袍服，因為腰束玉帶，衣袍束緊了，那玉璽帶在身上，便容易露出痕跡，永慶見了便道：「先給我，帶在我身上，等一會兒再給你。」

她身材纖細，又穿一身寬大的緇衣，僧衣又是不繫腰帶的，所以腰間繫一枚璽印卻不妨事，兩姐弟裝扮停當，重又返回後庵，陪著官家又逛了一陣，便引了他同入後庵客堂落座。眾人就坐，永慶公主雙手合十道：「皇弟年紀輕輕，便已受封王爵，這都是官家的恩典，永慶雖已出家，唯一放不下的就是這個小弟，官家待他如同慈父，永慶也就放心了，永慶代皇弟再次謝過官家。」

「噯，一家人不說兩家話，永慶啊，妳這麼說可就見外了。」

趙光義笑吟吟地說著，客堂門口出現了一個妙齡女尼，手中托著一個茶盤。門口站著大內侍衛、太監和宮女，這時自有兩個宮女攔住了她，上下搜了一遍，沒有發現任何武器，這才讓她入內。

那女尼姍姍行入，走到几案旁邊，輕輕放下茶盤，舉壺斟茶，趙光義抬頭瞟了這女尼一眼，見這女尼眉目如畫，杏眼桃腮，不覺有些意外。這庵中固然都是女人，不過大多只是容貌周正，要說俏麗的那是少之又少，這世間雖不缺女人，可是美麗的女人不得不走出家這條路的畢竟太少。

不過趙光義畢竟是一朝天子，這裡又是佛家庵堂，雖覺這女尼秀麗，他也不便多看，只瞟了一眼便收了目光，不過目光一斂，趙光義心頭忽地一閃，似有所覺：「眼睛！這女尼的眼睛似曾相視。朕怎麼可能與一個女尼相識？」

眼看著一杯茶注滿，趙光義不由啞然失笑，可是隨即腦海中便浮現出一個身影，那是在洛陽，那是一個冬天，他和慕容求醉從洛河邊歸來，前邊一白衣女子素帶纏腰，姍姍行過。當她回頭時，那驚豔的容顏，驚豔的雙眸，驚豔的一劍……

趙光義瞿然抬頭，恰見那方才還垂眉斂目，好似靜水觀音般的女尼杏眼圓睜，眸中射出騰騰的殺氣。仍是那般驚豔的雙眼，一招雙鬼拍門，便向他胸前狠狠劈來……

＊　＊　＊

「動手吧！各自小心！」

金梁橋下，州西瓦子，折子渝向同桌就坐的三人沉聲下令。折子渝一身玄衣，坐在茶棚角落中，四下裡人來人往，卻不大會有人注意這個角落。坐在左右的竹韻和狗兒齊齊一點頭，起身便走，未出茶棚，狗兒便把一頂竹笠戴在了頭上，紗幔垂下，遮住了容顏，拔足直奔御街。竹韻走不多遠，到了一個無人小巷鑽進去，再出來時，便成了一個破衣襤衫的小乞兒，挾著一根打狗棒匆匆離去。

對面坐著的張十三慢悠悠地踱出茶棚，口中嚼著一截草梗，站在茶棚陰影下，輕輕做了一個抹喉的動作，街上熙熙攘攘的人群中，忽然有些人同時動作起來，趕車的、挑擔的、閒逛的，十幾個人各奔東西，一個推著獨輪車賣棗子的小販忽然一把推開正在砍價的客人，推起車子拔腿就走，那買棗子的吳胖子奇道：「耶？幾時賣貨的也這般牛了，我才砍你兩文錢罷了，喂，再加你一文，四文錢賣不賣呀？」

經過一年多的籌備，無數次的演練，一旦開始行動，是十分迅速也是十分有效率的，各個地方進展迅速、順利，而且消息能很快地反饋到州西瓦子的小茶棚裡。雖然她始終沒有離開過那裡，可是以這個茶水鋪子為中心，與所有通路共同構成了一張龐大的蛛網，而她就是這網中心的蛛后。任何一個地方稍有風吹草動，都能以最快的速度傳到這裡，任何地方出現了預演中不曾出現過的狀況，她都能以最快的速度進行修正，確保這一環道路的暢通無阻。

關陵渡，名為渡，旁邊卻沒有河，也不知是什麼年代傳下來的名字。這裡是出南熏門往東南十里處的一個岔路口，路口左右兩排房子，左邊駐紮的是巡檢司的皂役，右邊是稅吏司遣派於此徵收稅賦的小吏。人不多，因為通行這個路口的人本來就不多，但是又必須設立有司，因為從這裡可以繞過汴河關口，直接向船上取貨送貨。因為平常無事，巡檢和稅吏平時只留幾個人守著，其他人常常離開駐所，不在此處。此時，從遠處來了三輛子，車子不算華貴，可一看就十分結實，就那車輪都足有大半個人高，這樣的車子速度快、跑得遠，而每輛車上都套了四匹馬，用得起馬拉車的不多，一輛車子用四匹馬的更少，懶洋洋地晒著太陽的稅吏頓時精神起來。

這個路口除了方便走私逃稅，其實並不易走，也不是主要的交通路口，自打設了稅吏和巡檢，想逃漏稅賦的不從這兒走，從這兒走的也只是附近村莊一些進城的百姓，油水不多，如今看這情形，可能撈到不少外快，如果這車子上有朝廷禁售的私貨，那更要大賺一筆了。

「嘿嘿，虧得今天頭兒又讓我當值，想走也走不脫，運氣來啦，真是城牆都擋不住。」稅吏老張正了正帽子，興沖沖地迎了上去。

他的運氣確實不錯，剛剛迎上去就見紅了。

老張瞪大一雙死魚般的眼睛，驚愕地望著這些一言不發就殺官造反的暴民，慢慢倒了下去。車上撲出十餘個身形矯健的大漢，手執利刃，分頭撲進左右兩排房子，短促的慘呼之後，一切都安靜了下來。

橫於路口的屍體被拖走，地上的血跡被灰土掩埋，三輛四馬輕車向外停在關口柵欄外邊，車夫連車都不下，始終坐在車上，手中緊緊攥著馬鞭，好像隨時準備揚鞭啟程的樣子。

巡檢司裡走出幾個挎刀的皂吏，稅賦司裡走出幾個紅帽子的稅吏，站在那兒開始執行公務，比起原來把守此處的吏役們都要敬業百倍……

* * *

汴梁城西，萬勝門。

駱駝、牛車，都載滿了貨物，來自西域的胡商在盛夏時節仍然穿著羊皮襖，吆喝著車駕，準備驗印出城，不想那胡商老闆，一個虯鬚豹眼的大漢忽然腹痛如絞，一頭從馬上跌下來，滿地打滾，把守門的官兵都嚇了一跳。好在萬勝門往回走，沒多遠就是荊筐兒藥鋪，幾個閒漢收了賞錢，領著那胡商的幾個手下載了那大漢往藥鋪診治抓藥去了。

少了主事人，沒人打理貨物，沒人上繳城門稅，龐大的隊伍就滯留在了城門口。車子、貨物、駱駝擠滿了城門口，旁邊經過的人，聞著他們身上濃重的腥羶氣，都屏住呼吸，捏著鼻子快速路過。守城的士兵也很不耐煩，好在城門洞裡通風迅速，還不算十分難耐。

這麼多車子、駱駝、貨物，如果忽然出現了什麼緊急情況，只要往前一擁，就能卡住城門，教這城門再也關不上，可是汴梁承平已久，又非大敵臨境，誰會想到這一點呢？

類似的情形在各處上演，水道、陸道、大道、小道，各種交通工具，各個交通路口，每個地方布置完畢，一切順利的話，都會有消息及時送到州西瓦子茶水鋪。

在所有地方傳回的消息中，折子渝最在意的，當然就是崇孝庵那邊的情況。

「什麼！皇帝也去崇孝庵了？」聽了這個消息，折子渝一雙柳眉輕輕蹙了起來：「皇帝怎麼也會去？皇帝一去，戒備森嚴，而且他們得一直陪侍在皇帝左右，至少不能全部離開皇帝的視線，那又如何脫身？」

折子渝屈指輕輕敲擊著桌面，神色有些凝重起來：「恐怕事情有變呀……」

張十三起身道：「五公子，我去一趟吧，親自盯著那邊，要不然，萬一丁大小姐……」

折子渝輕輕搖搖頭：「不，只要他們能有藉口離開，只要一盞茶的工夫，也能從地洞裡出來，我們現在只能靜觀其變，切勿打草驚蛇。」

又一個消息送來了，靜候在那兒的船隻發現了兩條準備遠行的船隻，而且發現有兩個河道巡檢司衙門的人登船檢查，再也未見出現，始終沒有下船。

緊接著，南面送來消息，準備候在關陵渡附近的人發現關陵渡巡檢司情形有異，把守的巡檢和稅吏比平時多了一倍不止，而且每一個面孔都很陌生。這一年多來，他們早已摸清了所有預行路線上的情況，關陵渡有多少人，都叫什麼名字、長成什麼模樣，是什麼脾性，平時幾人當值，完全一清二楚。發覺有異後，那輛車子未作停留，佯作真的過關，丟下幾文稅錢之後就揚長而去。走出那些人的視線之外後，車上的人馬上從林間返回，摸到巡檢司房，發現房中橫著幾具屍體，原巡檢司的人都被殺光了。當然，他也沒有忘記把關陵渡外三輛蓄勢待發的四馬輕車的事報告回來。

張十三的眉頭也皺了起來：「奇怪，真是奇怪，經過一年多的準備，我們預行的每個路口，平時都是什麼狀況我們一清二楚，每次預演都沒有這麼多莫名其妙的事情發生，今天怎麼這麼邪門？好像有人挑了今天和我們作對一樣，許多地方都有這樣那樣平時完全不曾遇到的情況，這關陵渡更加古怪，殺官冒充？難道他們還想在那兒長期收稅不成？」

「怎麼可能？」折子渝有些茫然起來。

「不好！」念頭一轉，她忽然想到一個最不可能，卻唯一合理的解釋，不由得霍然站起，冷笑道：「好一個永慶公主！竟連本姑娘也戲弄了！」

張十三茫然道：「什麼？」

折子渝匆匆起身，吩咐道：「快，馬上通知竹韻和小燚放棄原來計畫，趕赴崇孝庵旁的孤雁林附近候命，我馬上去找玉落！」說罷一股風般地走了出去。

張十三雖還不知就裡，但是眼見折子渝臉色冷竣，卻知事態嚴重，當下不敢多說，連忙答應一聲，緊隨其後匆匆離去……

五百七二　天不佑

壁宿突然出掌，開碑裂石的一對鐵掌陡然拍向趙光義的胸口。仇人就在眼前，雙掌只要拍中趙光義的胸口，他有十成把握勁力直透肺腑，剎那間把趙光義的五臟六腑拍個稀爛，就算是神仙也休想救得他活命，他苦練的透骨勁與尋常的硬功夫不同，只要擊中要害，勁力直透肺腑，絕對是一擊致命。

水月的一縷冤魂正在冥冥中看著他，他馬上就能為自己心愛的女人報仇雪恨。壁宿的心也攸爾提到了嗓子眼上，雙掌擊出的同時，他的左腳也比右腳多蓄了一分力道，一擊得手，他馬上就能斜斜竄出，搶在候在禪房外的大內高手們反應過來以前，再把那個太子爺一巴掌拍死。

他答應永慶公主，要為她殺一個人，他不想欠這個債，一擊得手後，他就要鴻飛冥冥，當然，逃得掉固然好，逃不掉他也死而無憾。只要水月的大仇得報，他便心願已了。血流五步，舉手投足間殺死一個皇帝和一個太子，以匹夫之怒而使天下縞素，如此轟轟烈烈，這一輩子，值了。

可是他萬萬沒有想到趙光義竟然認得他，做為一個刺客，他最不合格的不是他的膽魄、決心、勇氣和武功，而是他特殊的容貌。當日在洛陽街頭他只回眸一瞥，只是那一瞥，一雙桃花眼就在趙光義的記憶之中留了下來，方才一見，忽爾引起了他的警覺。

壁宿男生女相，給他提供了接近趙光義的機會，可是這雙嫵媚的桃花眼，卻也破壞了他本該一擊必成的大計，真是成也蕭何，敗也蕭何。他雙掌拍出的時候，趙光義已警覺地抬頭，驚見他雙掌襲來，趙光義下意識地側了側身子，抬起了右臂遮擋。壁宿的雙掌登時拍在他的小臂和肩頭，趙光義大叫一聲，只覺肩骨痛楚欲裂，而小臂已經折斷了。

壁宿原欲一擊得手，立即側竄出去，打死坐在側位的趙元佐，隨即遠遁，正是十步殺一人，千里不留行，他打算的雖好，可惜事態有變。壁宿雙掌拍個結實，蓄勢已久的左腿下意識地發力點地，躍向趙元佐，兩個動作一氣呵成。

不想他必殺的一擊竟被趙光義鬼使神差地避了過去。他還沒有意識到這是因為自己的雙眼過於特殊，引起了趙光義的警覺，只是暗暗懊惱，可是他腳下的動作更快，身形已然彈出，再想回身已是不及。壁宿心中發狠，決定先一掌結果了趙元佐，再回身撲殺趙光義，就算自此不能脫身，便去與水月九泉作伴也好。

不料趙光義被他打得一掌栽向榻上，雖是痛楚難當，可是眼見這女尼惡狠狠撲向自己的兒子，到底是骨肉至親，哪能見死不救？他左掌一拍，那榻上的一條几案便凌空飛了起來，呼嘯著捲向壁宿，同時大呼道：「護駕，有刺客！」

趙光義不懂內功，他練的是實打實的硬功夫，可是硬功也好，內功也罷，功夫本身本無優劣，任何一種武功練到登峰造極的境界，都是舉手投足便可殺人的好功夫。趙光義做了十年開封尹，武功並沒有擱下，如果正面交手，加上技巧和身法的運用，他不是壁宿的對手。

但是二十幾年的功夫，比起只苦練了三、四年的壁宿，他的根基更扎實，功力更雄厚，這全力一掌也是不弱。鐵掌一拍，那几案打著轉，帶著嗚咽的風聲捲向壁宿，一條几案自然比人的動作要快，竟然後發先至，結結實實砸在壁宿的後心，壁宿聽覺風聲，本可避過，可是一擊沒有得手，他已放棄逃走的打算，只求把仇人的性命留在這兒，所以發起狠來，竟不閃避。

他任由几案砸在自己背心，几案砰然粉碎，壁宿不閃不避，仍然直取趙元佐。只是後心受這一擊，如遭鐵錘，躍起的身一沉，動作慢了一瞬，趙元佐也是會武藝的，雖比他差了不止一籌，可是驚訝之下卻也本能地向後避開，這一掌竟未拍中。

壁宿大吼一聲，本已力盡的一掌繼續前探，右臂突然又探出半尺來，好像那手臂突然又長出了一截。

他的武功極雜，隨竹韻和她爹爹雜七雜八地學過許多功夫。柔太極、走八卦、佑神通臂最為高，方才這一手正是通臂拳。壁宿本已力盡，可是藉著這一招抖骨揚勁，右臂突兀地長出半尺，這一掌堪堪擊中趙元佐，趙元佐頓時被拍斷了兩根肋骨，哇地一口鮮血噴出，噴了壁宿一臉。

趙元佐的身子仰面飛出，撞在牆上又委頓在地，登時昏迷過去。若不是趙光義緊急關頭擲出的几案阻了一阻，他已喪命在壁宿這一掌之下，饒是救得性命，內腑也受了重創。

壁宿連出兩掌，第一掌傷了皇帝，第二掌傷了太子，可惜接連兩人都不致命，不禁目眥欲裂，他彈腿返身，如同一頭瘋虎，再度撲向趙光義，趙光義的右臂軟軟垂下，完全使不得力，就算他想做獨臂神帝，那也得先養好了傷，適應了一條手臂的運動才成，現在他可是完全還不了手，趙光義情急之下便在禪房中奔走，藉著一切遮擋物逃避他的追殺。

這情形恰如劍客荊軻刺殺秦王，任你劍術了得，他繞著大殿蟠龍柱和你兜圈子，你也無計可施，壁宿追殺在後，屏風、桌椅，一路踹去，所有的障礙物能劈爛的都劈爛了，只拖延了幾息的工夫，門外的大內侍衛們已衝進禪房。

剛見壁宿一掌拍中趙光義時，永慶激動得心頭怦怦直跳，待見趙光義雖傷而不死，她的一顆心就沉了下來。等到大內侍衛一闖進來，她便知道大勢已去，此時不走，便連她一家三口也走不得了，於是佯作慌張，一面大叫抓刺客，一面拉著宋皇后和趙德芳逃出了禪房。

皇帝遇刺，侍衛們都慌了手腳，爭先恐後地往禪房裡闖，也有幾個想要護著娘娘和岐王、公主先行避開，永慶公主大喊一聲：「太子受傷，昏迷不醒，快去救太子，刺客只有一個，我等在此無恙。」便也把他們打發開去。

永慶帶著宋皇后和趙德芳避入旁邊房間，這裡早就掘有與地下相通的暗道，一家三口避入地道，立即放下封口石逃之夭夭。有那太監、宮女看在眼裡，不由目瞪口呆，一時卻還完全搞不清楚狀況，只道公主是帶了娘娘避入暗室以求安全。

* * *

地道中，儘管牆壁上插著火把，仍然顯得十分晦暗。

凌亂的腳步聲傳來，永慶在頭前帶路，急匆匆地引著宋皇后和趙德芳向前跑去，最後面是她貼身的丫鬟，隨她一同出家侍候左右的女尼林兒。遠遠地，在後面傳來一下一下沉重的敲擊夯土重石的聲音，那是有人正在奮力破壞洞口，想要追進來。

往前跑了一陣，狹窄的走道豁然開朗，出現了一個方方正正的空室，室中央置著一張桌子，桌上放著幾件凌亂的衣服，一個婦人和一個少年站在桌邊，地洞裡流動的氣流搖曳著壁上火把的火光，映得他們的容顏一片慘淡。這婦人和少年的穿著，與宋皇后和趙德芳一模一樣，宋皇后和趙德芳跑進靜室，一見裡邊有人，且穿著與自己一模一樣的衣服，不禁如見鬼魅，可永慶公主卻絲毫不見驚訝。

林兒在牆上摸索一下，伸手一扯，撲簌簌泥土鬆動，一塊木板倒了下來，竟又露出一個黑黝黝的洞口，永慶公主急急回頭道：「快！母后，妳和德芳趕快隨林兒從這裡離開。」

宋皇后大吃一驚：「永慶，妳不隨我們一起走嗎？」

「母后，我會去找你們的，眼下我還不能離開，你們先走！」

「不行，要走我們一起走，永慶……」

永慶公主厲聲道：「母后，若再遲疑，女兒一番心血就要全部葬送，妳我母子三人就要埋骨於此。永慶死不足惜，可是德芳萬一有個好歹，我爹爹從此便絕了香火！母后，大局為重，請帶德芳先走，女兒自有辦法脫身！」

宋皇后這一路跑，心口急跳如同奔鹿，已是快要跳出了腔子，她既捨不下永慶，又擔心追兵隨時將至，正在左右為難當頭，聽她提起趙德芳，想起這是亡夫唯一骨血，再也推拒不得，只得一跺腳，拉起趙德芳便走。林兒從壁上摘下一枝火把，已搶先一步鑽進那個新的洞口，在她前面引路了：「娘娘，請隨婢子來。」

趙德芳急道：「姐姐，妳怎不隨我們來？妳要不走，德芳也不走，就算要死，咱們一家人也死在一起！」

他想掙脫回來，可是宋皇后情急之下手勁卻也不小，緊緊地拉住他竟然掙脫不開。

「德芳，快隨母后走，姐姐會去見你們的，一路上千萬小心！」

永慶公主把兄弟急匆匆推進地洞，不由分說便把那木板重又抬起來。那扮作皇后和趙德芳的婦人、少年臉上氣色都是一片慘白，嚇得心驚肉跳，不過卻也明白事情緊急，忙過來幫著公主封緊木板堵住洞口，又抓起被水潤溼的泥土匆匆塗抹一番。

那洞口封好後，在昏暗的燈光下匆匆一看已無異樣，永慶公主這才停了下來，卻不馬上便走，而是側耳傾聽後面動靜，直到轟隆一聲傳來，曉得洞口已被砸開，追兵稍稍清理磚石就能追上來，這才從牆壁上取下一枝火把，向那假皇后和假岐王低聲喝道：「隨我來。」

* * *

崇孝庵西，孤雁林。

這裡已經離開了崇孝庵的警戒範圍，有幾輛馬車靜靜地停在那兒，馬車看起來像是跑長途的客車，車廂大，車身寬，車轅裡邊套的是幾頭高大的騾子，騾子漫不經心地打著響鼻，不時低頭啃著草皮，但是在車把式的控制下，馬車始終穩穩停在那兒，不曾稍有移動。

幾輛馬車中間的一輛，車廂裡兩側長條的木板上各自坐著一個人，面面相對。左邊的是丁玉落，右邊的是一個看著貌相十分平凡的大漢，兩個人對面而坐，都低頭看著腳下，似乎那兒生出一朵欣賞不盡的奇芭。他們腳下當然什麼也沒有，除了一個大洞。

車廂中間的板子已經掀開，露出一個四四方方的洞口，就像地窨的門，從那洞口望下去，是一片青青的草地，他們一直盯著那草皮，過了許久，那草皮忽然拱了一下，彷彿有什麼東西正要破土而出，二人神色一動，立即矮身看去。

這草皮下邊實際是一個洞口，早在幾個月前就已挖就，雖然植了草皮上去，但是位置他們可記得清清楚楚，斷不會錯，他們此刻就在等著有人破土而出。草皮掀拱了幾下，終於完全掀開了。丁玉落緊繃著的心情一下子放鬆了，她立即俯身相就，一手按著車板，一手伸了下去。

草皮翻開一片，一個灰衣女尼從裡邊冒出頭來，因為封住洞口的木板掀開，邊沿的泥土灑下，她正瞇著眼睛，丁玉落一眼看清她的模樣，正是永慶公主，不禁露出欣喜的笑容，她連忙伸手握住了永慶公主的手腕。丁玉落自幼習武，要提起她這樣的體重倒也輕鬆，稍稍用力一提，便將她提上了車子。

緊接著洞口又露出一個人來，頭上戴著龍鳳珠翠冠，身上穿著一件靛青底色菱花飾紋褘衣袍服的女子來，這女子三旬左右，眉清目秀，丁玉落一見裝扮便知道這位就是那位芳齡守寡的宋皇后，連忙伸手去拉，輕聲說道：「娘娘勿慌，我們是來救妳的人。」

緊跟著，一身蟒龍袍的「趙德芳」也被拉上車來，旁邊那大漢馬上把車板一放，車外馬夫一聲吆喝，五、六輛馬車便向四面八方分頭而去。

《步步生蓮》卷二十四衣覊入荷風完

GOBOOKS & SITAK GROUP©